U0044687

韓牧文集

下冊

韓牧簡歷

　　韓牧，本名何思撝，另有筆名鄭展怡、向巽玲、衛紫湖等。1938年花朝節生於澳門戀愛巷。澳門大學文學碩士，「澳門新詩月會」創辦人，1957年夏移居香港。港、澳、新加坡多個文學團體之會員、理事。曾任港、澳兒童文學獎、工人文學獎、青年文學獎評判，青年雜誌主編。1984年春，率先提出「澳門文學」名詞及概念。1989年末移居加拿大，任「加拿大華裔作家協會」理事，同時是加拿大多個藝術家團體之會員。國際詩人協會會員。著有《韓牧文集　上下冊》《韓牧評論選》《剪虹集：韓牧藝評小品》《韓牧散文選》、電郵書信集《牧人看世界》《牧人聲聲惜》及詩集《韓牧詩選》（獲獎）《愛情元素》《梅嫁給楓》《新土與前塵》《待放的古蓮花》《伶仃洋》《裁風剪雨》《回魂夜》《分流角》《急水門》《鉛印的詩稿》及《草色入簾青：韓牧攝影、杜杜詩詞》、《Finn Slough芬蘭漁村：溫一沙攝影、韓牧新詩》（中英雙語，獲獎）、《她鄉，他鄉：葉靜欣、韓牧新詩攝影集》（中英雙語）等。在香港、台灣、中國、美國屢獲詩獎。短詩入選香港中學語文教材；寓言詩獲日本選入「中國語」課本中；詩作《一朵罌粟花的聯想》為加拿大國殤紀念日唯一中文朗誦詩。

　　主要論文有：〈杜甫鳥類詩初探〉〈建立「澳門文學」的形象〉〈澳門新詩的前路〉〈馮至詩分期研究〉〈論兒童詩的寫作〉〈舒巷城詩的本土性〉〈新文人畫的開創〉〈墨緣印象：論

中國、日本書法〉〈詩人寫生與畫家寫生〉〈寫我甲骨文〉〈用「國」「族」「文」分類海外華裔文學〉〈僑民。居民。公民：從加拿大華文新詩窺探加華詩人的自我身份定位〉〈論詩人汪國真〉〈從人類遷移史論移民作家的身份與立場〉〈加拿大華文詩中描寫的本國社會現實〉〈加拿大華文詩中描寫的外國社會現實〉〈港澳與南洋文友的情誼及「澳門文學」的覺醒〉。

何思捣（筆名韓牧）亦是書法家，早年師從書法大家謝熙先生，屢獲香港青年書法冠軍。擅長甲骨文、隸書、楷書、行草各體。現居加拿大。

作品曾個展於加、美、中、台、港、澳。其中，1997年獲加拿大卑詩大學（UBC）主辦，首展長篇甲骨文《心經》、《正氣歌》（後又有《大同篇》《國父遺囑》等），學術界譽為首創，加拿大國家電台作海外報導。1998年獲澳門政府主辦港澳巡迴個展，得學者饒宗頤、何叔惠、羅慷烈、馬國權諸教授讚賞，《亞洲周刊》及《美國之音》電台專訪。2001年應台北國立國父紀念館之邀作《緬懷國父》書法個展，《宏觀衛星電視》到場專訪，全球報導。旋應美國金山國父紀念館之邀，作同題個展。

書作屢獲博物館、美術館、基金會、文學館、紀念館、領事館、碑林等文化機構收藏。著有《何思捣書法集》（中日英三語）。論文《寫我甲骨文》獲選入《世界學術文庫‧當代文化卷》。

《韓牧文集》自序

　　翻查一下，原來我在2008年6月，一個月內，出版過三本文選：《韓牧散文選》及一本小品文選、一本書信選。至今十三年，電腦上積存的文章實在太多，絕大部份是2008年以後所寫，早就應該整理了。

　　我曾出版的文集，除了上述三本，還有是2006年出版的《剪虹集：韓牧藝評小品》和《韓牧評論選》。可以說，散文、書信、藝評、文學評論，是分類獨立成書的。

　　文章我寫得雜。現在這本《韓牧文集》與以往不同，是把文章按性質分成九輯，總匯在一書中。這書著重藝文歷史記述，基本上沒有抒情散文，實際上，我也極少寫。也許一涉及「抒情」，我就會寫成詩了。

　　《韓牧文集》分上、下兩冊，上冊主要是「發言。評論。論文」，共四輯。

　　第一輯：〈發言。訪談〉。這一輯內容最豐富，共二十五篇。我小時不愛說話，小學時，成績表中班主任的評語，總有「沉默寡言，努力向學」一句。直髮長衫的女校長吳寄夢曾對家母說：「你的思撝，文靜得像個女生。」在那個時代，也許算是優點。初中時，自覺不與別人溝通會使人誤會，開始學習改進。高中時一反常態，學得風趣而善辯了，這作風維持到現在。過去十多年，我在藝文活動的公眾場合，常常即席發言，事後都補記。可分四類：第一類是外訪時的，有甘肅、北京、台灣、泰

國、新加坡、馬來西亞、韓國。還在韓國一次學術會議中，被推舉作為海外學者代表致詞。第二類，是在歡迎來訪客人的聚會的，多倫多、中國、香港。第三類，新書發佈會及書畫展開幕禮上的。第四類，獻歌或朗誦前的發言。此外，曾接受香港的文學雜誌的訪談。

第二輯：〈書序〉。除了應文友黃展斌為他的《聚緣集》寫的序文，其餘五篇都是自序：文集《牧人看世界》，詩集《愛情元素》、《梅嫁給楓》，《Finn Slough芬蘭漁村詩影集》、《她鄉，他鄉》詩影集，《草色入簾青》攝影詩詞集。

第三輯：〈藝文短評〉。不少比我年輕的詩友、文友、藝友，會傳來作品，想聽我的意見。或者是有書要出版，請我寫幾句推介的話，印在封底，或者報刊要出他們的專輯，請我寫幾百字「點評」，我都樂意為之。總是細心閱讀，細看作品，盡我所知，給予或長或短的鼓勵的評語。此輯選取短小的，共十八篇，計新詩十一人、舊詩詞二人、小說一人、書法二人。

第四輯：〈評論。學術論文〉。此輯文章都此較長，共十二篇。評論新詩的，有席慕蓉、汪國真、葉靜欣、金苗、鍾夏田。評論新詩、散文的，有勞美玉。《聲對。意聯》一篇，是春聯大賽評審手記，評論對聯的。評論書法家的，有謝琰。學術論文方面，主要是論移民作家的身份與立場、加華詩人的自我身份定位、加拿大華文詩中的社會現實、港澳與南洋文友的情誼及「澳門文學」的覺醒、與「加華文學」的比較。

下冊主要是「悼文。家書。書簡」，共六輯。

第五輯：〈長相憶〉。是悼念藝文師友的長文，共八篇。除了舒巷城、方寬烈兩位是香港的，其餘，羅鏘鳴、王潔心、邵大

琨、麥冬青、謝琰五位，都是在加拿大認識、交往的。最後一篇〈思撝回憶七家姐〉，是悼念堂姐何慕貞的。我自己覺得，我寫得最好的文類，就是悼文。自己重看時也會淚盈於睫，一些文友也這麼說。並不奇怪，人們對失去了的人和物，總會特別懷念。

第六輯：〈詩人作家之音〉。在與各地詩人、作家飯聚、交談、座談、聽演講、觀歌劇之後，我總愛作記錄，盡量追憶他們的言談舉止，從中吸收學習。此輯九篇，本地的是瘂弦、雷勤風兩位，其餘，龍應台、森道哈達、曹禪、王朝暉、劉俊五位，是來自中國、台灣、美國、蒙古的客人。

第七輯：〈一瞥流光〉。共十二篇，〈想像祖父〉、〈家母的娘家，鄭家〉、〈童年粵劇之憶〉、〈《國父遺囑》甲骨文本的因緣〉，寫個人的回憶。〈兩次歡宴私記〉、〈致兩位「春晚」主持人〉、〈感謝三位顧問〉、〈團結。獨立。交流〉，記述「加華作協」的活動。〈腦海撈獲的三條小魚〉，追憶在香港時的文學活動。〈五百年後，哪一位詩人的聲望最大呢？〉一篇，探討一個有趣的問題，同時懷念台灣前輩詩人周夢蝶。

第八輯：〈家書〉。我妻勞美玉外遊探親訪友，我寫信「請示、匯報」自己獨居的狀況，自覺很有生活趣味。從2009年4月1日，至5月28日，寫了二十九封，選出二十五封。

第九輯：〈靈異〉。此輯共六篇，較特別，記錄在加拿大發生的靈異離奇的事。主角有人、有鬼、有神、有貓。〈一個蝦仁〉是回覆馬森教授的一封信，述說我自己親身感受特異功能的事。

輯外輯（書簡）：本來想把一些難以歸入上述九輯的文章，收入這「輯外輯」，後來發覺我有不少有內容的書簡。我自2007年用電腦開始，幾乎天天用電腦寫信，信不短，少則幾百字，多

則兩千字以上，一般在一千字左右。十幾年積累下來，數以千計了。我準備有暇時選取談文論藝的，編成一本書，書名《韓牧藝文魚雁》。若再有條件，再選取談生活的，又成一本書。想是這麼想，就是不知道這兩本書信集何時才會出來。

不如利用這個「輯外輯」，先選收一些談文論藝的，作為樣板吧。我隨意選取了五十封，分屬五十位師友，依寫作先後為序（本書各輯也是如此）：小思、梁錫華、陳建功、王偉明、吳志良、王健、羅卡、鄧紹聖、羅錦堂、葛逸凡、汪文勤、森道哈達、曾慶瑜、羅燦坤、李錦濤、古遠清、邵燕祥、衍陽法師、杜杜、吳衛鳴、曾偉靈、瘂弦、王立、黃潘明珠、曹小莉、青洋、黎玉萍、程慧雲、朴南用、徐曉雯、金惠俊、陳政欣、汪卿孫、陳國球、圓圓、范軍、呂志鵬、李敏儀、歐陽鉅昌、葉承基、純老貓、駱耀琴、梁麗芳、陳夢青、陳麗芬、陶永強、孟川、黃珊、楊廣為、何婉慈、溫一沙。

文集算是編好了，看來這書很厚了（其實還有不少文章未收，也不知如何處理，將來再算吧）。誠心希望方家們指正。我今年八十三歲，客觀上是個老人，但主觀上我不是。現在我還是不斷寫詩作文，產量比中青年時期還要多，我還是希望能有進步的，誰不想進步呢？

這書封面書名，是我自己題簽，用古隸；封面照片亦是我攝。封底作者照片是攝影家溫一沙兄作品。

韓牧　　2021年10月

加拿大烈治文，美思廬、三虎居。

目次
Contents

第七輯　一瞥流光

第八輯　家書（致勞美玉）

第九輯　靈異

輯外輯　書簡

第五輯　長相憶

亦師亦友，再續情誼——永懷舒巷城兄

1.前言

　　舒巷城離開大家十年了。我在一九八九年從香港移居加拿大，不辭而別。前十年，我沒有回港。也就是說：我離開他二十年了。近年我常常想：幸好我在二十年前就離開香港，如果我沒有離開，我與他的情誼只有與日俱增，到一九九九年他遽然而逝，我不知道我是否受得了這猝不及防的當頭一棒。

　　感謝《城市文藝》給我機會，讓我藉此細緻的緬懷這位亦師亦友，同時和大家分擔、分享，我們二人相處時的苦樂。

2.鬥嘴與請益

　　上個世紀六十年代中，我開始認識舒巷城的詩，印象是短而精。像那一首〈真理〉：「真理／是火燄。／誰能把它／關進火柴盒裡？／誰能把它／鎖在黑暗中？」真是終生難忘的。

　　他大量的寫香港都市現實的詩作，影響了港澳以至南洋的青年，讓他們知道：詩，不一定要風花雪月，是可以這樣寫的。他們有意的或無心的，學習他的寫法、或不自覺的被潛移默化。

　　七十年代初，我和他成了熟絡的朋友。他比我年長十七歲，相差半代，但共通語言最多，投緣得很，每次都談不完。我們都

住鰂魚涌，住得很近，互相串門。記得他第一次來我家，我正新婚，新屋，十分整潔。他說，他不敢帶太太來，讓她看到，一定提出要求了。

更多是在茶餐廳、或大商場的飲食區，兩杯奶茶，一碟牛肉炒河粉，鬥嘴三小時。低調的人，在私下的場合，常常是高調的。

談的主要是文學，新詩、舊詩詞。他說古代的詩人往往也搞「現代」。他舉辛棄疾的〈滿江紅〉「敲碎離愁，紗窗外，風搖翠竹。」為例，說，離愁居然可以敲得碎的。有時也談小說，他寫小說遣詞用字也像寫詩一樣推敲，他說，他很多短篇，可以一字不錯，一個標點也不錯的背誦出來。我要他證明，他就當場背誦了幾段。

常常談到音樂。西方大師，他喜歡莫札特而非貝多芬。正如他喜歡曠達隨和的蘇東坡的而非李杜。粵曲是經常的話題，他說文千歲聲線之清，女人也不及。粵曲、粵劇的「拿來主義」是勇敢的、驚人的。他說，梵鈴（小提琴）的廣東化的奏法，給西方的音樂家看到，會嚇死他們。

有時我們會情不自禁的唱起粵曲來，我唱我的薛覺先，他哼他的小明星、和他自度的新曲。有時興奮起來，兩人大聲合唱，驚擾了周圍的食客。

他低調，很少在公眾場合露面，但到底比我大了半代，生活閱歷豐富，我遇到疑惑時，還是徵求他的指點。

例如在一九七八年間，美籍華裔作家聶華苓一家四口，訪華之前途經香港，她的丈夫保羅‧安格爾（Paul Engle）是國際著名詩人，美國駐香港領事館特地請香港幾位詩人及其夫人，作一次聚會和晚餐。我也收到請柬。

我對政治外行，心理上是避之則吉。於是我問舒巷城的意見，去不去好呢？他說他也去，人家出請柬請你，就是正式的約會了，不去，就是不禮貌了。他還說，這對你可能是一次重要的約會，一定要去。於是我就和沈惠治一起赴會了。

　　原來只請五個詩人，都是我熟悉的：何達、舒巷城、戴天、古兆申和我。夫人呢？古兆申未婚，只有舒巷的太太和沈惠治。

　　當晚大家都很自然、愉快。聶華苓婉轉的詢問了我的背景、近況。舒巷城在上一年，獲邀參加聶華苓伉儷在愛荷華的「國際寫作計劃」。這次聚會之後，舒巷城「無緣無故」的問了我一些個人情況，又要了我的英文住址。

　　過了不久，他對我說：「國際寫作計劃」在物識人選時，會徵求曾經參加的作家的意見，他絕對贊成邀請我，可是遭到一位老詩人的極力反對。

3.評論與學術研究

　　我一向只愛創作，寫詩，對寫評論、文學理論，不感興趣，甚而輕視。後來創作之外也寫文學評論，甚至放棄職業，重新進大學學習理論、作學術研究，竟然間接是由舒巷城引致的。

　　一九八二年十二月十五日黃昏，我在中環的巴士站排隊等候上車，見到前面的人在看《新晚報》的〈星海〉版，竟是「舒巷城專輯」。裡面有一篇評舒詩的文章，我看了很動氣，立刻寫五千字投到〈星海〉駁斥。我的文學評論就是這樣子開始的。

　　一九八四年，《讀者良友》雜誌出「舒巷城特輯」，邀我評詩，我寫了〈出發，從我從都市從鄉土〉，一萬字，比較細緻的評論。不過當時還沒有見到舒巷城早年的詩作，看得不全面，還

有一些不當的「期望」。

　　直到一九八八年，香港中文大學舉辦「香港文學國際研討會」，邀我參加，我幸運，看到他從未示人的早年詩作一批，就寫了論文〈舒巷城詩的本土性〉，二萬五千字，把四年前的自己，當為一個不認識的評論者去嚴言駁斥：「幾年前，有論者說，……這一段話是值得商榷的。……不能以某個詞的出現次數來評定愛國之情的深淺，……詩人有不同的氣質、性格。舒巷城近於『那並不高深／但美得單純』『擺脫世俗和勢利的眼光』的莫札特，而不近於『偉大的貝多芬』。不必每個詩人都像杜甫的憂國憂民，更不必像屈原的以身殉國。……」

　　我自己駁斥自己，論文中還不止這一點，不贅述了。舒巷城看到我這論文，笑說佩服我的「知恥」。我說：那是說我「近乎勇」了。

　　這論文的最後一章是〈粵曲的影響〉，論文宣讀完了，講評者認為：研究地方戲曲對新文學作品、尤其對新詩的影響，此前未見。

4.亡友的筆名：秦西寧

　　二千零六年冬暮，我回香港，訪「香港電影資料館」後，雨中信步，無意中走到西灣河，觸景成詩，名〈亡友的筆名〉：

　　　亡友的筆名
　　　　——舒巷城早年有筆名「秦西寧」

　　　海外歸來找到「香港電影資料館」

但館員說：「館長退休了」
電影只是電動的影　我不看

悵然的秋雨的午後
陌生而噪雜煩擾的街道中我尋找歸程
我唯一認得的
是不變的電車路

街牌說：太祥街
街牌說：太康街
街牌說：太安街
一座巨廈突然出現：
「西灣河文娛中心」

同時蘇醒了
一個地名一個筆名：
「西灣河太寧街──秦西寧」

舒巷城的「太寧街」呢？
舒巷城的鯉魚門的霧呢？

走進文娛中心去問路
職員伸手向一疊吊著的小地圖
撕下一張遞給我
又往門外一指

地圖上的字體太小了
地圖上的建築物太多太密了
湧動的人頭堆中有一頂啡色的帽子
是交通督導員　我問他
他猶豫一下向前一指

但那條只是「聖十字徑街」
不負責的傢伙
擁塞的人群中有一角地產公司
坐著辦公那婦人指示我要走回頭路

白底黑字的街牌被雜物遮掩著
「太寧街」　意外的低矮
冷寂而短窄
而盡處不是海　竟然是山
鯉魚門的霧呢？

海　總應該在與山相反的方向
我回望電車路
一座三四十層高的大廈正壓迫著街口
八十年前的海浪變洶湧的車流了

也算是懷舊嗎？
我從未見過鯉魚門的霧
我從未見過這一條「太寧街」
我懷的舊只是亡友筆下的小說

我懷的舊只是亡友口中的童年

我只是偶然記起
亡友早年的筆名

2006年11月25日，香港，西灣河太寧街。

5.三個扇面與一首詞

一九八二年夏，我求舒巷城為我寫個扇面，隨便畫幾筆，留個紀念，他很樂意。我知道他沒有寫扇面的經驗，我給他三個，準備他寫壞兩個。

沒幾天就「交貨」，一書一畫。「書」是用毛筆寫新作七絕一首：「九龍街上人頭湧，急水門中浪也多；脈脈詩情何處是？流星雨後苦吟哦。重讀《急水門》集後有感，草七絕一首，謹贈韓牧詩人雅正，王巷城，一九八二年六月一日於香港。」下款署「王巷城」，以前未見，算是真名還是筆名呢？他雖然不是書法家，也許因為書畫扇面見過不少，寫來章法在行，用筆自然。

《流星雨》是《急水門》之前的一本詩集，我編好後一些時日，重看，不滿意，就丟棄了，所以他在詩中說：「流星雨後苦吟哦」。

另一個扇面他用墨筆繪畫了桌上的一瓶花，著了幾筆橙黃色。近處有樹木，遠處，海的對岸，有飛鳥、山巒和樓宇。上下款用毛筆題：「韓牧兄哂納，巷城，一九八二年六月一日於香港鰂魚涌夜雨中。」他還用原子筆寫了一段文字：「從未畫過扇面，今應韓牧兄『索畫留念』之請，不計技拙，以箱頭、原子之

『筆墨』塗鴉於此（戲寫，即興想到之『有時候，一朵花一隻鳥，……並不是比一座山一幢樓為小……』之題意『交卷』聊博一粲耳。）」

誰料過了幾天，他又送來第三個，想是他寫得興起吧。第一個「書」，第二個「畫」，第三個「書畫合璧」，一首七絕，是因畫而作的題畫詩。

畫名《澳門遠眺圖》，他知道我出身澳門。近處是舊屋、叢樹、桅檣、漁船；遠處是長隄及群山。著色，綠、黃、墨、赭石。此圖雖然著色速寫，竟然用上中國畫特有的、扇面多點透視法。詩云：「雲煙過後水悠悠，山色蒼蒼眼底收；扇上丹青初學寫，抬頭北望是神州。一九八二年六月，巷城寫贈　韓牧笑納。」

二十七年來，這三個扇面珍藏在我家中的鐵皮箱裡，萬一失火也燒不到它們。

舒巷城曾在八十年代中，寫了一首〈浪淘沙〉詞贈我，題目是「讀韓牧詩集《急水門》《分流角》《伶仃洋》後」。詞曰：

白鴿舊巢傾，海角鵬程。背囊獵古野營升。急水旋螺驚裂石，夜聽風聲。

窗外是香城，飛渡仃伶。追蹤杜甫萬山情。鬧市高樓回夢處，細數繁星。

這詞我很愛，寥寥五十四字，它說明我生於澳門，成長於香港。它寫出這三本詩集的特點，具體涉及的拙詩竟然有：〈澳門獵古〉〈澳門雜詩〉〈山行者的謝意〉〈鄉野小品〉〈在嶂上高原的營幕裡〉〈急水螺〉〈聽颱風消息〉〈伶仃兩岸〉〈追尋杜甫〉〈我是住在彌敦道的〉〈我的領土〉〈夢中樹〉〈露宿〉等十多首。

這首詞，後來在《當代詩詞》總第十六期發表了，期刊由廣東中華詩詞學會編輯，李汝倫主編，花城出版社出版。這一期是1989年2月出版的。

6.後語

我是相信有輪回，有來生的。今生能與舒巷城遇上，也不知前世如何修來。他曾對我說，漢語中有一些詞，內容豐富、詩意，都不能翻譯。他舉「重逢」一詞為例。

韓牧只盼望：來生，與舒巷城重逢。

2009年3月19日，加拿大烈治文，夜雨中。

懷鏘鳴，記永嫻

　　雖然鏘鳴兄與我都是寫詩的，但大家在香港時，我只見其詩，無緣見面。直到九十年代他任加西《明報》總編輯，才在招待作者的春茗中見到。他長長的頭髮，給我深刻印象，那是六十年代的式樣；他是個念舊的感情人。

　　他以詩人氣質辦報，開創了一個文學周刊，名為《明筆》，知道我愛書法，請我書寫刊名。我寫了幾種不同的字體：甲骨、隸、楷、行、草，讓他選一種。結果他說每一種都好，交替使用。

　　我的詩風與他的截然不同，但他每次見到我，即使在人頭湧湧的場合，總是說：「近來很少見到你的詩，寫一些給我們吧！」這是編者的廣闊的胸懷。

　　他離開《明報》之後，就很少見面了。去年八月，在「加華作協」的「加華文學國際研討會」上見到他，我送給他新出版的《剪虹集》，書中接近一半的文章，選自他任職《明報》時期我寫的專欄。〈自序〉說：「當時《明報》總編輯是羅鏘鳴先生，……他們給我很大的言論自由，讓我能夠暢所欲言，表揚藝術的美善之餘，也批評藝壇的醜惡。……編者保護了作者，也保衛了言論自由。」

　　去年秋天，我開始用電郵傳送我的詩文向他請教，他一一回郵，我當時還不知道他已病重。現在看來，這些回郵，變得更加可貴，因為可視為他最後的文學評論。例如他看了拙詩〈大峽

谷〉，說：「……有寂寥以外之喜，一如兄之詩風：簡樸中交融情景，以景及情，引發終極之嘆。」他看了拙文〈國．族．文：分類海外華裔文學〉，說：「國、族、文三項分類，兄分析透徹。我十分贊同以『文』歸類。無論來自何國何族，『文』才是鵠的；評賞的也是『文』，而非國籍與種族。只要『文』好，管他美籍、加籍、華籍……『華文文學』簡單、直接地統而一之，豈不快哉！」

去冬，他的詩文集《煮字烹情》新書發佈會辦得很成功。我除了為文介紹，也請香港的文友在香港宣傳。發佈會上，見到他的精神已大不如秋天之時，感到人的壽命不如書的壽命長，我介紹了一些大學圖書館，讓《煮字烹情》能永遠珍藏。

他的病情日漸惡化，不便打擾，漸漸，轉成呂永嫻女士與我單獨通郵。永嫻女士我本不認識，去年秋冬之間，我接到一通極有價值的電郵，名為〈蜂蜜加肉桂粉的神奇療效〉，發件人是「Teresa Lui」，後來才查出，就是嫂夫人。

最令我感動的是：永嫻女士在護理「多個月都躺在床上，需要寸步不離的照顧」的丈夫的同時，積極面對人生，把很多有意義的電郵發給朋友。她是我通訊錄約一百五十人中，來郵最多的人。

過去半年，她發給我的電郵有一百二十多通，除了通信、一般資訊，及美麗圖畫、美妙音樂之外，屬於勵志、愛心、環保、救災的，有二十六通；屬於醫藥、保健、衛生的，有二十七通，其中有防治癌症的，以及龐大的《人類疾病百科全書》。

我曾去郵說，我愛轉發她這些來郵，我自嘲做「全職轉發」。她回郵說：「好的東西，大家都喜歡分享，就讓我們繼續

全職、半職轉發吧！」鏘鳴兄有如此積極奮發、胸懷大愛的另一半，實在可以完全放心了。

2008年8月31日，烈治文。

純潔光明，星心相印——懷念王潔心女士

文友電告噩耗：王潔心於6月14日上午長眠了。我感到意外。其實在前年夏天，我就有過一次更大的意外。

文友葛逸凡準備在家中辦一次文學聚會，來電郵，希望我開車接送潔心姐。我覆電郵說：「王潔心人很熱情，我當然樂意接送，但要給我詳細地址、電話。……」可是後來，又說不必了，說是潔心姐患了老人癡呆症，開始記憶混亂，認不出人了。

我有點不相信。她雖然年紀不輕，但口才與思才都比我們敏捷，正是廣東話所謂的「精靈」，怎麼會突然「癡呆」起來呢？一向以來，大家都認為她感情豐富，而我更認為，她熱情衝動，常常會激動得無視環境，也忘記自己。

記得2005年5月，「加拿大華人筆會」在Langara College演出的「文學的午後：加西華文文學作品朗誦欣賞會」上，潔心姐獨自在舞台，朗誦她自己的抒情散文〈春光似錦〉，她不停的來回走動，興奮得很，朗誦到最後一段：

「我第一次聽到了我的心。對著這片自由、清新而又壯麗的大地，發出了快樂的歡呼：加拿大，我愛你！你像一片深厚的海洋，托住了我這葉小小的浮萍，使我不再繼續那徬徨無根的漂泊！你將成為我永恆的家，永恆的愛戀！」

當時，她像給甚麼附上了身，亢奮忘我，手舞足蹈，偏離了攝錄機的鏡頭和屏幕而不自知。這位年近八十的老作家的純真，感動了我。現在看來，加拿大真的成為她「永恆的家，永恆的愛

戀」了。

　　後來我還聽說，她常常和兒子就政治、宗教話題激辯，逢辯必勝，可見她是個有正義感、有社會承擔的、熱血剛烈的女性。我也是個愛恨分明、衝動好辯的人，逢辯不敗。此生無緣與她舌戰過招，可算遺憾，寄望於來生吧。

　　潔心姐1927年春生於河南省孟縣，國立河南大學畢業，1949年隨夫移居台灣，任教於板橋中學、成功中學。50年代末遷居香港，任教於蘇浙小學、培正中學。1983年移居阿根廷，1988年隨兒子移來溫哥華。

　　教學之餘，愛文學創作，出版小說、散文十多種。《春蠶》一書獲台灣青年文藝獎。《愛與罰》及《小樓春曉》（即《玉樓三鳳》）均改編成電影，分別由王豪、李湄及葉楓、葛蘭、尤敏、陳厚主演。移加後，編寫出《中原音韻新考》及長篇小說《雙女魂》。她歷經軍閥統治、中日戰爭、國共內戰，先後居中、台，後遷港、加，閱歷豐富，她的長篇小說反映了多變的時代。

　　我本以為她主要的寫作地是台灣，而晚年在加拿大也寫出了重要的作品。後來才知道，香港時期也出版過幾本書，堪稱是個「香港作家」。

　　三年前，有一次會面，我告訴她：香港有一本季刊叫《文學研究》，是我的詩友方寬烈老先生所辦，2006年春之卷是創刊號，開始連載由方寬烈輯錄、凌亦清整理的《香港作家筆名別號錄》，見到有「王潔心」條。我說：「潔心姐，我清楚你的底了，原來你也是我們的香港作家，筆名很多，蕭瑤、海蓮、谷蘭、胡畫等。胡畫，是胡謅的意思嗎？」她聽了，驚喜，要我把《文學研究》帶給她看。

7月5日下午，「王潔心追思會」在烈治文喜來登酒店舉行。會場上，一幅從未見過的青年時代的黑白相片，長直髮，閉嘴淡笑，穿小方格紋的高領旗袍，端莊。白布小几上臥幾朵鮮花，立一枝白蠟燭。

　　朋友們逐一發言，緬懷故人。瘂弦說，潔心是他的鄉姐，河南人偏愛家鄉話，抗拒學國語，河南人國語講得最好的，就是他們兩人了。

　　我記得潔心姐曾經自豪的對我說，在香港培正中學任教時，她是全校唯一能講標準國語的人。今天這追思會純用國語，出我意外。「培正」校友也全都用國語發言，發音都很好，相信是潔心姐的功勞了。

　　瘂弦又說：潔心到加初期，曾租住他的屋，寫出了力著《雙女魂》，他自己住那屋時卻沒有寫出作品。

　　「培正」的老師、校友來了不少。香港影視紅星曾慶瑜也是她的學生，從台灣趕來，當追思會的主持人，白衣黑裙。20多年前我在香港時，常常看到她的演出，是演技派；現在胖了，仍是一樣的青春照人。她出示帶來的「寶貝」：潔心姐在「培正」時手寫的朗誦隊隊員名單，朗誦過杜甫的〈麗人行〉；從圖書館借來的或舊書攤買來的潔心姐的著作。

　　一位女校友述說，她是香港妹，母語為粵語，因為得到王老師的悉心教導國語朗誦，居然獲得1977年全港校際音樂節朗誦比賽的總冠軍。

　　另有三位女士，大概是潔心姐的「歌友」，合唱了一曲。

　　「加拿大華人筆會」主席余玉書追憶：潔心姐感情豐富，遇悲遇喜都愛哭，大家叫她「哭姑娘」。她酷愛京曲，一次在北京，聽見京曲之聲，她循聲尋覓，跑出馬路，差點被汽車撞倒。

「加拿大華裔作家協會」會長陳浩泉評價她在教育、文學兩方面的成就；又談到《風在菲沙河上》的出版。

葛逸凡敘述為潔心姐的詩譜曲的經過，當場由凌秀、談衛那朗誦〈問月〉、〈為甚麼〉兩首，並由鍾麗珠唱出片段。

其後，逸凡姐對大家說：潔心姐曾與韓牧合唱情歌，「請韓牧先生出來講一講經過。」我只好硬著頭皮走出去，我說：

剛才一位「培正」同學說曾與潔心姐合唱一段京曲，我也和她合唱過一首《星心相印》。我愛唱歌，但只在家裡唱，移此十多年，從來沒有在文友面前公開唱過，大家也不知道我愛唱。

在一次「加拿大華人筆會」的聚會中，我欣賞到潔心姐的歌聲。2007年6月，我們在烈治文的南海漁村酒家辦洛夫先生80歲慶生宴會，我向同席者透露，王潔心甚麼歌都會唱：京戲、河南戲、藝術歌、時代曲、民歌，都唱得很動聽，應該請她表演。接著她徇眾要求，唱了，記得是京戲《蘇三起解》和《玉堂春》的片段。唱後，她突然大叫：「叫我唱歌，是誰出賣我的？誰！」我隔了兩桌，舉拳大叫：「我！是我出賣你的！」洛夫太太在旁，輕聲說：「你真勇敢。」

我繼續大聲說：「王潔心不但會唱京戲，甚麼歌都會，我聽過她唱周璇的《星心相印》，很好聽，請她唱一次好不好？」

她拉我出去，要我陪著，我問為甚麼，她說忘了詞兒要我提醒，說：「你出賣我，我當然要出賣你！」結果是我和她合唱了這首歌。

當時慶生宴會將近結束，唱完了才散會，當晚是我在文友面前公開唱歌的開始，也是和潔心姐合唱唯一的一首。現在讓我把這首《星心相印》再唱一次，我知道，潔心姐現時在天上一定聽到，也一定和我合唱的：

「天邊一顆星，照著我的心，我的心也印著一個人。乾枯時給我滋潤，迷惘時給我指引，把無限的熱情，溫暖了我的心。她（他）的一顆心，就是天邊星，照著我的心，我倆星心相印。……她（他）的一顆心，如同我的心，星心相印，純潔又光明。」

我又說：前幾天才發覺，歌詞裡就有一個「潔」字，十二個「心」字。這些天，夜裡見到星星，會懷疑，這一顆，會不會是她呢？還是那一顆是她呢？以前，每當我見到星星、星天，我一定會想起這首歌，從今以後，每當我見到星星、星天，不但想起這首歌，也一定想起王潔心來。

吃點心時，林婷婷見到我，說：「剛才你把我的眼淚也逼出來了。」原來她倆感情深厚。

散會前，我向曾慶瑜借閱她在舊書攤買到的《中原音韻新考》，是民國七十七年在台北出版的。她見我一頁頁翻看，愛不釋手的樣子，就主動說：「我回台灣替你到舊書攤找，你給我個地址，我寄給你；但不保證一定找到。」我想：那當然，「保證一定找」就是了，我相信她的熱誠。

告別了，我與美玉肅立，向年輕的、淡笑的潔心姐輕輕三鞠躬。白蠟燭頂上那朵微顫的火，正像一顆閃爍的星，「純潔又光明」。

2010年7月5日，星夜。

舞者・師表・史家——緬懷郜大琨

1.初相識

郜大琨老師葬禮之後，解穢酒的席上，他的學生李媛嬋問我是怎樣相識郜老師的。

我茫然，答不上。我一直生活在港澳，與一直生活在中國大陸的他，相識，是緣份。具體時日、地點，是忘記了。翻查我寫過的文章，2000年中我偶然看了一台名為「華夏舞韻」的演出，那是「郜大琨舞蹈學院」五周年院慶歌舞晚會，讓我「意外有新鮮的感覺」。

正好那期間，我要在《星島日報》開闢一個新專欄，專寫藝評，定名為《剪虹集》。我一向認為：「文盲可憫，藝盲可怖」，「偏偏藝盲又比文盲更普遍」，許多人的藝術欣賞水平太低了，博士、名作家、大學教授也都難免。

從「華夏舞韻」的場刊得知，學院的宗旨除了「弘揚中華民族舞蹈文化，傳播中國舞蹈知識」之外，是「培養高水平的中國舞蹈人才和愛好者」，這句話深得我心。「愛好者」絕大多數就是欣賞者，目前欣賞者的欣賞水平，有必要「培養」、「提高」。我立刻寫了〈觀「華夏舞韻」〉一文，作為《剪虹集》欄開篇之作。並且託人輾轉先送郜老師過目，他看了很高興。原來他也是個愛寫藝評的人。

相識了，相熟了，就無所不談，談得最多的當然是藝術，尤其是舞蹈。我告訴他，我在中學時，很愛舞蹈，除了集體舞、交誼舞，還上台表演民族舞；校慶、籌款等，跳過紅綢舞。高中畢業時，同學們都以為我一定投考舞蹈學院的，如果能如他們所願，就與鄔老師同行了。但我自知這只是我稍有天份的業餘愛好，沒有條件吃這行飯的。

2.豐富的簡歷

鄔姓少見，年青時在香港有一個同事叫「鄔旭皎」，「鄔大琨」是此生認識的第二個。我問籍貫，他說是安徽五河人。我攀關係，說，何氏也是發源於安徽、安徽廬江的。

他1935年1月25日生於安慶，16歲在吳曉邦大師門下接受專業舞蹈訓練，17歲入北京舞蹈學校，19歲畢業，留校任教，22歲任古典舞教研組組長。80年代起，任北京舞蹈學院教授、系主任。1987年受聘於香港演藝學院。是中國第一本《中國古典舞教學法》主要執筆，主編執筆《中國古典舞基訓》，執筆《中國古典舞教學體系創建發展史》，是此體系創建人之一。曾擔任《魚美人》等舞劇主要演員，參加編創大型民族舞劇《文成公主》等。

1989年移民加拿大溫哥華，旋創辦「鄔大琨舞蹈學院」，2006年罹患帕金森病，2010年出版《開拓篇：鄔大琨舞蹈文集》，7月12日病逝，葬海景墓園，Heaven's Gate。

3.歡舞迎春

　　相識之後，我與美玉看他的舞蹈學院的演出就成為嘉賓。記得2002年那一次，他要我為他的場刊封面題字：「歡舞迎春」。我常為書籍、期刊、特刊題籤，雖然只是三四個字，甚至一兩個字，總要好幾天才能完成。不知何故，那次特別快，當晚寫好，次日交卷，送到他當時的住處，在「烈治文市文化中心」對面。我對他說，這個題籤我自己十分滿意，將來一定收進我的書法集裡。他聽了很高興。

　　這台「歡舞」很多都是他自編自導的，包括古典舞、民族舞、民間舞、兒童舞和現代舞。其中我最欣賞的是劉娜表演的「嬌龍劍」，英氣儷人，同時夠得上舞藝與武術兩重標準，讓我聯想到唐代的公孫大娘和李十二娘師徒，我即時寫了〈劉娜獨舞〉一詩。

　　慶功宴，也請了我和美玉，宴上，我認識了劉娜、以及郜老師的長女薇華。郜家是個藝術家庭，1996年因車禍離世的太太徐蘭是音樂家，兩個女兒、外孫女，都很有氣質，除舞蹈外，對音樂、攝影等，都有修養。外孫女戚加加是個大學生，竟然獲請到馬賽教法國人英語。

4.同歌共舞

　　郜老師只比我長三歲，可說是同代人，年青時，一個地北，一個天南，互不相識。老來遇上，卻有不少共同的話題。

　　他常津津樂道的，是1955年夏，20歲，代表國家參加在波蘭舉行的第五屆「世界青年與學生和平友誼聯歡節」的舞蹈比賽，

得了金獎。他還找出當時的照片給我看。

　　我說，這「鄂爾多斯舞」我也熟悉。50年代中期，也就是他出國比賽那期間，「中國民間藝術團」到澳門演出，就有這個舞。當時我是個中學生，至今半個世紀了，舞曲我仍可以完全背誦出來，演員逐一用背向橫列出台、亮相，男女一高一低，相視抖肩的舞姿，我還記得清楚。

　　於是就在他的客廳，我和他居然興奮得一起又唱又跳起「鄂爾多斯」來。這是何等的緣份？能與金獎舞蹈家共舞青少年時的「金獎舞」，我又是何等的榮幸？

　　他告訴我，這舞是賈作光所創，我問賈的師承，原來留學日本，看來是日本的舞蹈大師石井漠。他又告訴我，賈是中國蒙古舞的奠基人；其實許多蒙古舞的動作、舞姿，包括「抖肩」，都不是蒙古舞原有的，而是賈創出來的，因為有特點，人人以為是蒙古舞原有的、傳統的。

　　我想，這無不可，所謂原有，其實也是前人、古人所創，後人跟從，就成為傳統了。古人可以創，我們這些「未來的古人」，也一樣可以創。

　　我又對他說，這屆「聯歡節」其後的三屆，從香港回歸廣州的紅線女代表中國參加歌唱比賽，她唱的是粵曲，結果得了銀獎。郜老師曾在香港生活過，不但會講廣東話（我們交談，有時也用），還知道紅線女。

5.荷花舞曲

　　我們也談到當年「中國民間藝術團」在澳門演出過的、戴愛蓮的「荷花舞」，因為舞步特別，我不會跳，只好一起合唱舞

曲了。他讚我的記憶力強，我沒有「回讚」他，因為這是他的本行。我記得編曲者是劉熾。郜老師說，這曲原是陝西黃土高原一首高亢的民歌，只是把節奏特別拖慢了。我想：只是拖慢，最高亢也可以變得最文雅，竟然配得上「荷花舞」，奇！

我悟到，所謂藝術創新，有時只是把原有的稍稍改動，難怪歌德曾有詩文寫到，大意是，人類文明已發展了幾千年，甚麼都給發掘了，我們現在要創新，談何容易，幾乎是不可能的。我也一直感到，一些國際公認的雕塑大師的創新，也只在形式上稍稍改頭換面而已。

6.不做「鄉愿」

和郜老師交往過的人都知道，他溫文和靄，不發脾氣的。但我在他的文集《開拓篇》的〈自序〉中，發現了一次「內心十分憤慨」：

「1989年，是我人生的重大轉折，我於1989年6月請假來加拿大探望我的大女兒，她有意挽留我。我當時內心十分矛盾，因為我深知在中國古典舞發展的道路上還有許多課題，需要我繼續去開拓，我十分捨不得離開我的事業，我的學生。在我十分矛盾的情況下，我一連寫了三封信給當時的院領導，要求延長探親假，但一直沒有接到他們的回信，我以為他們默許了，就在這期間，我的同事寫信告訴我，當時的院領導在沒有給我回信，沒有給我打招呼的情況下，在探親的過程中，居然撤了我系主任的職務，他們這樣做是缺乏對一個幹部，一個人的起碼尊重！我聽到這個消息，內心十分憤慨，這樣他們等於斷了我的歸路，在舞院幹了大半輩子，為舞院的建設曾經出過一份力，他們竟然如此處

理，我覺得他們太不近人情了，我不得不留下來了。」

　　人一走茶就涼，人一走，茶就潑，我有同感。1989年，在我，同樣「是我人生的重大轉折」，我也是在1989年離開港澳移居此地的。在港澳，我是很多個文學團體的永久會員，誰料，我一離開，除了一個「香港兒童文藝協會」外，就都當是這個會員失蹤了，生死未明。「會訊」也不曾寄過一份來。

　　尤有甚者，我在澳門土生土長，我可以自豪的說，我是世界上第一個提出「澳門文學」這一新名詞的人、提出這一新概念的人、「澳門新詩月會」創辦人、澳門第一本新詩集的作者；在澳門寫過很多澳門題材的文學作品，做過不少「澳門文學」的創建工作。但一旦離開港澳來了加拿大，在一些老文友筆下，編選澳門文學作品、評論到澳門文學歷史時，以前被他們雅稱為「兩棲詩人」的韓牧，好像從沒有存在過，一如不必再提起的叛徒。

　　以史為鑑。其實郚的憤慨，韓的憤慨，都可視為文學藝術的史料，絕對應該記錄下來。我們不應該做心存忠厚、隱惡揚善的「鄉愿」，因為，「鄉愿，德之賊也。」

7.患病之後

　　後來郚老師搬家到Garden City路的大廈，那時他已患了帕金森病，手腳肌肉不能自如。記得我第一次到訪，他堅持要給我倒茶，這對他已相當困難，還要先從一個按壓失靈的燒熱水器中倒到茶壺裡，兩手捧著倒，實在十分危險，而他說「慣了」。我立刻制止，立刻下樓開車，到附近商店買一個新的回來，裝好給他用。

　　我的三哥、五妹以前曾在中華文化中心跟他學太極拳，是他

的學生。他這新住處，與我五妹相鄰，我們三兄妹以及美玉，有時會帶他出來飲廣東茶，那時他已步履維艱，要人攙扶了。一位舞蹈家的雙腳變得如此不堪，我心流淚。

一次他在茶樓時吃藥丸，我注意到，他一定要極度準時，早吃五分鐘，遲吃五分鐘，他都不同意。這顯出他為人嚴謹，也顯出他對康復有信心。

雖然患的是帕金森病，但腦筋一直靈活正常。他從年青時就愛寫作，積存大量關於舞蹈的文章，他知道我有出書經驗，與我商量如何自費出版。我也曾應他的要求，在香港找過幾家出版社報了價，但我一直堅持我的意見：雖然曾在香港演藝學院教過課，但主要關係還是中國大陸；在香港出版的書，一般都不能在大陸正式發行。香港雖然報價便宜，印刷精美，也是不值得去考慮的，還是應該在北京找出版社。

後來他難以自理生活了，就向政府申請入住養老院。他對我說，政府有關部門派來審查的人，見到他的履歷，又知道他對加拿大也有很大的貢獻，特別尊重，即時批准。

8.最後的探訪

6月中旬一個晚上，我已入睡，電話鈴吵醒，看時鐘，12時10分，誰的電話？對方口音含糊之極，一個字也聽不出來，一定是個白癡兒。還半夜打來，惡作劇，我掛斷。又響，又掛斷。又響，又掛斷。再響，讓他自動錄音。

早上起床聽錄音，怎麼也聽不出在說些甚麼，依稀有一個電話號碼，和郜老師手機的接近。打去，沒人接。輾轉找到他的大女兒薇華，原來他最近搬到另一家養老院去。次晨，馬上與美玉

前往。

　　他坐在輪椅上，時近中午，還在餐廳吃早餐，用叉子吃香蕉，拿不穩叉子，掉到桌上。思路清晰但口齒不清，勉強交談。聽不明白的，我就帶過，或者假裝明白。美玉問他是否能夠站立，他表示可以，但我覺得不可以了。

　　我只能講一些笑話，一些開心的事。我說：「因為你以前跳舞太多了，Quota（配額、定額、限額）用得差不多了，現在所餘無幾了。」他笑起來。我又說：「我現在每天早上都到烈治文中心商場晨運近一個小時，百多二百人一起做的，有太極、健康操、關節操等，但我最喜歡的是『健康舞』那部份，三步、四步、ChaCha，山地舞等，每天不同的。一星期跳五天，看來，我也要注意我跳舞的quota了！」他又笑起來了。

　　我告訴他：上個月我們「加拿大華裔作家協會」宴請過一位蒙古來的詩人，叫森道哈達，他很熱情，主動即興跳了一段蒙古舞，是拿住兩把筷子跳的。我居然回敬獻醜，跳了幾下「鄂爾多斯」，一抖肩，大家都笑了。席間，我還談到郆大琨老師五十年代出國比賽得獎事，又說「抖肩」並非蒙古傳統等等，大家都覺得很新鮮。我又對曹小莉說，郆老師住養老院了。

　　他告訴我，《開拓篇：郆大琨舞蹈文集》剛由「中國戲劇出版社」出版了，已在北京印好發行。我問他有書在這裡嗎？他講不清楚。還是後來我在他房間的書架上發現了十幾本。他要送我一本，指示我們找出一個膠印，蓋在扉頁：「郆大琨敬贈二零一零於溫哥華」。

　　他的手幾乎不能執筆，但還要用原子筆極為艱難的寫「送給韓⋯⋯」、「韓」字寫了左邊，停下來，我說：「用簡體，三橫就可以了」他繼續寫「牧指正」，其實都不成字形。簽名，他要

我抓住他的手簽，寫了「郜大琨」。我笑說：「這簽名真美，比你簽，比我這個書法家寫，都要美，因為是兩人的合作。」的確如此。簽了名，他又要蓋「郜大琨」的名章，找不到印泥，我只好對印呵氣，勉強蓋出點紅色來。

他又要送美玉一冊，我說，兩夫妻一本就夠了，於是我再要抓住他的手，在「韓牧」旁加上「勞美玉」。我向他多要了幾本，替他寄贈有關的加拿大的大學圖書館。

臨走，我把一冊《韓牧散文選》送他，但忘了對他說，〈自序〉提到了他，書末附印了我「歡舞迎春」的題籤。

回到家裡，翻開《開拓篇》，巧了，〈後記〉提到我，說支持了書的出版；書末附錄的我《剪虹集》書中〈郜大琨的「歡舞迎春」〉一文。

9.謝幕

與薇華通電話，知道郜老師於7月12日走了，是肌肉的不受控制延及食道，不能吞嚥，而郜老師又不願插管餵食。

7月21日，在Ocean View海景墓園舉行喪禮，隨即下葬該園，與愛妻同穴。喪禮類似公祭，中國舞蹈界送來的花圈甚多，參與儀式的除主家家人外，幾乎都是郜老師的學生。張明慧水袖「序舞」，戚加加鋼琴伴奏。王希賢芭蕾舞藝術學院的王希賢介紹生平。致悼詞的有恆達舞蹈學院、美國亞洲表演藝術劇院的李恆達；溫哥華明慧舞蹈學校的張明慧；郜大琨舞蹈學院太極班的代表；次女郜妍。又有多通中國來的悼電、悼詩、悼詞，同行的、學生的、親友的。長女薇華致謝詞。

喪禮程序表有6頁，最後一頁是一張照片，詩意，郜老師黑

西服、蝴蝶領結，滿面笑容，精神抖擻，在舞台中央獨自大步前行，兩旁站滿古典舞的女演員，對著他鼓掌。那是2002年「歡舞迎春」謝幕時，薇華將之定格。

解穢酒席散時，我問即將回北京的郜姸，她的新生女兒闔曉如何，想不到她這樣回答：「她的性格很好，很和氣。」我說：「像外祖父了！」郜姸笑了。

10.歷史長存

個人的肉身總要消亡，但個人的歷史是可以長存的。歷史依憑甚麼產生？靠史料累積。郜大琨不同於一般的舞蹈家、舞蹈教育家之處，是他愛記筆記，愛寫文章。有了發現，寫心得；看了表演，寫藝評；開會，不論大會小會，每個人的發言，點點滴滴都要記下來。日積月累，舞蹈實踐的文字資料儲滿了四大箱。

這一習慣，我與他是「偶同」了！重歷史，本就是自古以來中國文人的傳統。記得在大學時聽饒宗頤教授開的「中國文學批評」課，一本《中國文學批評史》就可以作為代表，完全涵括。

郜大琨不但根據他自己積存的史料，寫成了「信史」《中國古典舞教學體系創建發展史》，還編成了《開拓篇：郜大琨舞蹈文集》，內分「中國古典舞研究」、「訓練與教學」、「舞蹈理論研究」、「舞蹈評論」、「學術交流」等，這都是中國舞蹈幾十年來發展過程中豐富珍貴的史料。

由此可證，郜大琨不但是一位為國爭光的「舞者」，一位具創建性的「師表」，還是一位忠實勤懇的「史家」。

2010年7月25夜，加拿大烈治文。

與方寬烈先生交往零憶

方先生說自己已衰老體弱，邀請好友每人寫一篇紀念文章，成書留念。我也有幸獲邀。

方寬烈先生與我，同樣長期在香港生活，又同樣在澳門度過不少年月，都是文學中人，卻無緣結識。說是無緣卻有緣，2006年冬，我因《剪虹集》及《評論選》在香港出版，從溫哥華回港澳處理，趁機探訪師友，得文學老友凌亦清安排，與方先生相聚；方先生又介紹羅孚先生給我認識。

這之前，我對於方先生所知甚少，他卻讀過我的書，也許因為他是藏書家。他對詩集《回魂夜》特別讚賞，也許因為他是詩人，更是性情中人。

在另一次歡聚中，他還約了我二十年未見面的小思女士。而中文大學香港教育研究中心的楊健思女士，也聞風（小思之風）而至，幾位新知舊雨，在我回到溫哥華後迄今，一直與我聯絡不斷。

香港的茶樓人雜聲吵，那次我與羅孚先生鄰座，原來他是說國語的。從上午十一時到下午三時打烊，我一直「咬」著羅先生的左耳講過不停，嗓子都沙啞了。他合共講不到二十句話，但一開口就中肯。我從六十年代他用「羊朱」的筆名寫《新晚報》的社論、以及我投稿〈風華〉文藝版為舒巷城爭辯說起，到他用「吳令湄」筆名在《海洋文藝》月刊寫散文。又講時事，包括台獨。我又請他及早寫回憶錄，以他的道德高度，讀者一定深信。使我意外的，是他對溫哥華的書畫藏家、尤其是專藏黃賓虹的，

竟也熟悉。告別時，我說：「我回去對朋友們說，我有幸認識了羅孚。」羅先生笑說：「我回去對自己說，我有幸認識了韓牧。」後來，他託人帶來一套珍罕的他編輯的《聶紺弩舊體詩全編》送給我。

小思女士，這位「香港文學史之母」，此一別後，六年來，隔洋給我關心。例如請我把〈亡友的筆名〉這首在香港懷念舒巷城的詩的手稿寄她，讓她給中文大學的「香港文學特藏」珍藏。我寄給她溫哥華報章「海外華文作家」特輯的剪報，移民自香港的，她看後也給「特藏」珍藏。她還請我用現代甲骨文為她的「睡貓居」寫齋額。

楊健思女士與我成了無所不談的好友，電郵討論文學、社會；又幫我做了不少我因人不在香港不能做的事。還寫了長文評論我的詩，讚賞與鼓勵兼有。她是虔誠佛教徒，我曾寫了一幅甲骨文《心經》送她。

以上種種，都是方先生熱心為我聯絡和介紹引致的。若非如此，我這幾年在溫哥華的文學藝術生活，會寂寞得多。

六年前一別，方先生與我通信不斷，對我這後輩常加照顧。我感到，他是個十分認真的「愛書人」和「編輯人」。這個年紀（1925年生）還看這麼多的書、寫這麼多的文章、編這麼多的書籍、雜誌。沒有人這樣的。以他的高齡和忙碌，厚達四百多頁的《韓牧評論選》他居然在收到後幾天內，逐字通讀了一遍。後來我又在香港出版了兩本書信集之類的閒書，我沒有打擾他。他從友人處得知出版消息，要求取得；通讀後提不同意見與我商討。

他編《文學研究》季刊，約我寫稿，我一時無暇，他約我隨意抄錄《回魂夜》中幾行詩，作為作家手蹟刊登，與名家、大家並列。他編寫《情詩三百首評釋》，除了選了我的〈雪葬〉，還

請我用行書題寫書名。他編寫《濠江荒謬歲月》，請我為澳門的連理樹寫悼詩，又請我題寫書名。他編《二十世紀香港詞鈔》，把我青年時所寫幾乎佚去的兩首〈采桑子〉選入。

方先生交遊極廣，我的恩師、好友，他大都認識。如饒宗頤、羅慷烈、吳其敏、謝熙、區建公、梁羽生、張初、曾敏之、王亭之、余玉書、梁秉鈞、白樺、王劍叢、楊國雄、周良沛、鐵凝、吳羊璧、古劍、鄭煒明等。因此與他交談、通信，共同語言特多。

方先生與我都是愛寫信、愛寫長信的人，我用電腦寫好，打印寄他，他不用電腦，用紙筆寫。「印刷品」換來「手蹟」，我「著數」得多。有時「手蹟」也不單是文字，例如一次他信中夾了兩張手製剪貼卡片，是準備用在《濠江荒謬歲月》（原稱《小城夢幻錄》）書中的插圖：〈連理樹〉和〈松山燈塔〉；卡片正面寫短詩，背面寫短文，都是對這「初嚐真愛之地」的緬懷。詩曰：「已憐／花解語／／更羨／樹連枝」；「蒼雲／白塔／古堡上／遠射的燈光／／夜漫長／身茫茫／一線光亮／點燃著／幽暗的心房」。

方寬烈先生與我交往的痕跡，大多留存在通信裡。現在我從我寫給他的信中，隨手選出幾段：

（1）　來信講了不少名詩人及其情詩的掌故，我聞所未聞，是你親身訪問當事人、或是其兄弟、子女、好友，是第一手資料，很可貴。如戴望舒的〈有贈〉、吳其敏的〈綺夢的碑文〉、談錫永的〈髮結〉、力匡的多首情詩，以及先生的始作新詩，是由於六十年代中在澳門時，何麗嫦的一首〈問月〉引起。其中有幾位是我的師友，更加親切。

　　　　前時，我在給瘂弦兄的信中提到你，他來信說：

「方寬烈在香港見過，他的文學史料工作做得很紮實，文學閱歷也廣，是一位文學有心人。他的《情詩三百首評釋》我沒有看到過，我會向他要一本做紀念。」

後來收到尊著，又說：「方寬烈先生在香港見過面，他是史料大王，地位如台灣的秦賢次，都是真正的專家。他這部情詩三百首重視『五四』早期詩人，差不多一網打盡，是歷來最全的，這是寬烈先生的功力，一般人涉獵不會那麼廣泛。」

（2） 方先生是知音。我寫連理樹的悼詩最後一節如下：

> 龍歸天了
> 遺下一張照片向後代顯示
> 這裡有過的天真的時代
> 小愛的時代和大愛的時代

「歸天」是回到天上，也就是死。這樹，就是「天真」、「小愛」、「大愛」的象徵，樹死了，就統統都死了。「這裡有過的」，暗示「這裡現在沒有了」。「天真」沒有了，「小愛」、「大愛」都沒有了。後代的人，在沒有「天真」和「愛」的時代，只能看舊照片了。小城是您初戀之地，也充滿我童年、少年的流光，如今，已成夢幻了。

（3） 關於「大成藍」，你的解釋讓我們後輩增加不少知識。你說：你家在十九世紀末，曾經營染布廠，出產黑色的「汕尾烏布」，耐洗耐著，適合客家人和漁民穿著。每疋四碼半，可縫唐裝衫褲一套。上海有同類的，銷華中

華南，叫「大成藍」，是用藍錠（靛）精染的。而「汕尾烏布」與「順德黑膠綢」（後者屬絲綢）是用黑色植物性染料；「烏布」與「大成藍」是實用結實的棉布。以上都是上世紀四十年代以前大眾化衣料，正類今天的牛仔布。踏入五十年代，這三種布料，都給人造纖維製品淘汰了。

以前，我還以為「大成藍」是廣東的，從您所述，可知是上海所產。

（4）　您的兩對楹聯，我先寫「梅荷雙清，花謝花開誰管得；晴雨不定，月圓月缺總欣然。」我用漢隸筆意，暗參《曹全》之瀟灑，《禮器》之瘦勁。寫過很多次，都未能如意。也許是太著意，力求完美之故。

後改寫另一聯：「逝水無聲，應解落花終有主；寒潭遺影，還留明月證前生。」我任己意揮灑，不計工拙，竟能一次，便覺滿意。不必寫第二次。此作用筆隨意，寫時忘我，並無「意在筆先」，卻能「神居字後」。不作預先安排設計，寫後細看，有不少意外之筆意及結構，實乃「心無罣礙」而得；當時筆毛狀態順暢，又紙墨相發，雖有漲墨，反覺自然。此作筆道粗細、正側，每與常態相反，其中粗細一項，與清代金農暗合，而我從來未學金農。客觀上，此作近清隸意態，亦即與恢宏之漢隸有別，卻具現代味道。而「梅荷‧晴雨」一聯，我寫不好，想來或因我力求近漢，與我現代人意識相違所致之？即使寫得不錯，也非創作，近於模仿？

2012年9月，於加拿大烈治文市。

每逢佳節倍思「青」——永懷麥公冬青先生

前言

　　正當我與美玉乘郵輪出遊歐洲之際，麥公靜悄悄駕鶴仙遊，升上歷史舞台了。正當眾多至愛親朋在溫哥華一間聖潔莊嚴的教堂追懷麥公之時，不巧，我倆正在韓國一間大學作學術研討，緣慳一面。雖說生老病死是人所必經，雖說麥公已享103歲的超高壽，但我還是覺得惋惜。我再也聽不到他專門為我設計的一句節日問候語了。

稱謂與問候

　　唐代王維的名詩〈九月九日憶山東兄弟〉：「獨在異鄉為異客，每逢佳節倍思親；遙知兄弟登高處，遍插茱萸少一人。」
　　我以筆名「韓牧」行，許多人都不知道我本名「何思捣」，大家稱我「韓牧」、「韓牧兄」、「韓牧先生」。只有麥公稱我本名，總是稱我「思捣兄」。稱「兄」是上一輩人對後輩的禮貌，我也在少年時、在魯迅的《兩地書》中學得。但是稱我本名，應該表示超乎文友關係更親密的關係。麥公一直稱呼我妻勞美玉為「阿玉」，每次見我單獨出席總關心說：「阿玉呢？」這更近乎暱稱了。最近我才對他說，「阿玉」的父母長輩，在家裡

都是叫她「美玉」的，我叫她的英文名Anna，你是世界上唯一叫她「阿玉」的人。麥公連聲說：「大膽！大膽！」

　　關於稱謂，記得中僑送別《松鶴天地》總編輯陳國燊那次，在富大酒家辦了兩桌。席間，心直口快的陳華英當眾「質詢」我：「韓牧，人家叫你韓牧先生，我叫你韓牧，是不是沒有禮貌？」我答：「無所謂，叫韓牧親切。」我指著鄰桌的麥公，說：「我叫他，我不敢叫他麥冬青的，因為他年紀大，大到生得我出。我叫他麥公，他叫我思揚兄。你叫我甚麼我無所謂，但如果你要學麥公、學我一樣有禮貌，就要算一算，我是否生得你出。」她聽了，就不再說話了。我們的一些女作家，愛隱瞞自己的出生年，一旦被揭穿，會生氣的。其實作家又不是靠出賣青春、出賣色相吃飯的演藝界，大可不必「賣萌」。我們不應該知道冰心出生於1900，林徽因出生於1904嗎？

　　許多年來，每逢佳節的當天早上，麥公一定打電話到我家，第一句：「每逢佳節倍思揚。」表示思念之意。接著就是一次詳談。所謂佳節，有春節、元宵、端午、中秋，以至西方人的情人節、復活節、感恩節、聖誕節等等。

　　論年齡，他與家父家母相若，長期如此問候，我這晚輩不好意思，於是我要搶先在他來電之前去電，想說一句：「每逢佳節倍思青」，總是搶不到。因為太早又怕他未起床。於是我就在佳節的前一天就打去。他說：「佳節未到，不算！」

　　誰都知道麥公幽默、思路敏捷而清晰，恰好我也是風趣成性的，一句「倍思揚」之後，就開始一次不失禮數體統的嘻嘻哈哈互鬥幽默了。這種交談，我的經驗是：只要對方與自己相近，坦誠吐露，就會互撞而生出火花，意外出現許多妙想和妙句來。

　　而現在，此情不再。我再也接不到他的電話，他也聽不到我

的話語了。不過可以肯定，即使不知算不算佳節的清明節、重陽節，我一定「倍思青」的。

籍貫與誤會

初識麥公時，知道他有女兒，我就回憶起我小學時有一位同班女同學，麥詠沂；她有一個妹妹低一、兩班，叫麥淑沂，姐妹花成績很好，又是全校最端莊文雅的。「大麥」、「小麥」全校聞名。以麥公廣州西關貴族式的教養，我聯繫到「大麥」、「小麥」文雅的姓名、表現和年齡，私下覺得，「大麥」、「小麥」也許就是麥公的女兒。但一直沒有問。後來冒昧提出，卻原來是美麗的誤會。確然，這種紳士淑女，買少見少，是最後一代了。

麥公祖籍是以蠶桑著名的廣東順德。據他自述，大概曾祖父一代，已遷廣州，後又移居香港、加拿大溫哥華，一直沒有回過鄉。我的經歷相似，也是祖籍順德，祖父母中年時遷居香山（中山），父母再遷澳門、香港，我移來溫哥華。我家族五、六代人了，沒有回鄉。只有我一人在十多年前應順德市新建的美術館之邀，回鄉作書法個展，順便尋根，尋到祖父母150年前的住處。

我想說說麥公的口音，我們交談當然用廣東話。廣東話以廣州話為正宗，廣州話又以西關話為正宗。麥公在西關土生土長，口音與我們略有不同。西關話，睡覺，不說「Fun教」而說「Hun教」，現在，不說「宜家」而說「依家」，我們沒有齒音，西關話多齒音。我童年時，有一句西關話是用來取笑的：「阿四阿四，帶條鎖匙，擰幾毫子，落街買張報紙。」最後一字都是咬牙切齒的。麥公給我最深印象的是說「自己」一詞，他不是說「自己」而是說成廣東音的「忌機」。這「忌機」，童年時

常常聽到順德長輩這樣說的，也不知道是西關話還是順德話了。

筆者與歌者

麥公的身份是作家，先後在《星島日報》、《明報》、《松鶴天地》寫時事評論、副刊專欄和文藝作品。寫時評，免不了批評社會歪風，牽涉到人。麥公對我說，他天天出唐人街，太太曾擔心他的利筆會招致自身的安全。但麥公說，他自問說的是事實、立論持平，是無需恐懼的。

記得2000年春，《明報》人事變動，改版，許多專欄取消，我寫的《三慧篇》是其中之一。麥公乃向《星島日報》建議，趁機吸收部份專欄作者，因此，我得以在《星島日報》開一個新專欄《剪虹集》，專談藝術。我又記起，1989年冬我不辭而別的、從香港移民到此地，不久，認識了文壇前輩金刀先生，他知道我幾乎斷了香港的關係，說自己年紀大了，把他在《香港商報》寫的名為《溫哥華雜碎》的一個專欄，讓給我寫，每日500字，全年無休。麥公、金刀伯提攜後進，讓我終生銘感，是我學習的典範。

他第一本書《突圍》出版後，我多次勸他早些編印第二本書，他說文稿不夠，我說可以選取以前寫的時事評論、政經評論，起碼可以作為附錄。麥公認為事過情遷，那些文章沒有價值了。我說，有價值的。它們保存了史實，是史料；又可以給後人知道，那時代的時評是這個樣子的。

那時期，我還沒有用電腦，是用傳真，和麥公傳來傳去，很是熱鬧。但我在2007年用了電腦後，就把傳真廢了，也冷落了用傳真的朋友了。

文學以外，我與麥公有另一種共同語言，粵劇曲藝。我們都愛唱粵曲。真巧，現代粵劇大師兩極峰，相當於唐詩中的李白和杜甫，是薛覺先和馬師曾，都是順德人。（附說，順德還出了個世界級武狀元，李小龍。）麥公夫婦在1983年創立了「快樂山中國音樂會」，娛己娛人，支持免費研習粵曲。逢年過節，到唐人醫院、華宮安老院、東區日間護理中心等演出，給老人家歡樂。1992年起，溫市研習粵曲風氣轉濃，乃申請為非牟利團體，積極與本地音樂組織合作。十周年會慶時，邀得「振華聲」、「藝林」、「清韻」、「林世濤學院」在中華文化中心同台演出。次年又請到香港名伶來溫合演。後又與「悅聲」結為姊妹社。這「快樂山」的經費，全賴名譽會長、會長、董事等負擔。

　　後來麥夫人黃婉華會長不幸病逝，難以為繼，於是辦了最後一次音樂會「迎春曲韻樂中僑」以為紀念，將全部樂器捐贈給「中僑護理安老院」，完成對社區貢獻的歷史任務。

　　麥公在一百歲那一年的五月，曾為「中僑」義唱一曲《鳳閣恩仇未了情》，「一葉輕舟去，人隔萬重山……」，籌得善款加幣8000元。他與黃滔師父的合唱，我常在電腦找出重聽。我初到溫哥華時，曾每周與舍妹婉忻到黃滔師父家學唱，可惜後來生活太忙，逃學了。現在想來，沒有和麥公夫婦合唱過，是一件遺憾的事。

書法與對聯

　　2001年，麥夫人黃婉華女士病逝，麥公請我寫墓碑。我認為，墓碑字體必須莊重，不可柔弱、逸筆。墓主溫婉文雅，筆調又不宜厚拙雄強，宜流麗。這矛盾難以克服。我略參漢《曹全

碑》，重溫《洛神賦》及隋《董美人墓誌》，冀能除去俗氣，才敢下筆。

2003年，麥公請我預寫他自己的墓碑，因為接到墓園通知，以後統一採用電腦字體。唉，書法這傳統藝術，難逃電腦追殺了。我重溫麥夫人的，寫成略有不同但相配的一對。後來我才知道，請我寫，是麥夫人的主意。麥公說，她特別喜歡我的隸書；我又知道，麥夫人在香港時，也曾跟過我的書法恩師謝熙先生學習書法，可說是我的同門師姐了。麥府也藏有謝熙老師的墨寶，可惜我無機會得見。麥公夫婦也無機會光臨寒舍，否則，在書房牆上，就可以見到謝熙老師贈我的兩幅書法了。

記得當年送別麥夫人之日，靈堂上高懸麥公的輓妻聯：「六十寒暑，歷經戰亂流離，生死與共，患難相扶，最痛衰翁哀老伴；五個地區，分隔東西南北，養育恩深，劬勞未報，忍看兒女哭慈幃。」此聯寫出輓者及兒女與逝者的關係，具時代特色，情真而切實。上比寫自己與妻子的過去與現狀，下比寫父母兒女分隔情況、兒女心境及自己的觀感。對文似簡單，其實已真切周到寫了兩個時代的特色、三個方面的關係。輓聯由陳建章兄代書，溫雅大方的楷書，與逝者相配。連文帶字，堪稱本地罕見佳作。

喪事辦妥後，麥公請我寫一幅書法，裝了鏡框，感謝麥夫人的家庭醫生高健騰。我又遵命。我撰了嵌上高醫生姓名的對聯，用隸書寫。後來麥公給了我「潤筆」，可說是三贏之舉了。

2013年麥公百歲，兒女舉辦隆重盛大的宴會，我撰壽聯書之以隸書為賀：「戰士情懷，越冬長青一世紀；仁者壽考，壯樹更榮兩百年。」寫他投筆從戎的經歷，宅心仁厚的情操，又嵌上本名「樹榮」、筆名「冬青」，他很喜歡。我心中有一聯，只有下聯，而上聯至今未能對出來。「麥，麥冬，麥冬青。」前兩者都

是植物名。

新詩與論爭

十多年前，西門菲沙大學（SFU）、嶺南長者學院請我開書法課之外，還開了「新詩欣賞與寫作」，在溫哥華市中心校區上課。麥公知道我在SFU指導學員們寫新詩，他從來未寫過新詩，也湊熱鬧，寫了「處女作」給我修改，然後在報刊上發表。我印象中他寫過兩首。一首是從家居憑窗望遠的感受，一首是紀念香港歌星羅文的。

2001年，香港市政局出版了一部大書，《香港近五十年新詩創作選》，阿濃兄立刻在他《星島日報》的專欄，發表了〈香港新詩的窄路〉一文批評；我也在我《星島日報》的專欄〈剪虹集〉作回應，文題是〈為香港新詩辯護〉，竟然就此引發了「加華文學」從未有過、到現在還是唯一的一場文學大論爭。加入討論的還有多倫多《明報》的蘇賡哲、溫哥華的盧因、陳浩泉、劉慧琴。他們每人寫了一篇到四篇。阿濃兄寫了26篇，我寫了21篇，從2001年11月延至次年8月。爭論不休，越爭越烈。

相信是麥公恐怕傷害到控辯雙方的友情，在傳真上勸我：「捍衛自己的文學立場和信念是對的。」、「贊成在適當時候作出結論，不知尊見以為如何？」我覺得這次論爭，實質上是嚴肅文學對商業流行文化的反抗，還有許多需要深入討論之處，還未到作結論的時候，但我瞭解麥公的真意，我尊重他的意見，於是草草收筆，戲稱「結案陳辭」。

我那些文章看來感情澎湃、雄辯滔滔、咄咄逼人，其實深思熟慮，下筆嚴謹。我在專欄中說：「近數月關於新詩的論爭文

章，每篇寫好都先發給比我年長文友、詩友幫眼，看有否不妥。麥冬青先生、盧因、劉慧琴兄以至律師文友及香港的老文友、詩友，均依所囑修改，磨去一些利角。總的說，大家都同意我所說。」

其實，阿濃兄與我是多年老友，我在香港主編一個青年雜誌時，曾請他寫一個專欄，在紀念「五四」的研討會，又請他作嘉賓講者。他到溫哥華後，要加入我們的「加拿大華裔作家協會」為會員，我覺得以他的成就是委屈了，於是向我會建議，副會長職位，由兩個增加為三個，並說服理事會及眾會員，推舉他為副會長，幸而得到成事。而這次，是他在爭論期間，說為了讓讀者感興趣，鼓勵我寫得詞鋒銳利些，我才放膽直言，因此，促成這一次千載難逢的互相掀皮露骨，肝膽相照。看來麥公是過慮了。

後語

人總是要老的，近年，麥公不及以前的高大，手腳也不及以前靈活了。每逢飲食，我總盡量坐到他鄰座，方便照顧。記得去年「加華作協」請UBC亞洲研究系教授雷勤風（Christopher Rea）來作〈中國新笑史〉專題演講，歡迎與會者出來講笑話。麥公說，自己也不知道這個算不算笑話，他說他不願意上天堂，因為太寂寞，沒有朋友。我說：「我也是寧可落地獄，我的朋友大多在那裡。我也可以陪你。」我聽到同桌幽默的雷教授用國語說：「麥老，麥老不賣老。」國語賣、麥同音。

兩年前，應邀到國際畫廊參加敬老團拜，麥公特意與我合照。他反常的，要把手穿在我的臂彎中。這樣親密的姿勢，26年來在數不盡的合照中，從未有過，我感到奇怪。一年前「加華作

協」春茗尾聲時，林欣姐扶麥公離席，送出門口時，美玉突然起身，跑出去和麥公握手。這鏡頭我也搶拍到。這兩件事，一直在我心中，難道是甚麼的先兆？是預感著甚麼？

麥公是義工典範，人人皆談，人人皆知。九十多歲去服侍七、八十歲的老人，鼓勵他們吃飯等事，人們津津樂道，這些我不必說。我常常對美玉說：我們已屬老人了，對當今的青年、中年，看不順眼。那是因為教養、道德、待人、接物、禮貌，一代不如一代，可以想到，麥公的一代，看我們同樣是不順眼的。因此，我們還要在麥公他們那一輩人身上，不斷學習才可以。

2016年10月25日，加拿大、烈治文、美思廬燈下，窗外正微雨。

書法之緣——永懷謝琰兄

　　2018年3月16日晚，我們「加拿大華裔作家協會」在富大酒家舉辦的「新春聯歡晚會」正要開始，席間傳出噩耗：「謝琰剛在一小時之前去世了！」我心中黯然，卻不感到意外，近年，他的病情早已日趨惡劣了。

　　癌症開始於十四年前，他積極接受醫療，心態樂觀豁達。在這一段時間內，做了許多工作：創作書法作品、辦書法展覽、教授學生、寫文章、出版文集《懷玉堂隨筆》、為朋友的文章、書籍翻譯等等，與未患病時沒有兩樣，甚至成績更大。

　　四天後，我與美玉特意去了一次烈治文國際佛教觀音寺，拍攝他在寺中的幾件書法作品：一張碑記、兩副門聯、一個橫額。廣發給美洲、亞洲、澳洲的朋友。人雖遠去，藝術永存。我青年時就悟到，文學人、藝術家，不管生前有多風光，有多大的名氣和地位，身後就只能靠留下的作品、作品的藝術性。

1.不經介紹的相識

　　我與謝琰兄的相識，很是偶然。1989年12月，我自香港移居溫哥華，不久，我看到報紙上有一個消息，美術界人士要辦一個名為《風暴·回響》的「天安門周年紀念美術展」，公開徵求展品。當時我抵加不久，完全不認識美術界的人，於是依照消息上的聯絡電話打去，說我是新到的書法家，有意應徵。對方名

「鍾橫」，華裔，後來知道，他是加拿大西部地區最有成就的雕塑家。

經他熱情接納，我馬上準備作品。作品名為〈戰血與軍聲〉（Blood and Sound），我用隸書、淡墨，篆意草情的寫了一聯：「戰血流依舊，軍聲動至今」，是從杜甫一首五言長篇排律最後部份的摘句。那詩正是老杜的絕筆詩、自輓詩。我安排上下聯緊貼並立在當中，如紀念碑，碑的底座是忽乾忽濕的行草長序。白宣紙本，裝了黑邊鏡框。後來我據這書法寫了一首詩，詩末說：「血與聲　兩敗俱死／黑鏡框鑲起一幅／音容宛在的合照／／半空浮游著一方鮮紅印／一滴方形的血」。

據報導，這個展覽，溫哥華是第一站，依次到歐、美各大城市巡迴。展品有雕塑、油畫、塑畫、攝影、書法。展品件數不多，我書法幸獲選入。

展場是卑詩大學（UBC）的亞洲中心。大學在遠郊，不熟路，開幕日唯恐遲到，我提早到達。大門未開，就在周圍流連。那裡花木扶疏，寧靜幽雅。不久，見到一個身材魁偉的中年男子到達，他用懷疑的眼光遠遠的打量我，我也同樣打量他。忘了互相打量了多久，也忘了是誰先說這一句：「你是來參加開幕禮的嗎？」互通姓名，原來都是參展者，他也是書法家，名叫「謝琰」。

印象中，他展出的書法，是兩個大字：「國殤」。

2.我書法的貴人

我自港移加不久，即專心研究甲骨文書法。但我藏書不多，參考資料不夠，幸好卑詩大學這亞洲圖書館，是加拿大中文藏書

最豐富的地方。謝琰兄正是中文部的負責人，我經常到那裡尋找資料，得到他許多幫助。

在館中，我常常見到一位上了年紀的文雅的女士，，在翻書目卡片找書，見得多了，我向職員打聽，原來她正是著名的葉嘉瑩教授，於是又相識了。我在澳門大學研究院研究杜甫詩時，就讀過她關於杜詩的著作。在加拿大，我真幸運。

我的書法恩師謝熙先生（1896-1983），在1996年滿百歲。此前兩年，我曾向留港同門建議辦一個紀念展，可惜，師兄師姐們大都年事已高，不少也像我一樣已移民海外，紀念展辦不成。於是，我在1996年冬天，出版了我自己的書法集，把這「家課」作為向恩師的獻禮。

謝琰兄知道後，說，既然作品已夠，書法集又印好，應該開一次展覽。我說我對展覽完全不懂，他熱情的說：「我幫你搞，就在UBC展，不必費用的。」

1997年1月的這次個展，謝兄取名「書契新迹」，是我學書幾十年來的首次。我回憶起，其實我的個展應該在三十一年前就舉行的，當時我屢次獲得香港青年書法冠軍，YMCA男青年會要為我辦一次個展，我覺得果子未熟不應採下來，一口拒絕。電視台的青年節目邀我訪談（記得是黃霑主持），我也借故推卻。一周後，我到「文緣館」上書法課，謝熙老師問我有沒有收到電視台的邀請信，我謊說去了澳門，回來才收到信，日期過了。我是謝熙老師最乖、最聽話的學生，這麼多年來，就只有那一次令他不悅，這遲來的個展，算是補償吧。

這展覽全賴謝琰兄的舉薦、統籌，熱情細緻，好像辦他自己的個展。他為我設計場刊，又為我寫的書展前言長文〈學書‧論書‧展書〉作英譯。他的譯文細緻豐富，補了我原文的不足。例

如，凡朝代，都標出起迄年份。我提到的書家王羲之、柳公權、歐陽詢、顏真卿、趙孟頫、成親王、黃自元、陸潤庠，以至我老師楊敬安的老師梁鼎芬、師弟溥儀，他在譯文中都一一標出其生卒年份，甚至還簡介一兩句。

又如我在前言中說，我的中學國文老師「陶俊棠老師獨身，……我常向他請教文字學，在他的臥室翻閱他古文字學的論文稿。」謝兄說，「臥室」不能英譯，一翻譯，西人就覺得你們是同性戀了。這是我第一次嘗到多元文化的奇異。

他自己也寫了一篇長文〈覓古求今——何思摱的書風〉，對我讚揚，他說：「何思摱敢於創新，以甲骨文寫《心經》和《正氣歌》，是前人未經嘗試過，算是中國書法史的創舉。」、「他的創作是由傳統為起點，變有所本。他擁有敏銳的觀察力，文學家的感性，開拓者的精神，和嚴肅的態度去求真，從古代書契、現代藝術吸取營養……不與時同，有他自己的風格，具有現代氣息。」其後的論者，也有參考、依據他的這些評價。

見到場刊，我有意外的驚喜。原來展覽並非由亞洲中心主辦而是由UBC大學主辦。中國書畫能獲此高規格，我未曾見，這當然是由於謝兄無私的舉薦。他為求展覽辦得高雅，不作剪綵，拒絕花籃與賀詞。但當日還是送來兩個花籃，一個是駐溫哥華台北經濟文化辦事處的，一個是處長及夫人的，也不能不收。謝熙老師的長子，也是書法家，從廣州寄來大幅賀詞，我只好張貼，拍攝後收起。入門處左右有兩個門榜：左為饒宗頤師的古隸〈何思摱書展〉，右為謝琰兄的楷書〈書契新迹〉。

謝兄說，大學是政治中立的，所以政界人士一律不邀請。我有幸，省督林思齊得悉，還是蒞臨了。在開幕禮上，謝琰、施淑儀賢伉儷任主持人，王健教授致開幕詞。謝兄又在開幕禮上安排

了一個朗誦會，葉嘉瑩、王健兩位教授及施淑儀，朗誦我作品的內容。記得葉教授朗誦杜詩〈客至〉，王教授朗誦張旭詩〈桃花溪〉。

時維一月下旬，天氣嚴寒，當日大風大雨，但賓客盈門，來了幾百人之多，破了紀錄。展覽會期間，全部幾個華語電視台、電台都作訪談，中、英文報章雜誌的訪談、評介、報導，文稿有三十多篇，加拿大國家電台作海外廣播。展覽可謂成功，那是謝兄之功。

3.努力籌辦國際聯展

他熱心為我辦書法個展，但不熱衷辦自己的個展，我多次勸他，也勸他出版文集，他聽了苦笑而已。不過他卻努力策劃、籌辦國際書法聯展，藉此傳揚中國書法。最重要的有兩次：1995年的「翰墨因緣——中日書法聯展」，加、美、港十三人，日本二十三人，在溫哥華加拿大工藝博物館展出，其後又移展於省會維多利亞、緬省班頓市及美國。

他知道我對古今各體書法有認識，又對書法評論有興趣，展出前給我一個任務，要我寫一個總評發表。日文書法我瞭解未深，不敢評，只評「中方」的。我寫了一篇〈墨緣印象——寫在「翰墨因緣——中日書法聯展」前〉，約6000字，按書體分類，對每一件展品都詳予評論。謝兄展出行書，評論他的部份約600字，節錄如下：

「行書」是最最普通的書體，雖說易於表現性格，但若要悅目怡神又可堪咀嚼又自成一家，比任何書體都難。想來，易於洩露性格正是原因。……米（芾）字獨特，本易看出，如宋代吳

琚學米，形神兼備，備受讚賞，其實也埋沒了自己性情。米芾雖自視甚高，目無餘子，但其天才學養不但能直闖晉室，更可凌駕晉人，志向條件俱備，千古一人而已；他側筆刷字，跳蕩佻達，自得之狀躍然紙上。謝琰學米，重骨格又重姿采，竟然學到清和靜穆、渾厚沉著，這導源於個性。藝術家多好名，謝琰是例外的一個：三十年來，只默默研究書藝，提高品德修養，無意與人同又無意與人異，更不會阿世所好。一俟筆法足以表達內心，獨特風格就自然形成。學米，是藉米芾高超的筆法抒寫自己的個性而已。這就是他的書風在古人乃至今人中，難以找到近似的原因。這一點，恐怕他自己到現在還不知道。還有是地域因素。如果生活在爭奪名利、徵逐浮華成風的城鎮，清高的志向也易被污染。

此展，我展示了一副自撰聯語：「鷗翅映湖色，客心繫國魂」，古隸，濃淡墨。此作，謝琰兄曾為文評析：「古隸給予他創作高度的自由，……他取法於天然樸拙的漢石刻、竹木簡、帛書，以至金文，……以水墨畫的技法用淡墨、漲墨去寫寬闊凝重的線條，樸實無華的造型，以求表現古隸渾厚高古的書風。……具現代水墨畫韻致。」此展，溫哥華之後，還到加拿大的其它幾省以及美國巡迴展。

還有一次是2001年葉嘉瑩教授命名的「聖言書藝展」，先在香港城市大學，再在UBC亞洲中心展出。參展者包括本地十一位，日本、美國、香港、澳門各一位。規定書寫《論語》句子，每人可展四件。記得我寫甲骨、隸、楷、草四體，自集《論語》句成聯：「四海之內皆兄弟，三人同行有我師」、「文行忠信四教，剛毅木訥近仁」、「慎言而敏事，志道乃依仁」、「當仁不讓，見義勇為」。謝兄很是欣賞。他說我書體多樣，甲骨文更使展覽會書體齊全。這次也在美國、香港巡迴展出。

有一次比較特別，2008年初，加拿大亞太基金會邀請他與王健教授，共同設計印製一個小冊，介紹溫哥華這個通往亞洲太平洋的經濟、文化交流的門戶，小冊名《門之道》，內容是七個以「門」為部首的字：門、聞、問、開、闊、闖、閒，分別請七位書法家用不同書體書寫。我負責寫第一個字「門」，用甲骨文。發佈日配合該會的一次盛會，有幾百位來自加、美多個省、州的代表，我們書法家成為上賓。後來，我的「門」字，又獲溫哥華國際機場的《通往亞洲的貨運大門》小冊用入。

4.多元文化與認真態度

香港雖然是國際城市，但因中國人佔絕大部份，其中，絕大部份是廣東人，其實文化是相當「單元」的。謝兄久居此地，接觸多種文化，眼光廣闊。耳濡目染，我從他身上也學到不少。例如，每次展覽，從場刊目錄到展品標籤，文字全是中英雙文，關係到日本的，還有日文。翻譯是文化交流所必需；影響到我的書法集，用了中、英、日三文。韓文我也想用，可惜找不到人翻譯。其次，正如我在〈何思撝書藝小展前言〉所說：「移居前住在港澳，童年起，參觀過無數的書畫展，一般都是稱為『某人書法展』、『某人畫展』之類。來加後，感到西方人的藝術展，喜歡每次用不同的名稱。他們重創新，理想的藝術品是件件不同；同一個藝術家的每一次個展，也要各有主題、特點，因而展名每次不同。加拿大提倡多元文化，不是籠統強調各自保存自己的文化，而是發揚自己文化精粹的同時，吸收其他文化的精粹。六年前起，我每年兩次書法個展，一次在本國，一次在海外，每次都按特點起一個新名。」

謝兄很重視作品的裝幀，強調其重要性佔了百份之五十。雖然我不敢苟同，但我們的與西人的比較，裝幀實在差得遠了。還有一點是他的認真態度，值得學習。不少藝術家以「大堆頭」、數量多為榮。他貴精不貴多，說，你展出兩百件作品，還是二十件作品，觀者都是用十幾分鐘來看，為甚麼不選出精品讓人細看呢？他的書法的裝裱，是用最講究的，最貴的，不嫌貴。他說，別人裝裱一百幅，我裝裱二十幅。意思是說，即使裱工費用是別人的五倍，花的錢也是一樣的。

5.他自己的個展

我多次勸他及早舉辦自己的個展，後來在1998年，他終於辦了「尺素寸衷」個展，他從古人法帖的精神得到啟迪，以古人書簡為主題，作一系列的書法創作，二十三件，都是選自古人的短簡。這次是響應加拿大宋慶齡兒童基金會籌款而作。

關於此展，我有一文論之，名〈論「尺素寸衷」書法展〉，文中我說：「他無意辦自己的個展，我常常勸他改變一下這種在情在理都難以圓通的低調。」文中在選材、書風和幅式三個方面，我都有評論。在書風方面，我說：「謝琰師承林千石，但沒有承受其影響甚大的急風驟雨式的書風。也許是從師只兩三個月，時間太短促，反而有始料不及的好處。」、「謝琰也學米芾，卻能免除欹側跳躑的習性，更多的是他自己的搖曳生姿，是我所見當代行書之中，極具個人鮮明面目者之一。」對於採用正方形的幅式，是反常的，文中我詳述我自己不同的意見。

2007年，他辦了個展「墨韻心聲」：取材於明、清的小品文、散文、隨筆、日記、家書等，作品三十餘件，贈加拿大宋慶

齡兒童基金會籌款義賣。展覽前夕，我寫了〈性格‧感情‧真藝術——謝琰書風來源探討〉一文，我說：「當年我是從『性格』探討他的書風的來源，十二年後的今天，我對他的書法以至他的過去和現狀，瞭解得更多，因而又有另一個發現：原來除了『性格』的因素，還有『感情』。雖然這些年他用功於歐陽詢行書諸名帖，以至李北海、王羲之的行書、草書，但我認為那還只是屬於技巧方面的修養。……謝琰廿九歲時母親逝世，『悲痛的情緒久久不能平復』，他的叔父勸他習字，以『減輕悲愴』。謝兄與我兩人，學書法的開始，都是感情受創，用書法來療傷。所不同者，他是喪母，我是失戀。……他姐弟情深，去年家姐患重病入院，他感到非常無奈，在醫院探訪、陪伴的時候，構思書法作品，回到家裡，『只有伸紙濡墨寫字以撥抑鬱之氣』……真的藝術，受人歡迎的藝術，都不是靠技術，而是以藝術家的『性格』和『感情』為主導造就出來的。謝琰的書法藝術，就屬於這一類。」

6.無私的熱誠助友

　　1999年我在「集雅齋畫廊」及「加拿大東蓮覺苑」舉辦「心經書法小品展」，謝琰兄寫了長文〈寫經的傳統與何思撝的「心經書法小品展」〉推介，對我的甲骨文、隸書、楷書三體，一一評述。最後說：「綜觀這次展品整體的書風，靜穆簡樸，勁氣內斂」。他還主動幫忙，任開幕禮的司儀。

　　謝琰兄對我的幫助，不只是書法展覽，還有是翻譯，我關於書法的文章、書法作品內容、場刊，以至與攝影家合作出版的新詩攝影集的文章，他都樂意為我翻譯。

我到加不久，就教授書法。1990年開始，在新成立的烈治文華人社區協會及藝林研習中心教集體班，是在烈治文最早公開教授書法的人，後來又個別教授，在家裡以及上門；可算是我的正職，生活費的來源。謝兄曾把學生介紹給我，記得有一個是台灣最著名醫院的退休主任醫生，講國語的。謝兄說：「他也住烈治文，讓他跟你學好了。」

　　九十年代，有一個「雲城雅集」，每月在烈治文國際佛教觀音寺舉行，即席寫字繪畫，會後素宴。謝兄介紹我參加，從而認識了藝壇前輩陳風子、梁石峰、周士心等人。

　　他又領我觀看珍藏書畫，包括UBC亞洲圖書館的、本地收藏家府上的。一次，我外地歸來，他急告我，美國西雅圖的亞洲藝術博物館，正展出美國所藏的王羲之〈行穰帖〉，即將閉幕，著我速看。因此，我有緣得見唯一藏於台、日、中三地之外的王帖。

　　1997年春，謝兄電告，說UBC亞洲圖書館剛剛購藏了「澳門基金會」出版的一批書籍。藉此，我與基金會聯絡上，同年獲該會資助出版我的詩集《待放的古蓮花》。1998年該會又為我主辦了一次個展，名「回鋒萬里三千年——何思捣書法香港澳門巡迴展」，這些都是拜謝兄所賜。此展的場刊，基金會主席吳志良博士、羅慷烈師、馬國權教授都寫了序言，謝琰兄寫了英文評論「Emergence of a Style」，由施淑儀漢譯：〈一種書風的形成〉，作全面深入的評論：「早年兩位大師（謝熙、饒宗頤）給他的影響，已為他個人書風的發展奠定了良好的基礎。」、「來到溫哥華以後，在大自然和安謐的環境下，找到了心靈的恬靜，因而啟發了他個人書風的發展」、「就在這樣富饒的多元文化環境下，他創作的種子萌芽，開花，以至結果。」、「它成為加拿

大文化的一部份。」、「它是古代的,也可以是現代的,它是中華的,也可以是加拿大以至世界的。」確然,我在展覽會的前言中也說:「惜別舊大陸,發現新大陸,地球上第一片以多元文化為國策的最遼闊的疆土,它保護我的根。我著意追尋這根的、最深處的文化藝術,三千年前的甲骨文。我想,這最古的漢字,最新的書法,可以超語言、超國族,進入成形中的加拿大文化、成為一個組成部份。這個理想,是我對中華文化的報答,也是我吸收多元文化後的反哺。」

謝兄為人坦誠待友,幽默風趣,我性格與他相類,因而我倆交往頻密,無所不談,毫無顧忌的說出心底話。他告訴我,詩人洛夫建議組織書法團體,但限十個人加入,謝兄問我意見。我認為這樣做會遭人詬病。謝兄說他看法與我相同,其他第十一、十二個書法家,會怪我們自高聲價,搞精英小圈子。結果書法團體胎死腹中。後來「漂木藝術家協會」成立了。謝兄不止對我如此,對其他朋友也是無私的幫助。他說曾把一位英詩詩人帶到洛夫先生家作介紹,互相認識。可惜完全不能溝通,讓那詩人失望,讓他自討沒趣。他對我關心到健康和家庭。冬天,在他家裡相聚後,穿鞋準備回家時,他總是說:「何思搗,你的大褸呢?」其實我根本沒有這種羊毛禦寒大衣。他說得多了,我才說:「羊仔未出世。」每次見我單獨出席,總要問:「Anna呢?她好嗎?」

7.手足、鶼鰈情深

謝兄對胞姐胞弟,手足情特別深。他曾用心寫了個〈桃花源記〉手卷,送給在美國的胞弟留念。他叫我題跋。我花了精神,

為手卷題了個甲骨文長跋。後來他訪美歸來，回贈我一個手製陶器，日式花瓶，是其胞弟作品。謝兄也曾把得意的書法作品，送給愛妻、愛女。夫人施淑儀，長期在西門菲沙大學（SFU）任教，她也是我們「加拿大華裔作家協會」的理事，賢伉儷曾合作出版過一冊《月與鏡》，那是施淑儀與梁錫華兄合譯的一冊英詩，謝兄以書法抄錄漢譯文。

　　每次見到謝琰兄嫂，感到鶼鰈情深之餘，我有一種強烈的感覺：人不可以貌相。謝兄魁梧高大，行動豪邁，聲如洪鐘，但心細如塵，作事認真、講究，其書法舒徐自然，溫文自在、搖曳生姿。謝嫂嬌小如依人小鳥，常穿傳統旗袍（有些是葉嘉瑩教授早年所穿，贈她），十分文雅。卻原來酒量甚大，酒後談吐舉止粗豪幽默之至。這是那次「加華作協」應邀訪華、旅途中她特殊的表現。當時我當著諸友面前說：「你騙了我們二十幾年了！原來你的豪氣、幽默，力敵謝琰。」、「人貌」與「字貌」相悖，古來不乏先例。如歐陽詢，見過他的楷書〈九成宮醴泉銘〉、行書〈千字文〉等作，稜角森嚴、修長莊穆，以為一定是個體格軒昂、玉樹臨風的人。誰會猜到，他被親見者形容為形似獼猴呢？

　　謝兄的風趣幽默，眾人皆知。他與我閒談時，對粗心大意的朋友，稱為「畢加索」，意指其「不加思索」。粵語「畢」、「不」同音。病後，朋友問起他的醫療，他說：「溫哥華每家醫院我都住過，像住酒店一樣，但不要房錢。」伙食如何？「好過飛機餐。」病況如何？「入了醫院，還未入殯儀館。」

8.喪禮暨哀思會

2018年3月30日上午，科士蘭殯儀館塞滿了來吊唁的親友，場面擁擠前所未見。大家收到一份場刊，封面是謝兄逼真的繪像（1936.9.12.-2018.3.16.），中、英文傳略，豐子愷懷念弘一大師的畫作：「今日我來師已去，摩挲楊柳立多時」，還有謝兄手書楊絳漢譯英國詩人蘭德（Walter Savage Landor 1775-1864）的詩句。場刊極其精美，全部文字中英對照，選畫和選詩都貼切之至，也顯示了他的書法。極其認真、講究，必定是謝兄生前親自安排編輯，不作第二人想。這可視為他最後的作品，值得珍藏。謝兄為人極認真，對不認真的人，譏為「畢加索」（不加思索）。他對沒志氣者所為，譏為「這就是他們人生最高目標」。他甚低調，對自我膨脹的高調者不屑，說因自己無所求，就大膽直言，曾說人們不分情況，亂用詩句「因為風的緣故」，其實一點道理都沒有。

喪禮主禮人是國際佛教觀音寺住持觀成法師。我們見到罕見的莊嚴隆重的佛教儀式，法師不停誦經，家人頻頻跪拜，開了眼界。哀思會由王健教授主持。

前述謝兄手書的詩句如下：「我和誰都不爭／和誰爭我都不屑／我愛大自然／其次就是藝術／我雙手烤著／生命之火取暖／火萎了／我也準備走了」。

「和誰都不爭」，看來只是一種理想，難以做到，也不一定應該做到。這「爭」，包括了爭權奪利之外的「爭」。相似的，幾年前，在一位前輩書法家喪禮上，聽到眾親友讚揚他「沒有敵人」。我不以為然。若此，恐怕近乎「鄉愿」了。實例一：

一書法家常常邀請新來的同行們參加國際展覽會，其實展覽並無舉行，他志在騙錢。也有騙作品的。前輩早已洞悉，但不揭穿，致使同行不斷被騙。實例二：一劣行書法家陷害一同行。也就因為做到「沒有敵人」，就要不分是非，一視同仁，導至對被害者不公不義了。這是中國人的明哲保身，與西方人習慣的挺身仗義不同。這些高尚的理想，是在人人都是好人的理想社會，才能實行，但那種社會是永遠不會出現的。正如文學、藝術作品沒有一百分，聖人也有瑕疵。

　　不過，謝琰兄畢生認真為藝，以真「性格」及真「感情」創作，他無私的竭誠助友，以發揚中華傳統文化為己任，是值得我們永遠學習的。

　　2018年4月5日，清明節，在加拿大烈治文市。

思撝回憶七家姐（致　眾至親）

　　晨閱電郵，驚聞住馬來西亞的慕貞七家姐病逝，最感難過的，也許是我。因為七家姐是最最、特別照顧我的人。我1957年中學畢業到港，經常到彌敦道491四樓，除了有時和三伯父談論書畫（他曾借線裝的美術叢書給我看），最密切、最投緣，就是和七家姐了，她曾幾次單獨與我兩人到荔枝角爬（划）艇，我不會，完全是她划，我坐著。

　　當時我還未找到工作，三伯母與眾堂姐妹，都是虔誠的基督徒，三伯母知道我讀書勤奮，她好意，要供我升讀浸會書院，也就是後來的「浸會大學」，叫眾堂姐聯絡某位牧師，助我入學。（記起童年家貧，八、九歲還未入學，是同鄉長輩何顯堂五伯交費助我入學的）但我無心於基督教，不想欺騙她們，沒有領情。否則我的人生走的路，一定與後來實際走的大不相同，應是畢業後再到美國深造，後來成了文學系教授。後來七家姐乘船去英國讀護士，我也去送船，記得可以送到船上的。我難過得流了淚。

　　五、六十年代，北京填鴨是很名貴的，我沒吃過。第一次吃到，是七家姐專門請我們（我的家人）吃，除了我父親，還有誰一起吃？我忘記了。地點是附屬荔園的京菜館，老闆應是上海人邱德根。事後，父親對我說：不是阿七請我食填鴨，我就說她好，我才說她好，她實在最重情義。

　　七家姐也關心到我的感情生活，我自23歲初戀失敗，就一直沒有再交女朋友，專心於書法了。七家姐知道，說要介紹女朋友

給我，說那女孩很純的，而且很漂亮，像蕭芳芳，有一對大眼睛的。後來她作主，買了三張電影票，一起看。國語片，名〈塔裡的女人〉，那是中國名作家「無名氏」小說改編。該女孩，與七家姐預告的相同，奇在，我們早已認識（像粵語長片情節？），她是我任職的紡織廠的書記工。我當時想到，她倆地位懸殊，相信是在同一個教會，因而認識。婚姻，我考慮到宗教。我又辜負了七家姐的好意。現在想來，對不起她。

到了加拿大，寫詩即使有稿費，只能吃早餐，要「過午不食」。於是我走上一條新跑道，當書法家。加、美、中、港、澳、台，各處去展覽，賣字，跑碼頭。一次七家姐來溫哥華，我倆詳談，我說到，在香港、紐約、卡加利，都遇到騙子（不是錢，是書法作品）。幸因我提防，未被騙到。七家姐叫我出外千萬小心。我還告訴她，在香港大會堂展覽時的情形，我說大哥（思源）來看，說阿平（何志平）也很喜歡書法，因忙不能來看（那時正當上特區高官），叫我也送一本書法集給阿平，我遵命。回溫後，書信來往，阿平住處的廳，要我寫一副四屏。我說我是窮藝術家，但是專業的，靠它吃飯，要收潤筆，不過，至親好友，當然打一個好折頭，一般是半價。自此，音信斷絕。七家姐聽了，不語，只重覆說：以後小心不要受騙。

她要我寫一幅書法，不要打折。是《聖經》的金句，我寄到馬來西亞，她寄支票來。後來她坦白的對我說：七姐夫看了書法說，不值得。聽了這句話，我不生氣，對我完全沒有影響。我想，我的書法獨一無二，尤其是甲骨文。買我書法的人，沒有人說不值得的。七姐夫阮戍民是專業會計師，在港時任邵氏公司總會計師，對錢銀熟悉，對書法不一定熟悉，不能強求他。

人去了雖然難過，但再想：堂弟孖仔思江思漢與我同年，也

去了。我也82了，七家姐起碼也85，也算是長壽了。最重要，她這一生重情、助人，一定能升天堂。她所愛所助，絕對不只我一個（例如我倆的祖母）。都會感謝她，懷念她。就我而言，我會寫詩作文，她的高德懿行，未來的人都會見到的。

　　思撝　2020年2月2日

第六輯　詩人作家之音

瘂弦談詩朗誦

今天在葛逸凡家有一個聚會，剛巧是「七七」。一早，與美玉去接凌秀，然後，代曹小莉到「公眾市場」一家叫「津津」的天津食店，去取午飯外賣，帶到葛家。

先後到來的客人不少：瘂弦、彭冊之夫婦、李保忠、談衛那、曹小莉及其朋友、還有主人的一對朋友，連主人，共十三人，談得很熱鬧。

瘂弦的演講，帶來筆記，有備而來，他沒說題目；原來講的是詩朗誦。他說，台灣的誰說過一句話：「台灣有詩朗誦，沒有朗誦詩。」他談到台灣的《高蘭朗誦詩集》；又引朱自清的評論，又稱讚艾青的〈雪落在中國的土地上〉，而〈火把〉朗誦的時候，全個廳堂的燈都滅了，火把從各個門口湧進來，很有氣氛。聞一多的葬禮上，朗誦詩多到不得了。田間學蘇聯的馬雅可夫斯基的極短句（牧案：樓梯詩），有一首寫一個婦女報仇，持刀去殺日本鬼子的情狀，連續的短句，就像持刀進迫的樣子。

瘂弦記性好，很多原句都能背誦，我想：一、是他的母語。二、他是戲劇演員出身。三、他已演講過很多次。

他說，中國原是朗誦最多的國家，曲詞、說唱，《三國》《水滸》小說的前身，是說書，就是廣義的朗誦。李季學信天遊、數來寶等民間說唱。用唱來乞的乞丐，遇到不施捨的人家，會改口罵：「別人門前一陣風，你的門前一個坑。」趙元任到台，人家問他如何作出〈教我如何不想她？〉他說，沒有作，是

抄「平劇」的，試唱：「教我如何──不想她」（牧案：我、如、何、想，四字高亢，何字後拉長），就近於此句。

我想到，童年時就會唱《荷花舞》的歌：「萬里無雲好晴天，啊，看那荷花在水面。千萬朵，花兒，看著它好，……藍天高，綠水長，荷花朝太陽，萬里千里香。青山含笑，碧波蕩漾，看那荷花正開放。」當時就知道，編曲者是劉熾。前時聽舞蹈教育家斳大琨說，此曲，其實只是劉熾把陝北高亢的民歌，改成特別慢，竟然變得文雅。此外，〈鄂爾多斯舞〉中很多舞姿、舞步，其實不是蒙族原有的，編舞者創出來後，人家就以為是蒙族的了。

瘂弦說，臧克家有佳句：「烏鴉在枯樹上開滿了黑花」。又有誰的一句精句：「當門，關在他的背後、她的背後，兩個人靠在門上哭。」

他說，朗誦分清誦和朗誦兩種。我覺得，今天下半場的曹小莉的，中間夾了唱歌，或可稱為「唱誦」吧。

他又說，朗誦靠聲音，聲音就是內容。魯迅在「北大」演講，人家聽不懂他的紹興話，只聽到聲音「托爾斯泰」，只看到他的褂，也滿足。

他說，大陸、台灣，朗誦詩都淪落到做政治工具：「爹親娘親不如毛主席親，天大地大不如毛主席恩情大。」連戰「爺爺」回母校，小學生的朗誦歡迎也是。台灣也有：「總統，你是阿里山的青松」。美國惠特曼悼林肯，就有真感情。

瘂弦說，音，分音高、音長、音勢（音量）、音色（音品），並予解釋。古人說：「德潤身」，其實也潤「聲」的。

他又舉「小慧在那棵樹下等你」為例，分清重點所在：小慧？那棵？你？說到這，我說，如重點在樹下，即不是樹上。

眾笑。

　　他說，古人的「嘯」，沒字的，就是仰天長嘯的嘯，他很想知道是如何嘯法。我說，我知道！大家愕然。我說，每種動物有不同的叫聲：貓叫、狗吠、鹿鳴、狼嚎、獅吼、雀噪、龍吟、虎嘯。原來「嘯」是老虎之聲。談衛那問，老虎的叫聲如何？我一怔，答，你肖虎，你一叫就知道了！

　　2007年7月7日，夜。子夜了。

「百無一用」是詩人（三之一）

　　一周前，瘂弦在中華文化中心有一個演講，名為『「百無一用」是詩人』，內容豐富。日前，一些文友希望我跟以前的聚會一樣，做成記錄，傳給他們回味，也留個文字記錄。雖然，他們也有聽演講，甚至全部錄音，還有錄影，但總喜歡看我的記錄，說是「影印式的記憶」。是因為我加了自己的描寫、自己的意見嗎？

　　內容太多了，這記錄我不打算做了。但美玉一向有做筆記的習慣，不如我倆合作，她讀她的速記，我打字，把原來的速記，和盤托出。一定有不盡不實之處，請原諒就是。需要時，加上我的案語。現在開始：

＊ 哲學和詩的分別，哲學是一般的學問，加深化，實用性強。詩是形象思維，是感性代表，如跳舞，本身無目的，無目的就是目的。哲學是走路，坐飛機，有目的地。詩像放風箏，跟跳舞，是無目的的。但不要忽略，詩有多重意義：說甚麼不一定是甚麼，說甚麼，一定還有很多「甚麼」在裡面。
【韓案：哲學：單一性、實用性的、邏輯思維、分析的深度、重理性。詩：多義性、形象思維、感覺的深度、重感性，可胡裡胡塗。】

＊ 詩是非實用的。甚至有人認為是迷惑大眾，把詩人放逐在理

想國之外【韓案：柏拉圖】。詩是講感覺的深度，是經得起分析，例如「小鳥飛走」這一句，看來，好像沒需要去分析，但可以用別的方法去分析它。寫詩是跟著感覺走的，其它人會覺得不清不楚，接近胡說，其實，詩的內容豐富，有許多味道，是有趣、好玩，很妙的，讀詩，會讀出其美妙來。

* 蘇聯的科林斯基認為，詩的功用是講出隱密的真理，天聾地啞，一般人是聾的耳、盲的眼，只瞭解硬梆梆的歷史記載、生活內容、人生哲理，但可惜，這些都不能幫助心靈的虛構，表現生命的熱情、熱度。沒有熱度就沒有詩。生氣勃勃是詩的重點，非詩的文字，一般不能兼顧，要做心靈上的詩人，在生活與呼吸當中，把內在的生活展示給別人看。
【韓案：瘂弦說：詩是聾耳瞎眼在摸索、寫其摸索過程，可見難以既做詩人、又做哲學家。韓牧在中、青年時，心裡有一個問題，好像到現在都難以解決：做一個詩人，是不是、應不應該，先做一個思想家、哲學家呢？我覺得，對哲學沒有認識，自己沒有獨立的思想，詩人的詩，深度就不夠，像沒有深見、遠見的「盲頭烏蠅」（粵語），寫來寫去是自己的感情，和別人的思想。感情是思想帶動的，危險的是，成為別的思想、錯誤的思想的工具、傳聲筒，而不自知。】

* 敘述希臘神話自戀的美少年，變成水仙花的事。

* 過份精明、機關算盡的人，一個詩的細胞也沒有，不可能是詩人，如王熙鳳。莊子是詩人，孔子雖然編《詩經》，但不

是詩人。寶玉、黛玉是天生的詩人，劉姥姥也有詩味，可以算半個。

* 作詩的情況，可分兩種：狹義，是作一首詩；廣義，是把詩當日子過，是把日子過成一首詩的詩人。
【韓案：韓一向認為：人要寫有詩意的詩，必須首先其生活是有詩意的，也就是所過的是「詩生活」，依稀，這名詞，居然，聽自臧克家。從瘂弦這話，可知他是寬鬆的，不動筆寫詩，也算詩人。我年青時聽過一個與此相反的、極端的說法：詩人，只有在他執筆寫詩的時候，才是詩人；正如一位公車司機，下了班，就不是司機。云云。】

* 乾隆皇一生，寫了43630首詩，在位六十年，每年寫，做太子時，1080首，退休後，3670首，內容是記述治水之類，沒有感情，像散文，他不是詩人。
【韓案：數字是根據我們都認識的、移居溫哥華的著名清史家陳捷先教授。乾隆皇自豪說：唐朝三百多年，留存下來的詩，也不夠我寫的多。】

* 詩是最重個性的藝術，有自己發明的語言，豐富日常生活，像玩文字魔術，給萬物從新起名。例如：「海在看我們」、「啊，月亮來了，月亮穿著金邊的衣服來了。」魯迅說《水滸傳》形容大雪，用「雪下得緊」。卞之琳：「下雪了，真大！」
【韓案：瘂弦說，「我們看海去」，不是詩句，「海在看我們」是。韓記起約兩周前的文字遊戲：「窗外的藍天在看

我／繡球和瓶裡插的玫瑰／在想我」。瘂弦說：「月亮出來了」，不是詩，「月亮來了」是。我的理解是，後者是擬人。瘂弦認為：魯迅、卞之琳的，比「大雪紛飛」好。我倒覺得，後者才有形象。不過，我的母語如果不是廣東話，而是國語、北方話，同時有不少感受大雪的經驗，大概也會覺得這口語更接近生活，腦海自然會出現大雪的形象來。】

勞美玉、韓牧　2008年7月29日

「百無一用」是詩人（三之二）

* 詩，重質多於重量。內容，可以寫千軍萬馬，也可以寫一朵
  小花。詩到最後，不是一首詩與一首詩的比較，而是比人格
  精神，關係到整個文化系統。如大詩人屈原個性強烈，作品
  反映出完整的精神系統來。
  【韓案：瘂弦說，每一首，都與整體連在一起，合起來，見
  其偉大。詩人的比較，到最後不是比技巧，而是整個人格體
  系。另有一說：重、拙（手法）、大（境界）】

* 台灣現在有十大詩人選舉，就算被選出，也不能作準，詩偉
  大與否，是以後的人的事。詩的語言遊戲，題材不一定要
  大，可以風花雪月，用創作性的意義來表達。大陸網上有一
  首很不錯：「鷹是在一次戰鬥中誕生的，在這以前，它只是
  一隻鳥。」有人問：為甚麼常常戴著竹笠？詩人答：這是我
  故鄉的屋頂。
  【韓案：他又說，劉半農有一首詩，用小女孩的口吻：媽媽，
  請你把我的小雨衣，借給雨，不要打濕他（雨）的衣裳。另一
  首：早晨，太陽看到天氣不好，就到天氣好的地方去了。郭紹
  虞說，要平字見奇，陳字見新，樸中見色。……】

* 詩因為多義，因年齡、心情，境遇、也就有不同的想法。詩
  的核心。錢鍾書說，民間的學者做學問，有高過學院的。有

人研究張愛玲，學術界都佩服。詩話裡，有真知卓見、學院外的智慧。

* 以前新詩在野。台灣的中文系，現在有新詩的課程了。如東海大學研究台灣的新詩。只有台灣出產長命詩刊，如《創世紀》《笠》等。

* 詩運，不等於國運。對永恆感的看法，有了改變。皇朝起落、戰爭走向、政治，不是永恆。反而，鄉間生活、青年談戀愛等，是永恆。中國詩人，一般不碰大題材。

【韓案：瘂弦曾寄我他的「記哈客詩想」欄中〈從抒情到詠史〉一文，說：「精緻有餘、博大不足的我們的詩壇，如果想突破現狀，在歷史縱深和地緣拓展上作出更大的概括，展現更宏偉的文化全景，過往那些華文麗句、奇思妙想，只能算是一個時代的丰采，但要想繼續躍升，……一定要……在風格上從純粹到博大、從抒情到詠史的轉變，是必要的了。」可見他還是主張「博大」、「詠史」的。我也寫過一篇〈時代大事入詩〉，統計出「人民文學出版社」的《中國新詩萃：台港澳卷20-80年代》，全書二百首詩，寫時代大事的只有八首，我佔了其中三首：〈日落〉寫毛澤東逝世；〈急水螺〉〈澳門號下水〉寫出港澳臨近回歸時，憂慮、矛盾、複雜的心態。詩中細緻的描畫了香港與中國母體微妙的關係，澳門與葡萄牙的歷史淵源，無奈又似乎對未來有信心。】

　勞美玉、韓牧　2008年7月30日

「百無一用」是詩人（三之三）

* 希臘亞里士多德說：詩人帶有瘋狂氣質，是瘋狂推動著他，是非理性的特質，才寫成詩。。詩人忘記禮拜幾，不能當大學教授。。大學來了個詩人，不用寫詩的，唯一的工作，是在校園散步，踏在落葉上，學生見到，感到學校來了個重要的詩人，已經滿足。。一個大學，請了位詩人當教授，上課時，詩人見到窗外有一隻鳥，就說：我跟春天有約；就走了，一個學期都沒見人。

* 詩人徐玉諾送朋友，一送兩年未返。太投入感情和事情。
  【韓案：他又說，徐是周夢蝶的老師。行為怪異，養一毛驢，運書。寵愛，曾因隔別，掛念，由同鄉趕驢一百八十里給他見一見，以解相思。又常攜銀元，見人養鳥，給人一個銀元，請求開籠放鳥。又曾開「玉諾服裝店」，見人身形好的，免費，贈送，身形不好的，不做生意。】

* 夢公（台灣詩人周夢蝶）快九十歲了，在公園長椅上睡。打坐唸經。詩作有各種女性的影子，像寶玉一樣，是女性的歌頌者，崇拜者，隱藏愛情在內。
  【韓案：瘂弦是徐、周的河南同鄉，難怪如此熟悉。他說，他們倆都是河南農民的打扮。一次瘂弦在岳母家請客，有客到，岳母開門，即關。瘂弦問，答，是乞丐，原來是夢公。

瘂弦說，五百年後，哪一個詩人的聲望最大呢？不是余光中，不是洛夫。是周夢蝶。我覺得這一點很特別，也很重要，有機會時我要補問：夢公「詩作有各種女性的影子」，是「女性的歌頌者，崇拜者，隱藏愛情在內」、「像李商隱一樣隱密」，除了這幾點，還有沒有別的理由，讓他得到五百年後那聲望？韓牧很想向「夢公」學習。】

* 南唐李後主。曹植不把文學當副業，才高八斗，作《洛神賦》，歌頌女性。。辛棄疾。。孔融跟曹操抬槓。。江郎才盡。。蘇東坡租房。。
【韓案：瘂弦說，可見詩人不能做教授、做生意、做皇帝。韓牧插話：又不能租房？屈原、李白，不能做編輯，杜甫可以。也不能做官。他舉了台灣軍中的實例，上司不會喜歡寫詩的下屬，因為詩人敏感，很易看穿官場的腐敗。詩人自尊心特強，易受傷害。最麻煩是詩人有一枝筆，可以描寫現實。】

* 德國哲學家叔本華說，詩的價值，是麥田裡的野花，藍、紅、紫，風中搖曳，開出花朵來，忠誠回答季節。我們回答這個人生，產生美感，提高大家的精神。。黃昏裡點起一盞燈，不會熄滅。。回復直排繁體字。。生活沒有秩序，亂糟糟。。五胡亂華。
【韓案：叔本華說詩像麥田中的野草野花，因為沒有用，逃過農夫的鐮刀，但卻能開出好看的花來。】

* 拒絕詩人追求妙法：「我告訴你，我不喜歡你的詩。」台灣詩人楊喚（總統府文書上士），給一個十五歲女孩（林

苓？）寫了很多情信，全是文學，濃得化不開的激情，但全給女孩母親丟掉，很可惜。瘂弦說，信中的情人沒有變成新娘子。

【韓案：他又說，常常是這樣：結婚了，情信一大包，不知往哪裡放，結果是洛夫的放到瘂弦處，瘂弦的放到張默處，張默的放到洛夫處。】

＊ 巴黎左岸有假作家，附庸風雅，冒充真作家。喬治桑認為跟詩人戀愛很累。【我勞美玉案：做追求完美的詩人的妻子很難。】梁實秋、林語堂，這些大師都很幽默。。新詩快一百年了，新詩人的口號是：歸宗。傳統詩文字出神入化。讓這燈點下去。葉嘉瑩教授提出兩點：一、詩人瘂弦是個好編輯，是「有用」的。二、可否朗誦自己的一首詩？結果朗誦了《紅玉米》。

【韓案：瘂弦說，當《聯合報》編輯時，因公事會到梁實秋的家，一次，梁與他共飲酒，梁要他「乾杯」，瘂弦說：「我只能乾半杯」，梁說：「好，你乾下半杯好了！」韓牧心想：我可以，請給我一枝吸管。】

會散了，人不散，隨便閒談。瘂弦說，一個太太當了博士了，先生如何？先生說：「我當詩人！」也許，博士、詩人，不能比高下，算是拉平。

太太當了博士，我如何？韓牧當時馬上站到勞美玉的身後，大聲說：「我當博士後！」眾笑。

勞美玉・韓牧　2008年7月30日

小斟小酌（三之一）

　　龍應台旋風昨天旋到了溫哥華。她說三十三年前曾到過加拿大，但未到溫。她的新書《大江大海：一九四九》、以及一出版即被中國大陸「禁」，是全球華人世界的大新聞。

　　昨天的演講會，名為《為甚麼一九四九？》，UBC大學亞洲研究系主辦，《明報》及UBC Community Partnerships in Learning 協辦。因訂座者過份踴躍，臨時由只有154個座位的房間，改在UBC有一千座位的「陳氏演藝中心」舉行。UBC偏遠，昨逢大雨，但人流不絕，逼得加開電視廳，二百多人擠滿後，遲來者失望離開。

　　演講後茶會，排隊買書、簽名留念，逼爆了圖書館，有人買四、五本，後限買兩本，800本書瞬即售罄，很多人排隊很久，買不到書。我也是。

　　演講內容，今天各大報紙都有詳細報導，我只記述簽名會之後，我們「加拿大華裔作家協會」在烈治文王府井酒家宴請龍教授的情況。

　　我們訂了一桌，十二人，作陪者有UBC亞洲系主任Ross King，教授Diana Lary, Catherine Swatek及王健教授、李盈、瘂弦、陳浩泉、陶永強、梁珮、麥冬青、韓牧。

　　龍應台到了，互相介紹。剛才的演講會已看了兩個小時，但近在咫尺時，才感到她的嬌小。她談吐舉止誠懇，像久別的舊朋友，沒有陌生的感覺。這同樣出我意外。

到底是第一次見面，在和我們的交談中，她很自然的、不知不覺的融入了她的問題：「你來自何處？」這是很重要的。這也像是我常常強調的「籍貫論」。剛才她在演講之初，就依次請來自港、中、台的聽眾舉手。演講之後提問，她也請提問者先自我介紹。於此，我學到東西了。

　　交談中我強調，出生地是重要的。像我，出生於澳門，就常常強調澳門，「澳門文學」、澳門甚麼的。我說：「剛才的演講會，問來自香港的，我就【動作：舉起左手示意】，如果你問澳門，我又會【動作：舉起右手示意！】」大家見到我的動作，都笑起來了。我又說，都說「兩岸三地」，我們是說「兩岸四地」。澳門不是附屬香港的，不過，說「中、港澳、台」也是可以的。

　　瘂弦與龍應台是老朋友，演講會上，放映了紀錄片《目送1949，龍應台的探索》幾分鐘，有一個鏡頭是她訪問瘂弦，談到與母親分別時，瘂弦悲傷流淚，龍遞上紙巾。龍說，每一個被訪者都一樣，提到和母親分別，都會流淚的。

　　瘂弦住「素里」，遠，沒來聽演講。我知道他沒有見過紀錄片，馬上開了數碼照相機，給他看，剛才我拍到的「哭相」。

　　龍問麥公出生於何年，1912，九十七歲了，龍說，看來像六十。麥公身壯力健，年輕時受過軍訓的。他說書中最感動他的是撤退海南島一節，火車內外擠滿人的慘狀，像足了抗日時的湘桂大撤退。他說，看了這書，就把他早已癒合的傷口，重新撕裂。這話，聽得龍不好意思。麥公還講了不少零零碎碎的記憶，如：他是乘最後一班飛機離開廣州白雲機場、飛香港的。幾小時後，機場和珠江橋就被炸毀了。他把他的《突圍》一書，以及剛在《松鶴天地》發表的〈龍應台的「一九四九」〉

送給龍。

陳浩泉說，每個人在那時期，都有自己的「大江大海」。談起來，原來陶永強、李盈也都有逃難的經歷，瘂弦是「國軍」，就更不用說了。

龍問我「韓牧」是不是筆名，又想知道我的「來自」。也許她見我白鬚白髮，又穿唐裝，以為我也有類似的經歷。我說：我的「大江大海」是早了一些，我1938年春出生於澳門，半歲，遷香港。1941年冬，日軍侵港，我們逃難回澳門。1949，我沒有離散的事，1957年高中畢業，再遷香港。1989年冬移加。

記得二戰時，澳門很平靜，因為是中立的。葡國的殖民地巴西，有很多日本的僑民和產業。葡國對日本說，如果你動我的澳門，我就動巴西。所以日軍一直沒有進入澳門。我年紀雖小，但也知道澳門那一家文具店有日本特務，也見過日本飛機、盟軍飛機。也在澳門見過一些「國軍」，那是在和平以後的幾年了。龍應台靜靜的聽著，很有興趣。

我從報章的專訪中知道，龍應台曾追尋內戰後期、落敗的「國軍」，幾支孤軍的去向：自甘肅輾轉入印巴的；入緬甸的；入泰國的；入越南的；入香港的；到沿岸諸島的；到台灣的。另有一支是入澳門的，但這一支是死是活，全無資料可尋，「像輕煙一樣」。我童年所見，或許正是他們。

王健說，他是第一次聽到澳門在抗日時中立這一段歷史。我留意到今天王健結的紅領帶，是一行黑字，行草書：「數風流人物　還看今朝　毛澤東」，第一次見。

我對王健說：我也會快板。他奇而問之：「誰教你的？」「你！」然後我立刻將他為本地一家銀行做的電視廣告，模仿一次：「免費戶口太完美，誰不喜歡全免費。廣東人說唔使錢，

台灣人說毋錢，英文更容易說Free，怎麼講怎麼說都是Free！」
眾笑。

　　2009年10月

小斟小酌（三之二）

　　龍應台在香港生活六年了，座中有人問她會不會廣東話。她說會聽，而講，太困難，不會講。我說，那是會聽不會講了。我繼續說：王健教授相反，他說他「會講不會聽。」大家奇怪。我解釋：別人講廣東話，聽不懂；自己「會」講，但別人聽明白否？就不知道了。王同意我的解釋。他即時大量的講廣東話，像表演。我讚曰：十分準確，「大山」廣東話的福特汽車電視廣告，第一句我聽不出他說甚麼。王健說：「他說得瀟灑。」我笑起來，對身旁的陶永強說：「學到了，發音不準可以叫瀟灑的！」

　　陳浩泉把我會出版的幾本書，散文合集、評論合集，送給龍應台。我也把我與勞美玉的詩集《新土與前塵》送給她。扉頁寫：「應台教授閒時翻翻。」、「p.96-139,〈北行列車〉輯」。此輯寫國家民族，相信她會有興趣。

　　有幾位拿出在香港買來的《大江大海》，請龍簽名。她是懸腕大字。我告訴她，我今天排隊排在中間部份，不算後，也買不到。這兩天我上網知道，香港有一千多人在公立圖書館登記借閱，已排到三年後了。梁珮說，「三聯」已到了一批，在等待清關。

　　我對龍說，我有一個好友，任職於香港中文大學香港教育中心，叫楊健思，她知道我會見到你，託我問一聲。她去年曾經邀請你做一次演講，關於父母如何教子女的，你說你2009年很忙，

要到2010年才定，是嗎？龍說：台灣、香港，我每年只能（各）做一次演講的。

我說：我自己想，你實在很忙，關於社會、政治的大事的演講不少，而教小孩是小事情，有空才做。龍應台馬上接：「教小孩是大事情！」我笑著說：「那就去講吧！」、「好，再聯繫吧。」

陳浩泉對龍說，他和她，可以說是半個同鄉。他剛才在紀錄片裡聽到龍的台語，講得很好。陳原籍福建南安，講的就是閩南話。龍說因為她出生在南台灣，如果出生在台北，就不會講了。

談到僑團政治傾向的不同，梁珮說：我們是不論的，只談文學，左的舉辦活動，我去參加；右的舉辦活動，我去參加。我插口：「因為你是香港人！如果是大陸來的，一定不會參加台獨的活動，反過來也一樣。香港人就在大陸的門口，不在裡頭迷著，而是在門口旁觀者清的窺探。是最看得清楚的距離。在北美的老華僑是看得胡塗的。」

龍應台問陳浩泉：傾向相反的社團，會有矛盾衝突嗎？陳浩泉答：原居地不同，看法往往不同，但不會弄得不愉快。我插口：「絕對沒有衝突的，因為沒有來往！」眾笑。

我接著說：原居地相同的，反而會有矛盾衝突。香港移民組織的的同鄉會、同宗會、同學會、文學藝術團體，完全沒有「分裂」之類的事。台灣移民的，也沒聽說。反觀大陸新移民組織的，如最有規模的，「旅加北京聯誼會」、「中國大專校友會」、「溫哥華老年華人協會」，都搞鬥爭、分裂。丁果在報上、電視上「哭求團結」，也沒用（日前丁曾訪問龍，龍此前知道丁，但誤以為丁是美國的）。前者內鬥到、現在會也不存在了。後者弄了同名的「雙胞」，省政府責成其內部和解，不能同

名註冊。一直沒能和解，照法律，是非法團體。

　　龍應台無意的問陳浩泉，「加華作協」的政治傾向。陳說：我會只談文學不談政治，會員、顧問，中港澳台都有（韓牧插口：也有土生，只用英文的）。陳續說：好像有些人，十一國慶酒會，參加；雙十國慶酒會，又參加。韓牧插口：我就是。我不是以中國人的身份、而是以加拿大公民的身份赴會的。

　　在這久了，就對自己的所在國有感情。好像前幾天，我很高興。我們新建準備明年「冬奧」用的「烈治文速度滑冰場館」，榮獲體育館建築金獎。是由國際建築權威機構「結構工程師學會」頒發的。主辦者讚賞它的「木浪形設計」，創新使用了我省遭甲蟲蛀食的松樹木材。它擊敗了英國的溫布頓中央球場、哥本哈根大象屋等等，以及北京鳥巢。

　　我當眾對龍應台說：告訴你一個秘密，他（手指瘂弦）每年的七月一日，都升國旗的。

　　龍嚇了一跳，她以為是為了「七一建黨節」（八一建軍節）。我解釋是加拿大國慶。瘂弦說，是「橋橋」（亡妻）的意思，感謝加拿大醫療福利好。不是升旗，是掛旗，現在沒有了。

小斟小酌（三之三）

10月17夜，龍應台在UBC演講後，「加華作協」宴請。斟茶酌酒之間，我們交談是用國語，有搶講話的氣氛。白人有四位：UBC亞洲研究系的系主任、兩位教授，以及SFU（西門菲沙大學）的教授王健，他同時是我會的顧問。除了系主任一人外，都懂中國國語。不過，我們交談的內容，他們不一定熟悉，所以只是靜靜聆聽，很少插話。

大概龍應台覺得冷落了他們不好意思，常常在「空隙」中用英語和他們談幾句，例如談次日晚上在UBC亞洲中心的一場英語演講會，名為《大江大海，1949尚未訴說的故事》。

這次宴會，UBC的丘慧芬教授及其夫婿杜邁可教授，未暇參加，我失望。賢伉儷常應電視台之邀，評論政治。杜是精通中文的白人。丘教授敢言、精闢、重事實、有感情，有很強的說服力。我認為她堪稱「加拿大的龍應台」。丘慧芬又是當天龍的演講會的主持人。

我們又談到當天的演講。有一個來自大陸的青年提問，他說，龍所說的「良知的螺絲釘」，與自古的「天下興亡，匹夫有責」是否矛盾？龍很清楚的回答，大意是：個人良知是核心，就是對事物很深的思索。有這種良知的人，不一定就是建制的反對者、異見者。有可能拿起槍去衛國，或參與政治，影響國家的決策。最重要是根據自己的良知、自覺，在關鍵時刻做出決定。

記得她在演講時，還講了一件家事。她的兒子在十九歲時，

接到德國國防部徵召入伍的通知，曾經與她商量如何應對。她向兒子解釋中國1949年的情況，說：「如果你要做國家機器的螺絲釘，接受擺佈，隨你的便，但也請你接受後果。」最後兒子選擇以自己為原告人，控告德國軍隊，至今訴訟仍未了結。

我說：這個青年所提的「問題」，根本上不能成為問題。這是只知聽命政府，沒有獨立思考的習慣，奴性未清除。二戰時，有些日本兵是反對侵略中國的。

龍曾說，內戰這「絞肉機」，絞出幾股人分散在不同的地區，彼此不知對方的傷痛。我想，也由於分處不同的地區，就形成了對民主、人權、法治的理解的差異，甚至無知。

曾有專訪記者問龍：「你認為個別小螺絲釘的道德勇氣，真能對抗國家大機器嗎？」她答：「當然可以。只要整個社會從教育、媒體各方面全方位去檢討面對歷史錯誤的態度。」

龍應台給我的總印象是：她善於順勢，用對方習慣的語言，例如「螺絲釘」。會思想的「人」，其實難以用「螺絲釘」為喻。「機器」由許多不同的部件構成，全都是「螺絲釘」，也成不了「機器」，粒粒一樣，只能成了「方陣」。

其次，是她的語言、文字，有感情，有文學性、藝術性。光有學術性的硬邦邦的語言文字，打動不了人的心。

對於內戰（也許其它也同樣），她避談誰是誰非、正義到底在那一邊。因為她知道，中國人顧面子，以認錯為恥辱。她意圖以大量的口述歷史、眼淚，顯示全民的悲痛，感動全民，推動執政者。她反對以暴力為手段（孫中山的革命，是用暴力），她知道在「更殘暴的暴力」前，「暴力」一定失敗。她意圖挑動人類的悲憫心，以扭轉敵對，尤其是武力敵對。這種以和平方式扭轉國族命運，讓我想起印度聖雄甘地的成功。

她一再表示，她的和平，將使中國大陸不久就解禁她這《大江大海》。這也好像是個給誰的下台階。但我心存疑惑。雖然你不說誰是誰非，但你的一個個訪問，如果都是鐵證如山的事實，也就在人們的心中，顯出誰是誰非了。

　　比如「長春圍城」，所謂的「兵不血刃」光榮解放，其實是餓殍遍野，死人三十萬（十五萬到六十萬，取其中間數），那就媲「美」南京大屠殺了。誰會承認是自己的責任、過失、罪行呢？「殺人」之後「滅口」是人之常情。

　　宴罷，道別，與龍應台握手時我說了一句話：「有你這個知識份子，我們也感到光榮。」還有來不及說的第二句：「今天的人山人海，讓我看到中國的希望。」

　　2009年10月18-20日，烈治文。

與森道哈達一夕談（四之一）

　　蒙古著名詩人Hadaa Sendoo來溫哥華、烈治文。邀請他為特邀嘉賓的，是我省低陸平原地區的一個詩會，World Poetry Reading Series，主要活動是由該會與中國中坤詩歌發展基金會、烈治文市政府合辦的「紀念中國大詩人李白」的晚會，2010年5月17日晚在烈治文市文化中心舉行。

　　5月16日星期日，Hadaa Sendoo剛到，我們「加拿大華裔作家協會」同仁，在溫哥華「大煌酒家」宴請，一席。由於Sendoo十分坦率，十分熱情，當晚，是我終生不忘的一個晚上，這是緣份。

　　據我所知，他1961年生於上都，蒙元帝國的京城。80年代末回到祖國蒙古。

　　他高個、壯碩，穿一件白色短袖單衣來到酒家，我們都穿的厚衣服。後來他說從小就習騎射（箭）的。

　　互換名片，我用雙手，他用右手、左手扶著右手的手腕。我與美玉贈他詩集《新土與前塵》，他雙手接過，低頭，以書碰額，說是蒙古的禮節。真是古而雅。交談中，知道他任World Poetry Almanac的主編，也是World Poetry Ambassador，現居蒙古國首都烏蘭巴托。

　　他欣賞著《新土與前塵》一書，注意到封底是香港印刷。談到書號，同席有人說，中國大陸的書號一直要高價買，現在不必了，但只是轉了名目為「編輯費」，實質是一樣的。友人又說，

現時在大陸出版書籍，可用筆名，但要報上真姓名了。我說在香港書號免費，政府對出書，全不監管。

他向我介紹自己的出生地後，我補了一句：「你是正藍旗嗎？」他驚喜。我又向他請教：「你在〈蒙古文字〉一詩中，把蒙古文字形容為奔馬、舞女、女神，最後說：『真像馬樁，深深敲釘入大地』，馬樁一詞我未見過，是拴馬的木嗎？」他說正是。

至此，他說，沒想到有人對他和他的詩都有認識，他沒有白來溫哥華。

他謙遜，沒有談自己的地位和成就，於是我不時作補充，讓同席的人多知道一些，同時請他核實。如：處女詩集是80年代中，廣西民族出版社的漢語詩集《牧歌和月光》。80年代末回到蒙古，現為蒙古國立大學教授。去年在台灣出版了英文詩集《Come Back to Earth》（《回歸大地》），大獲好評，暢銷，漢語版是李魁賢譯（他說：李的德語也很好）。他的詩，已有二十多國文字的翻譯。（他更正：現在已有三十多國語種了）

與森道哈達一夕談（四之二）

席間有人提到台灣蒙籍詩人席慕蓉。我說，據我所知，席，80年代在中國大陸的青少年中，火紅到不得了，但在台灣不被重視。席詩，我以前沒有讀過，這兩年才偶然注意到席詩（網上有文，引我詩與席詩並談，我才知道有席其人）。席詩，不是大氣的。Sendoo說，聽說她曾來過蒙古呢，但在那裡沒有出版過她的一部詩集。不過他願意有機會幫助她，到底是族人。

席間有人問他，甚麼時候開始寫詩，最初寫的題材，是愛情還是大自然。他說他十五歲開始寫，起步晚，（我們奇怪：十五歲不是起步早嗎？）最初寫的是天地、大自然。

一直交談下來，他沒有提到內蒙古。他曾向我詳細述說他的出生地「上都」，是忽必烈汗、妥歡鉄木爾汗等多數君主的「夏宮」。我問他「上都」現代的名稱是甚麼，他說仍稱「上都」。我不知道他明白我的問題沒有。我覺得「上都」一定是在現屬中國版圖內的「內蒙古」。也許是，站蒙古人的立場，古來本屬蒙古之領土。其實我覺得，現在的國界，是現代新政府協商定出來的。

他給我的印象，好像以前較少到北京。這次飛來溫哥華，是從烏蘭巴托經北京，在北京停留。席間有人問他在北京看了甚麼，他說哪裡都沒去，只呆在賓館看了幾天書。有人問他為甚麼不到市上逛逛，他苦笑一下，沒有回答。

韓牧認為：原因之一應是，他的研究方向是蒙古古典文學、

史詩、民歌；他的創作，他的詩，主調是寫蒙古、草原。到王府井、鳥巢、國家大劇院逛，有何益處呢？此外，他強調坦誠，心想甚麼就說甚麼。他曾對我說：三個層次，首先是「人」，其次是「朋友」，然後才是「作品」。他主張，寫作，不要東學西學，要寫自己的感情，最重要是保持自己的獨立性格。

此次邀請方、是一個詩歌組織，在大溫哥華地區每年「慶祝」（紀念）一位大詩人。今年請他選一位能代表中國的中國詩人，他考慮過郭沫若、徐志摩、艾青、北島等人。但最後他選了李白，這是任誰都沒有異議的。我對他說，從詩藝角度看，現代詩人與古代詩人是有距離的。他同意。

席間，他主動用蒙古語朗誦了自己的詩《風》，王健教授將英譯修正後朗誦。我們是第一次聽到蒙古語朗誦詩，幾個「老廣」（廣東籍）：梁麗芳、施淑儀、陳麗芬、勞美玉和我，都覺得音韻比中國國語豐富，有b、g、k、m、p、t等音收尾。我還覺得與韓語相類。

我又問他是否到過廣東、聽過廣東話朗誦詩。我說，不如我用廣東話朗誦一首很通俗的李白詩聽聽。我先用中國國語，然後用廣東話，〈贈汪倫〉：「李白乘舟將欲行，忽聞岸上踏歌聲；桃花潭水深千尺，不及汪倫送我情。」誦畢，Sendoo覺得聲韻是大異的，他好像很讚賞的樣子。我的朗誦，其實參考了粵曲、粵劇的「詩白」。

我說，廣東音與李白當時的唐音是較為接近的，例如說「東南西北」，現代國語就離得遠了。唐音的「南」，讀Lam，與廣東話完全一樣。所以唐詩，尤其是入聲收韻的，用廣東話讀才有味，才有古意。現代的中國國語已經沒有入聲了。

與森道哈達一夕談（四之三）

Sendoo徇眾要求唱了一首蒙古歌，大開耳界。我說蒙古歌我也唱過幾首，我立刻獻醜，高昂的唱：「十五的月亮，升上了天空囉——」，誰料他馬上用蒙古語接唱第二句，一直唱下去。這首情歌名《敖包相會》，少年時唱過。那時以為「敖包」就是蒙古包，大了才知道是石堆。他讀出「敖包」的蒙古音：Ovoo，聽來音譯為「包」不準確，又易令人誤會（同席多位仍以為是蒙古包），似應新譯。他解釋此物是長期堆疊成的路標，以前的人騎馬，現在開汽車，經過時仍是繞它三圈，然後放上幾塊石頭。我想，茫茫大草原容易迷路，這正如中國的塔，但它是過路的人相繼堆疊成的，有權利有義務，很有意思。王健從手機中找出今春溫哥華「奧林匹克冬季運動會」的會徽，給他看，那是第一民族（原住民）用石砌成人形的路標，與「敖包」作用相同。

曹小莉唱起蒙古歌來：「藍藍的天上白雲飄，白雲下面馬兒跑。揮動鞭兒響四方，百鳥始飛翔。」第二節：「要是有人來問我，這是甚麼地方；我就驕傲的告訴他，這是我們的家鄉。」唱至此，我就有意無意的，用別的話題打斷她，以免尷尬。如果再唱下去，就是「毛主席啊共產黨，領導我們成長，草原上升起、不落的太陽。」

《敖包相會》是蒙古民歌，她唱的《草原上升起不落的太陽》，據湖北作家胡發雲去冬來溫專題演講，是漢人代言的「紅歌」。我還記得五十年代有一首「我騎著馬兒過草原……」，末

句是「自古草原多苦難，如今人人笑眼開，我騎著馬兒向前跑，東方的太陽、升起來。」同樣不一定是他們自己的心聲，只是漢族為少數民族代言，不可取。

我問他，最近在大學開的甚麼課，他說：有文學，也講《詩經》，蒙古宗教史，現代蒙古人大多信奉藏傳佛教（我見他左手戴了念珠，想是佛教徒），但古代是薩滿教（Shaman），蒙古語為：Böö。我問，有神、有偶像沒有？沒有。是敬「天」，有巫師（Böö）與「天」溝通。此教相信，月胖（圓）時可以行事，月瘦（缺）時行事不利。成吉思汗就是依巫師說，不攻印度的。敬天，我想到加拿大的第一民族，土著。

我知道他曾搜集民歌，他說已得一百首，並已成書。

他說幾年前他曾在蒙古國主辦了亞洲詩歌節，請到日本最有成就的詩人新川和江等，韓國詩人金光林等。中國是劉湛秋，香港是犁青。我說，劉、犁兩位，我二十多年前在香港時就認識，犁青是印尼華僑。

Sendoo說曾到日本、台灣參加詩歌會議，在台灣高雄也舉辦了「蒙台詩歌節」。台灣很多詩人有興趣旅遊蒙古草原，有的詩人已訪蒙三次。

我有個大膽的猜想：他的詩集《回歸大地》在台灣大受歡迎，也許有一個「回歸」的原因。他的身份原是中國的少數民族，二十年前「回歸」故國。也許台灣的外省人，同樣有大陸故國之思吧。

席間，他曾單獨向我敬酒，祝我身體健康，多出好詩。他說準備翻譯我的詩，我感謝。聽人說他不但會蒙、漢、日文，也懂俄文。如果翻譯，想是蒙古文吧。

友人介紹我是書法家，他說他的字寫得不好，但愛欣賞。我

說，若不怕行李重，明晚到烈治文市文化中心時，帶一本書法集送你（當晚我同時送他《韓牧散文選》及《剪虹集》）。

我提到他的詩〈蒙古文字〉，他說，現在蒙古的報紙、雜誌、書籍，一律用俄文字母拼音，原有的蒙古文字，只在小學教，到中學就沒有了。

我惋惜。我想，較高深的蒙古文，恐怕成為專門研究了（他說像他，一定要懂，因為要看古籍）。蒙古文字自有其美（滿文還是學蒙文的），這樣做，蒙文恐怕要走上滿文一樣的滅亡之路了。相信是作為蘇聯附庸時開始實行的。但現在已經獨立了，應該恢復，可以兩種寫法兼學，像漢字、漢語拼音一樣。中國的漢民族，不是至今都用漢字？有何不妥？

與森道哈達一夕談（四之四）

聽說，蒙古已經是個民主的國家了，多黨制，一人一票選國會議員，像加拿大；一人一票選總統，像美國。我問，民主的國家是甚麼時候開始的？蘇聯解體時。王健問，有私人傳媒嗎？有，私人電視台、報紙都有。

這是出乎我們意料之外的，一向以為這個內陸國家，又受蘇聯、中國的影響會比較封閉。現在，反觀，已經二十一世紀了，亞洲還有不少國家，一黨專政，高壓、恐怖、世襲、父傳子、太子黨，面對蒙古，能不羞愧？

我們知道蒙古地大，礦產資源豐富，他說，最近發現兩個大礦藏，其一是金礦。已有加拿大公司在開採了。

他說，蒙古人一般對政治興趣不大，是樂天者，心理醫生這行業，蒙古沒有。男女都愛飲酒，正是「今天有酒今天醉，明日愁來明日當」？非也！他說，蒙古人常說「明天吧！」我想，明天，還是有其明天的，因此，明日的愁，也不必去當，因為「明日復明日，明日何其多！」

天氣，冬天佔了半年。目前雪還沒融化，他說，像溫哥華北面的山，仍然積雪。肉便宜，青菜貴，價錢是肉的幾倍。中國菜是最貴的，像桌上的這一盤，至少要五十美元多。我說，在溫哥華相反，最便宜的，是中國菜。食具，用刀叉。不知道我有沒有聽錯，他說年輕人也能用筷子。我想，是由於老一兩輩的，接受了蘇聯的影響，用刀叉，新派的、中產以上的，吃得起中國菜，

所以用筷子吧！

我記起，八十年代初我到哈爾濱，知道他們東北人受「老毛子」影響，愛吃麵包；甚至多於麵條、米飯。他們問我是不是習慣拿筷子，我失笑。他們以為，我生活在香港，一定受英國的影響，每餐都是吃麵包的。誰知道我們這些在港澳出生長大，在港澳生活了幾十年的人，除了上館子吃西餐廳，在家裡，從沒有一頓飯是吃麵包的。

Sendoo說話不停，無暇吃東西，後來也吃了一點點，但一直沒有吃他碟裡的那隻大蝦，很可惜。我認為是當晚最美味的。也許他的腸胃不習慣吧。當晚是廣東菜。

蒙古國土面積大，居亞洲第四。他說，人口是兩百萬。這還少於溫哥華了。我說，那一定接受移民了。也有中、韓等移民；少數民族哈薩克，曾回歸哈薩克共和國，但現在又回流蒙古了。我問有方言否？在西部有，但差異不大。

他自豪於蒙古族人的功績，如史前踩過白令海峽最先到達美洲；建立雲南省等。他曾在大理被一陌生女士認出是蒙古人，興奮，大喜。

我對大家說，席間十一人，他除外，面貌最似蒙古人的是誰呢？我認為是曹小莉。他同意，說我眼光銳利。

王健表演快板，但未帶板來，就向服務員借兩對小茶杯，唱了一段。Sendoo借來筷子兩束，跳蒙古舞。我對大家說，我們「加華作協」這二十年來，接待過數不清的外地、外國作家，以他最坦率熱情。別人最多是講話談笑，沒有又唱歌又跳舞的。

他的舞引起我，我語不驚人死不休：「蒙古歌我唱過了，現在表演蒙古舞——但只是兩下子。」於是我先用口「啦」出前奏、舞曲，側肩，抖了幾下。大家都笑了。我說，這是道地的蒙

古舞，只是蒙古舞有這個「抖肩」。又說，這「鄂爾多斯舞」五十年代初曾到蘇聯參賽得獎。我認識的、現住老人院的郜大琨老師，當時二十出頭，是演員之一。郜曾告訴我，那蒙古舞的一些舞姿、動作，其實不是蒙古舞原有的，是編舞者編創出來的，因為有特點，人人以為是蒙古原有的傳統。我想，這也無不可，合情合理，所謂原有，其實也是前人、古人所創，後人跟從，就成為傳統了。古人可以創，我們這些未來的古人，也可以創。

廖中堅提到詩人聞捷，Sendoo未知其人。廖當場唸出聞捷詩句，說曾入迷。這聞捷，我少年時就熟悉，當時，在漢民族的青少年中家傳戶曉。其詩寫的不是蒙古，是新疆，寫的是愛情，受到當時的青少年的喜愛。我說：青年也會長大的，長大了，就會覺得那些詩不夠深度、不夠大氣了，就淡忘了。Sendoo接著說我「青年也會長大的」這句話，很有哲理。

我想，Sendoo和我，以前都沒有讀過席慕蓉的詩，恐怕也是這個原因。他未聽過聞捷，除了這，我想，還有兩點：一是地域、民族，他是生活在蒙古族人地區，注意於蒙，而不是漢；一是時間，他出生於1961，比廖和韓遲了十幾年、二十幾年，待他入學時，不但聞捷的熱潮已過，中國也進入了另一個沒有愛情的可怖的時代。

我問他，Hadaa此名何義，為何與所謂「獻哈達」同音？他說雖然都漢譯為「哈達」，其實發音有小異，有g尾。Hadaa意為大岩石。當晚同席人搶講話，我來不及問他的姓Sendoo何義。當晚沒機會講一句話的，是與另一半同來的三個人：王健夫人李盈、曹小莉丈夫蘇阿冠、韓牧家內勞美玉。

主人都上了年紀，囉嗦難免，不過，當晚有些話題，不是客人、甚至不是大家感興趣的，這對客人不尊重。客人萬里而來，

只有一頓飯的時間，無緣的，很可能此生不再有。應該向他多發問，關於他、關於蒙古、關於文學、關於詩。讓他講，大家吸收；也讓他問，他關心的，我們的情況。我覺得，我是努力堅守這個原則。

餐後，我請他與我兩人合照留念。他堅持我坐他站，說，「您是長輩」。我當然比他更堅持。最後全體合照，一排坐，一排站，叫我坐，我就不推卻了。

很可惜，這次的邀請方說日程已排滿，我們「加華作協」無機會為他辦一次公開的學術演講，連小組的閒談也排不出時間。看來邀請方也沒有為他辦一次公開的學術演講，這對一位學者來說，是不夠尊重，是「待慢」了。實在的，蒙古當今的文學情況如何、詩壇情況如何，是我最想知道的。

2010年5月22日補記於烈治文。

曹禪・PAWN

1

不見曹禪，有十年了。這次，她帶著她編劇、作詞、作曲、導演，又指揮、演奏的音樂劇《時光當鋪》作全球巡迴演，前一陣，已在美、亞兩洲多個城市演出，一致好評。她，以其天賦、地賦、時機，和個人努力，獲得極大的成就。而在我，反而有一絲莫名的失落感。

與她相識於「微時」，是說她約十歲的時候，她常常跟著母親汪文勤參加我們「加拿大華裔作家協會」的活動。印象最深一次，是我會的季刊《加華作家》創刊號剛出版，作一次研討。她，一個小學生，石破天驚的向我們這些長輩提出意見：封面設計有問題，加拿大地圖少了一個特區。

那個特區是我國新成立的行政區，美術設計者用了舊地圖。當時我覺得：這個小女孩，對國家以至國際大事，是很關心的。

她這次回來，我參加了她全部的公開活動：兩場演出，一次「環球大講堂」〈移民子女成功教育之路〉、與其父母同台的講座；詩集、音樂片的售賣簽名會。

細細思量，我何以有莫名的失落感呢？我有緣得見她的童年，印象是她說話不多。其實，面對我們這些年齡相當於她的父母、祖父母的長輩，當然是這樣了。她好學、機靈、勇敢，是個

可愛的小女孩。但我卻無緣得見她的少年時代。這中間一段，脫空了。

一轉眼，是二十二歲的大四學生，成熟得令我驚異。在與父母同台的講座上的表現，比母親還要精明老練。我一向以為，每個年齡階段，最理想是恰如其份。兒童像兒童，大人像大人。兒童天真，大人世故。

但我又駁斥自己：大人而有童真不是最可貴嗎？為甚麼早熟、少年老成就不好呢？兒童總要漸漸變成大人的，人，總是漸漸趨向成熟的，這是必然又必需的方向。是不是我考慮到：接受了太多的如潮的好評、一律的讚好，而可能導致將來過份的成熟呢？

這也許是我這「老人家」的過慮；或者是我這「老頑童」的幼稚無知。

二戰和平後，家父在他哥哥（我伯父）在香港開設的當鋪工作，任司庫，一直到退休。我少年時，也曾在那當鋪寄膳寄宿過半年之久，對這特殊行業那些不為人知的特殊運作，有瞭解。廣東話裡有一句俗語：「有當有贖，上等之人。」在我，我願意把我的「童心」、「少年心」，「入當」而永不「斷當」，在青年、中年、老年、晚年的任何時刻，隨時「贖回」，贖出來時，仍然稚嫩如新。

據說：曹禪的理想是當電影導演，這是大志氣。舞台劇，每演一場，最多只能有數以千計的觀眾，而電影是數以千萬計的。

她還有一個願望，是重譯《水滸傳》，讓這部中國古典名著暢銷美國。而我卻認為，此書的意識是否有問題，學者自有研究，姑且不論。但她畢竟是擅長創作的天才，而翻譯，創作自由就太少了。要重譯，許多人都可以做，不一定比你譯得差，犯不著花精力時間於此。除非精力時間過剩，自己又特別有興趣。

2

　《時光當鋪》大氣無比，它涉及個人的、民族的、以至全人類的最大的難題。個人生死、民族歧視、反戰反恐。從最切身的親情到最宏大的全球的命運。實在的，要處理這些大題目，沒有足夠的成熟和哲學性思考是不能達成的。

　比較而言，有些同樣是華裔女性作家、學者，成功的做出題目較小的研究成績：第二次世界大戰中，日本對中國的侵略、中國內戰的實情等。前者有張純如，後者有龍應台。她們搜羅大量的事實，或者揭發、控訴日本軍國主義者的獸行，或者要縫合台峽兩岸華人的傷口。其中也有以報告文學的形式出之。證據確鑿，無可懷疑，說服力強、感人至深。

　而藝術作品如音樂劇《時光當鋪》等，依據一些歷史素材虛構，有可能使人感到誇大、偏離事實而起懷疑。人們接觸藝術，動機是欣賞、娛樂，它以其詩意的歌詞、悅耳的旋律、悅目的舞姿來感動人，與枯燥的一味追尋事實真相不同，而要求更高。要對所編造的故事，與當時、當地的歷史事實距離相近，要掌握好分寸。例如：民族歧視的描述、白人對華人誤解的描述，要完全客觀的根據客觀事實，也就是從史料、歷史中，提煉出典型來，過程中，不可參雜主觀的民族感情、情緒而以偏蓋全，來取得觀眾、尤其是同民族的人的喝采。

　編入「樂高」一角，讓時空可以自由交錯，藉以交待了不少的情節，這是曹禪的聰明處。

　此劇成功的另一點，是善用青年學生的強項：記憶力好。全劇沒有一頁樂譜，在猶太人中心演出的一場，幾位伴奏者改坐到

前台右方背幕處，見曹禪擊鼓、指揮，他們沒有樂譜，把全劇背出來。這是比專業樂團優勝了。

我愛唱歌，我佩服演員們的歌喉：亞伯拉罕、媽媽、妹妹、爸爸，全都激越嘹亮，一如專業的歌唱家。十幾首歌之中，《千萬千萬》、《天知道》，最悅我耳。一些歌曲聽得出是利用了中國的元素，如《搖籃曲》，以及亞伯拉罕突然死亡時，母親的幾聲「Child」的長長的呼喊，像極了廣東民間傳統的「哭喪」，悽厲到極，催人淚下。

演員表中列出十一人，我注意到，只有一個「Young」可能是中國姓。從他們的容貌、膚色、身形看，族裔也許是日本、菲律賓、拉丁美洲、印度以及混血兒。有一位女演員謝幕時雙手合十，相信是泰國的。

這個講華裔家庭、主角全是華裔的戲劇，演員幾乎沒有華裔參予，我有點失望。這反映出兩點：一是華裔中的漢族，是「不能歌、不善舞」的，反觀菲律賓的孩子，幾乎個個都會歌舞。二是華裔子弟一般擅於讀書而不擅演藝。這值得反省。一位治療「人身」的醫生，與一位治療「人心」的藝術家，同樣重要，但前者的服務對象數以「千百」計，後者，則數以「千百萬」計。

當然，以非華裔面孔來演華裔，亦無不可，正如中國人也可以演西洋歌劇中的西洋人。但是一些特殊的場合，例如歌詞說「我們黃皮膚」時，台上的演員卻出現白皮膚的，就不完美了。

總的說來，《時光當鋪》主題宏大而又親切感人。尤其是主角在戰場上懷念家鄉、與家人生離死別、捨己救人的一刻、還有兄妹、父子、母子的長途電話對談，都令人產生永不磨滅的印象。

2011年8月11夜。

王朝暉講少數民族文學

2012年9月1日，我「加拿大華裔作家協會」假「富大酒家」辦講座，演講嘉賓是中國中央民族大學王朝暉教授。她是該大學最年輕的正教授，與我省卑詩大學也有深厚的淵源和關係。王教授最長於中緬邊境的少數民族研究。

她詳述了自1949年以後中國政府對少數民族文化的大力扶助，包括創造文字、培育學者、作家、藝術家等，從無到有。

她的發言滔滔不絕，興高采烈，內容甚豐，我們得益。最後她朗誦了一位高山族詩人的長詩作結，然後讓與會者發問。在此我只能憑記憶記錄一下我自己的發言和提問，以及她的回答。我說：

上月初，我向理事會提議邀請王朝暉教授作一次演講，蒙王教授一口答應，我特別高興。血統上，我不是純漢族，也可算是少數民族。雖然所屬的少數民族也許只在海外，但同樣親切。

我與已故妻子是40年前我遊歷緬甸後在回香港的航機上認識的。當時我以為她是緬族；她憑我的長相、膚色、身形，以為我是克倫族（Karens），那是緬甸的一個少數民族，人口有200多萬。其實，她是漢族，原籍福建。我是不純的漢族。我問王教授：「我像克倫族人嗎？」她說像。她補充說，此族與雲南的阿昌族是同屬一系的。

我又回憶說：亡妻最愛穿著的民族服裝是景頗族的（在緬甸是克欽族）。王教授即時用手比劃著衣裙，說：明年來溫，會帶

景頗族的肩袋送我。

我又說：剛才聽到王教授談到蒙族的蒙古文字馬頭文，在中國大陸得以發展，還發揚到蒙古國，及日本及歐美的學術界，我真高興極了。前年蒙古國詩人森道哈達教授來溫，與我一見如故，成了好友。認識他之前，我對他的詩〈蒙古文字〉印象最深，全詩都是讚美。聽他說，蒙古已是一人一票選總統的高度民主國家了。但現在所有的報紙、雜誌、書籍所用的，全是蘇聯時期所創、用俄文字母的拼音文字；傳統的蒙古文字不用，識者也少。我震驚，我對哈達說：盡早恢復使用優美的蒙古文字，你們高級知識份子責無旁貸。

我問：滿族漢化厲害，目前全國能懂滿文的只有幾十人吧？王教授說：精通滿文者，百人以內。

我又問：評定是否少數民族的標準為何？我在澳門出生、長大、受教育，知道四百多年來，中國人和葡萄牙人通婚的很多，這些混血兒約有二萬人。他們的血統特殊，懂葡文、華語（粵語），生活習慣與本土的葡國人、與我們，都有不同，我認為，1999年回歸中國後，中國的少數民族應該加一個，變57個了。王教授說：要成為少數民族，首要是他們有意申請。

接著我發言的，有陳麗芬、梁兆元、梁麗芳。

時間緊迫，我有些話只好在散會後補充了。例如：「文革」期間，文學書籍政治性太濃，我不要看。於是我專看少數民族的傳統民歌、敘事詩、長詩（常是民族起源傳說）。碰到一些用少數民族文字印刷的，不會看，我也會買來欣賞、收藏。我對少數民族特別感到興趣，予以同情，也許與我的血統有關吧。

2012年9月1日，夜記。

記雷勤風教授講：中國新笑史

　　2015年11月7日，加拿大華裔作家協會邀請卑詩大學（UBC）亞洲研究學系教授雷勤風（Christopher Rea）作〈中國笑新史〉演講。雷教授號召力大，罕有的，我們臨時要加餐桌。他，年紀輕輕，研究專精，談吐幽默，「國語」純正，獲得滿堂笑聲。演講之後，歡迎大家出來講笑話。我覺得，是歷年歷次講座中最歡樂的，值得一記（這一記，是記錄，不是台灣人或大陸人的「修理」，上海人的「吃生活」）。

　　握手、交換名片，謙恭有禮。給他斟茶，他站起來。我知道他來自美國，問他來了加拿大多少年。他接著問我來了多久，來自何處、是否香港。我同時大略介紹一下當時身邊的幾位來自香港的文友。我送上我會出版的我與勞美玉的詩集《新土與前塵》，他看了看，我解釋：她是我「賤內」，今天有事未能來。他說：他也是一個人來，因為兩個孩子，一個七歲，一個四歲，今天要去水族館玩。

　　開始講了，他首先說：「今天是個特殊的、重要的日子。」我想不出是甚麼節日（現在想：他今天的演講，對我來說，確是特殊的、重要的），大家也沒反應。他接著說：依亞洲時間，今天是「馬戲團」，哄堂大笑。

　　他說自己從小愛看英國的幽默戲劇，長大了就愛研究幽默；林語堂認為，中國自古的文學常常是幽默滑稽割開，西方則反。他比較多講的是清末民初的笑史，著重提到二十年代劉半農、吳

稚暉發現、重印乾嘉年間的《何典》，此書，藉地府眾鬼的故事，諷刺人間現實（重印版，遇髒話就開天窗）。另，林語堂標舉「幽默」，而否定不雅的「滑稽」（我想到中學時，課文裡有太史公的《滑（音骨）稽列傳》）。再下去，是低俗以至髒話的，就不談了。一友提出，當今新詞是「搞笑」，引起大家爭說大陸上流行的、「搞革命」、「把成績搞上」等等，我說還有「亂搞男女關係」，陳浩泉聽到過一位漢學家說：「我是搞蕭紅的」，我說：「我想搞冰心」。

他說：因科技進展，有攝影術，引笑，除了文字，也用圖像。例如清末民間流行「求己圖」照片：一個人跪下，有所求的樣子（雷教授示範動作），疊印同一個人在旁邊，作付出之姿，以表達《論語》「求人不如求己」之意。

演講後提問，我首先舉手：雷教授今天幽默的演講，給我們許多以前沒聽過的知識。剛才一直比較「幽默」、「滑稽」這兩個詞。我想到另一個詞，「詼諧」，它是否處於二者之間呢？雷教授說：「詼諧」一詞當其時沒有提升到「滑稽」一樣被人注意的階段、在文學市場上成為一個獨立的文類。我說：我生長於澳門、香港，母語是粵語，愛用「詼諧」，例如戲劇、電影中惹笑的角色，我們稱為「諧角」、「諧星」。也許江浙上海，愛用「滑稽」，例如「硬滑稽」。

我心裡想：一向以來，我對人們在這方面，是這樣分品級的，由上而下：幽默、風趣、詼諧、滑稽、搞笑、低級趣味。

我繼續問：今天聽雷教授演講，我突然想起六十多年前我童稚時，我看過的，家藏的一本書，《解人頤》（笑脫下巴也），印象中全本是笑話，文言文的。內容大都忘了，相信是清末民初的，不知作者何人。雷教授向我展示他的演講筆記本，有這書

名。他謙虛說，他的研究資料主要在中、臺、及海外的美加澳紐，未及香港，將來會研究。

【我回家後上網查，《解人頤》，成書甚早，有推斷乾嘉間，有說是明清間。又有說「孫楷第《中國通俗小說書目》未收錄此書，不知它現藏於何處」。可知當年罕見，但現應已有重印】

吃飯了，曹小平第一個講笑話，他先叫我們要忍耐，因為稿很長，有好多頁紙。大概急口令了十幾分鐘，但內容豐富，沒有重覆，是說毛澤東在地府與眾舊部開文藝座談會實況。與其說是笑話，不如說是諷刺「哭話」。我覺得他同樣寫地府，與《何典》古今輝映，可稱《何經》，合稱《何經何典》。

曹小平的急口令完了，我接上：他的笑話極長；我的極短，只有一句。多年前我「加華作協」應邀訪華，在絲綢之路的旅遊車上，為解悶，輪流每個人都要講一個笑話。大家知道，陳華英自知國語爛，任何時間、發言都用廣東話，也不管大部份在場者都聽不懂，要麻煩陳浩泉或我來翻譯。輪到她，她走到車頭，只一句，就全車爆笑，黃冬冬評為「經典」。她那一句是粵式爛國語：「陳華英講普通話，就是笑話。」

（這個笑話，我先得到她同意，才複述的。）

陳華英搶過咪高峰，客氣說，感謝韓牧常常鼓勵她說國語。陳浩泉接上：「有進步，現在說得不錯。」我接上：「是不錯，也不對。」華英不斷說我這話幽默。

黃冬冬說了個關於方言的笑話：有人「孩子」落河，呼救，結果只救到「鞋子」。廣東話也是把「鞋子」說成「孩子」的，照我所知四川、雲南也如此。

傳閱雷教授的巨著The Age of Irreverence: A New History of

Laughter in China，《中國新笑史》，我見到插圖不少。封面漫畫人物看來是袁世凱，一問之下，得到證實。其實，我覺得更像赫魯曉夫，是外國漫畫家的作品吧？

103歲的麥冬青老先生說了一個、他說自己也不知道算不算笑話：他不願上天堂因為太寂寞，沒有朋友。我說：「我也寧可落地獄，我的朋友大多在那裡。我也可以陪你。」我好像聽到雷教授說：麥老，麥老不賣老。他有一篇文章名〈瞎話「夏說」〉。他母語非漢語，有此玩字天才，韓牧佩服！

梁麗芳給大家講，生長在香港這個語言環境，自己是如何學到國語的。是聽中央人民廣播電台，以及台灣的電台。

我接著說：「我不會普通話，但我會國語。普通話，國語，是兩回事。我又如何學到的呢？許多人奇怪我生長在澳門、香港，怎麼會講國語，我總是說：因為我年紀大。何解？抗戰勝利後的一年，1946，我八歲，入澳門勵群小學，讀一年級下學期，那小學每周有一、兩節教講國語，學歸學，離開課堂就完全沒有機會練習的。後我幾屆的妹妹，就沒有這一課了。記得勵群的招牌上有「僑委會立案」字樣。前幾年，偶然聽一位台灣朋友說，當年這些立案學校，可獲「僑務委員會」的資助，我有學講國語的機會，是拜國民政府資助海外華僑學校之賜。

我又說：「請大家猜猜看，這學講國語的一課，名稱是甚麼？我在香港三十多年，在這裡二十多年，向不少朋友提出過，都沒有一個人猜中過。這名稱是十分貼切的，猜中有獎，限時兩分鐘。」十分鐘過去了，沒人猜中。我宣告謎底：「國音」。

我對雷教授說：不知你對「普通話」這名詞有無看法。我是不以為然的。多年前我曾在〈所謂水墨畫及普通話〉一文的結尾

說：「這是個全無國家民族意味也最乏個性的劣極的名稱；聯合國承認，我不承認。」

2015年11月8夜，補記。

記劉俊教授座談午餐會

2011年，劉俊教授曾來溫哥華，我們「加華作協」舉辦了座談晚餐會，座中有葉嘉瑩教授、洛夫先生等等，當晚與會者討論熱烈，我也破例開口發言。劉教授更是滔滔不絕，內容新鮮，大家獲益。事後我寫了一篇記錄，題為〈劉俊教授座談會上發言〉。幸好我不懶，作記錄，不然，有價值的內容就湮沒了。

現在，劉俊教授應卑詩大學（UBC）邀，來開一個他說的「小會」，也可稱工作坊。會後要馬上返南京，我們幸運，南京不同上海，不是天天有直飛，他只好多留一天，我們趁機臨時辦了這個「座談午餐會」，2018年5月12日上午11時在「富大酒家」舉行。

他一到，就認得我，握手，竟然叫出名字。其實只是七年前的座談會上匆匆一見，事後全無聯絡。現在想，也許因為那晚我講話很多，給他印象深刻。但我卻認不出他來，怎麼這麼年輕？我對他說，他比我印象中年輕很多，見面不敢叫他。他笑著說，是剪了個光頭所致吧。

他說，這次來UBC，是研討冷戰時期的通俗文學，是個新鮮的課題，學者只有十幾位，但來自各地，加、美、中、台、港、南洋都有。主辦方很周到，事先供提研討文本。一般正式研討會人數眾多，每人發言十分鐘左右，又缺乏交流時間。這次只十幾人，交流深入，比正式研討會獲益多得多。

我問，研討的文本是些甚麼，原來我青年時在香港所見的

（我沒有看）《藍皮書》、「三毫子小說」等等都有。

　　他談到，以前中國大陸學者以為台灣就是瓊瑤、三毛，香港就是金庸、梁羽生，不知道台灣有陳映真、白先勇，香港有劉以鬯、也斯、西西這些有價值的作家。他坦言認識白先勇的作品的過程，從而決定其博士論文的選題，最早研究他。當時全國的文學博士生只有一千多人，現在一個大學也有一千多。他又談到，以前，大陸與台港海外，互相不著重研究對方，現在不同了。以前稱台港及海外華文文學，後來稱「世界」，大陸在「世界」之外，是相對的。現在有所改變了。

　　他又談到，人們一般認為、寫舊體詩詞的封建，新體的才是進步的。後來知道不是這麼簡單，像在台灣所見，因人而異，寫舊體的維護了中華文化、民族尊嚴，寫新體的可能相反。

　　大陸編輯者的自大、出版者的無良，與對版權的無視，竟然引起熱烈的「公審」，劉俊教授先說自己的經歷，他寫的「北宋詩人」，被編者改為「北京詩人」，印出來了，不明白的讀者總以為是作者錯。韓牧接著說，也許那位編者有湛深的學術研究，那位北宋詩人，正是北京人（眾笑）。陳浩泉說：自己供稿後，給發表了也不告訴作者，接連層層追問，不回應，其實我們也不稀罕稿費，但要給作者寄書嘛。嚴家炎教授說，他書中的林微音（韓牧案：30年代海派詩人），是男的，書出來後，被編者改成女詩人林徽音。編者事先不與作者商量，米已成飯。任京生說，他多年前的文章，被大段大段的抄襲，還涉及馬雲。韓牧說，80年代在香港時，曾應約給過北京的著名出版社三冊書稿，編輯的最後階段，還應要求說明詩的詳細分節寄回，還見到新書出版預告的廣告。但出版社一直石沉大海，不予答覆。到現在，那三本書到底出版了沒有？我也不知道。供稿給文學雜誌也一樣，一次

到深圳開會，才知道早已發表了。我們一般都不稀罕稿費，他們怕甚麼呢？是對作者不尊重，過橋抽板。也偶見自己對藝術家的評論文章，被人一字不易大段的抄進他的評論裡。那人，正是我的畫家朋友。

陳浩泉提到，有些文章，署名是著名作家的名，例如莫言，其實是自己寫的。韓牧說，古代常有這種盜用名家之名的情況，但情有可原。作者有自己獨有的想法，希望能影響社會、民心，但自己無名氣，恐怕不能說服大眾，於是假借已故名人之名發表，對他來說，是完全無名利的好處的。

會後，我邀劉俊教授合照留念，我對他說，七年前你的熱誠就給我們一個清晰的印象，你的發言，不但新鮮豐富，而且坦率敢言，今天同樣獲益良多。希望有機會再來，給我們指導。

我把當天座談會拍攝的一組照片，連同七年前那一篇記錄，即晚電郵傳去。

2018年5月12夜記

附劉俊簡歷：

劉俊，南京大學文學院教授，博士生導師。南京大學台港暨海外華文文學研究中心主任。教育部「新世紀優秀人才支持計畫」獲得者，國家社科基金重大專案首席專家。中國世界華文文學學會副會長。

第七輯　一瞥流光

想像祖父

　　八家姐，何愛貞，是伯父的第八個兒女，是我的堂姐，移居加拿大三十年了。春節假期，與妻及五妹全家，兩部車，直駛溫市西區，第一次訪問她的家。

　　八家姐在六十年代初畢業於香港大學，讀的是英國文學，但客廳所見沒有西洋畫，全是中國書畫。

　　伯父雅好書畫，記得當年在彌敦道他的客廳中，長期懸掛最後一屆科舉的前四名所書的行書四屏：劉春霖、朱汝珍、商衍鎏，以及張啟後。還有狀元公劉春霖書、何光裕堂「光前裕後」的匾額，葉恭綽、鄧爾雅等名家所書對聯等。

　　八家姐說，伯父去世後，遺下的字畫無人願意要，她勉強要了四、五件。

　　現在見到一副對聯是香港名書家區建公的北魏體：「理論發揚行動統一；組織嚴密機構健全」，有「古岡區建公」、「建公書專」、「見功」、「區維屏印」等印章外，另有「民國三十年港澳藝術界獻機出品」印，是國難當前的義賣。「獻機」當是向祖國捐獻飛機。記得行囊中還保存區老師贈謝熙老師、謝師轉贈我的茅筆一枝。

　　最意外、最高興是見到一位叫毛其翰（鳳侶）的人，寫給我祖父的一對草書聯：「詩思清如水；賦心奇似雲」。想不到一百五十年前一個在大洋船上當木匠的我的祖父，也有此雅興。一個愛詩愛書法的小孫子在萬里外懷念他，不，是想像他。

當時沒有照相機，我緊記著這對聯的筆意，回到家裡，立刻默寫出來，貼在客廳牆上，自信與原作有九成相似。

　　後來六妹婉慈發現，我們同胞六人，三男三女；伯父母子女十二人，就是我們的堂兄弟姐妹，六男六女，第三代總共九男九女，男的名字，都帶「思」字，女的名字，都帶「心」字。到底與這對聯的「詩思」、「賦心」有沒有關係呢？

　　1990年

家母的娘家，鄭家

　　由於與黃家老表的重逢，寫了《一代親，兩代表》的手記，心中就翻起了我的母系、鄭家的一些記憶來。幾個月前因為在觀音寺「安」父母的神位，寫了不少、好像是何家的家史。現在也寫寫鄭家的「家史」吧。鄭家的家史應該由鄭氏子孫做，才夠詳實。我只憑我零碎的記憶，很多是母親對我說的。

　　好在我的記憶力似乎比人強；我對母系的感情，比父系還深。最近兄長還說我「戀母」。對外，我常自認是中山人，第一次是到了南京中山陵的時候。填寫籍貫，也有寫「廣東省順德縣、中山縣」，父母並重的。經過河南滎陽（此字讀營，許多鄭氏子弟都誤讀為榮），又自認是滎陽人。寫詩文的筆名，也有用「鄭燕」，甚至用母親的名字「鄭展怡」。

　　幾天前我偶然上網google搜索「鄭展怡」，居然有一條，僅此一條，原來資料來自去冬出版的《文學研究》季刊的終刊號，方寬烈收集、凌亦清整理的「香港作家筆名錄」的專輯、「韓牧」條的「其它筆名」欄中。說到底，我寫的，只能算是「鄭家野史」。

　　我的外祖父名鄭樹帆，香山縣濠頭人，聽母親說，父親是他最喜愛的學生，如此說來，外祖父在原籍時曾經教過書。不知他從哪裡學來的醫術，後來在香港開醫館，我知道的是在西營盤皇后大道西二一七號二樓（樓下是一家潮州餅鋪），我對「中醫鄭樹帆」的招牌有點印象。五十年代初，我初中放暑假時曾到「二

一七」，印象是長輩在酷熱的晚上打麻雀（三姨丈「曼天」也在），買「屈臣氏」橙汁汽水解渴。

那時好像還沒有甚麼身份證件，從澳門登陸香港，離船後，有關員（或警察）會問一句：「邊度人？」（甚麼地方人？），我只要回答兩個字：「順德。」就可以入境。他們是從口音來判定，你是不是廣東人，是，就准入境。也許我年少膽小，兄姐曾說我口吐的「順德」兩字，變了音，不像是我說的。

因為外祖父的醫術不錯，母親說，一些病人是「香港仔」的漁民，常常送來海產、鹹魚，感謝把病治好，東西是吃不完的。外祖父五十年代逝世，葬荃灣華人永遠墳場。

外祖母名陳思孝，被稱「陳婆」。很斯文、細緻、「骨子」，舅父、六姨接受其因子最多。她早逝，我印象不多。外祖父後來娶了「填房」，是當時身在中山的我的三姨介紹的。子女叫她「阿娘」，以別於生母。我們同樣叫她「阿婆」。

大女兒鄭展怡是我母親。少女時，想當護士，當時小學程度已可投考。不久，要中學程度了。我們沒有「二姨」的，是早夭吧。

三姨鄭展懷長得漂亮（還有「陳婆」的「細緻」和慵懶美），她的三個女兒，都得到其外型的遺傳。「解放」後，她與燕表姐、金表妹等居鄉，三姨丈則與大表姐鶴齡、威表弟等居港。我與同胞姐妹在一九五六（或五七）年，跟父親回中山石岐將我祖父的骨火化成灰，帶往香港的馬鞍山的荒嶺築墳安葬。在石岐，見到風韻的三姨和美麗清純的、只大我個多月的燕表姐。她是年初一出生的，詩聖杜甫亦然。

四姨鄭展暄（字用火旁。火旁與日旁通，暖和、鮮艷之意），母親說她年輕時拍過電影，有一部《四偵探》，片中四個

女偵探，她是其一。但她從來不提，我不敢請她證實。四姨後來到「拿打素」學護士，據母親說，她曾在內地當戰地護士，一次中了炸彈碎片，因為忙於救人，她不自知。後來在香港，長期跟隨名醫黃雯（也是詩人），黃以前當過廣東省衛生廳的廳長。四姨後期重回「拿打素」，任舍監。我的三嫂黃珠萍以及勞美玉，都受過她管。想不到後來三個人做了親戚。

舅父鄭集熙排行第五，「骨子」。愛古腔粵曲及攝影。他逝世時，香港的粵劇曲藝雜誌報導，說他是傳統八大曲的最後一位掌板人。舅母葉翠文，香港政府醫護部門派她到英國進修，五十年代學成歸來，報紙有報導，她是香港第一個物理治療師。長子湯，女京，次子沛，我寫過不少了，不重覆了。

六姨鄭慕曾，藝名鄭紫琴，嫁梁灼華，與舅父一樣，三人都好粵曲，都有成就。五十年代，他們的「白雪音樂社」每周在香港電台演出，一次暑假，我也曾有緣到香港電台，隔了玻璃，看他們演唱。他們也有拉隊到澳門，在「綠村電台」演唱。六姨丈對此很有修養，偶然見到雜誌上訪問多倫多一位粵曲大師，他說師承梁灼華。

以上所述諸位，包括鄭家的第一代、黃家的第一代、第二代，都是全部用中山石岐話交談的。當然除了鄭家媳婦葉翠文、女婿何天覺、梁灼華，及黃家第二代的媳婦、部份女婿。網上找到兩節資料，可見舅父、六姨、六姨丈粵曲成就一斑：

現存的八大曲的錄音，在香港有兩版本：一是1957年在香港電台錄音，由曾潤心及任錦霞（肖月）兩師娘所演唱。當時的拍和名家有馮維祺，吳少庭，鄭集熙，蔡惠宗等人。值得一提，當年任錦霞已八十多歲。這個版本曾在1984年由盧家熾主持的舊調重聞八大曲中全數重播及介紹。二是1966年在香港商業電台錄

音，由梁以忠，張瓊仙，潘朝碩，梁素琴，郭少文，周寶玉，蔣艷紅，梁卓華（撰案：即梁灼華）等人合唱，並由梁以忠，馮維祺，王者師，黎亨，盧軾，梁卓華，劉潤鴻，鄭劍峰等拍和，屬十分大型的製作。這個版本曾在1987年由梁漢威主持的「琴曲重引梁以忠」作重點重播及介紹。這兩版本的內容（曲詞，唱腔，板面，過序）絕大部份是一致的。

她（撰案：指張琴思）在七十年代被譽為菊部四大名旦之一（其他三位是梁玉卿、鄭紫琴、程德芬）。

2008年8月6日

童年粵劇之憶

粵曲除了在「歌壇」上的，就是在「戲台」上的，那就是「粵劇」，俗稱「大戲」。今天也來談談，其實都是我童年、小學生時代，甚至入學以前、學齡以前的追憶。我比你們年齡大一點，是你們「無目共睹」的事，還有點價值吧。

《韓牧散文選》裡，選收了一篇〈太極之旅〉，有一段說：「我愛藝術和文學，卻也有好勇的一面。童年時，家人在粵劇院裡任職，我看粵劇是免費的，回到家裡，門簾竹當纓槍，雞毛掃當馬鞭，我愛當『小武』。畫『公仔』也是專門畫這一種形象：帽子上有幾個絨球，分三排，帽檐上有一個小箭頭，耳邊有一個大絨球，有時帽上還加了雉雞尾；腰下懸一條又寬又長的布帶，腰旁有鏢袋，雙腳是黑色的靴子。」

上面所說的「家人在粵劇院裡任職」，說得很謹慎；我有個印象，我的三伯父也曾經營過專演粵劇的「清平戲院」，大哥思賢也曾幫手做「劃位」，就是售票員，也不知是不是輟了學去做的。抗戰勝利之時我才七八歲，太小了，大人的很多事情，不清楚。

「清平戲院」位於清平直街（澳門），應該是「街以院名」吧，像中國國內有一些大學，地址就在「大學路」。大了才知道，這戲院歷史悠久，建成於一八七五年，當時算是華南地區一家大戲院，有座位一千多個。

現在戲院座位的編號，「行」是用英文字母，A, B, C, D，

第二十六行Z之後，是AA, BB等；然後是阿拉伯數字，1.2.3.4.當時一般人是不懂英文的，你猜怎辦？我記得是依《千字文》：天地玄黃，宇宙洪荒，……此文在以前是蒙童課本，很多人都會唸。

二戰期間，葡萄牙是中立的，當時南美的巴西，是葡國的殖民地，日本有很多僑民、物業、生意在那裡，因此，日本也不敢去「動」澳門，因而，澳門當時的娛樂事業，很是發達。

我印象中曾看過表演的「大老倌」（名伶），當時經常掛在口邊的，有關海山（後來在香港成了電影、電視的演技派的名演員，常獲獎。當時未足二十歲）、關耀輝（關海山之父）、陳艷儂、車秀英、衛少芳、衛明珠、歐陽儉、任劍輝、白雪仙。白雪仙是陳艷儂、車秀英的「二邦」。

任、白，是在當時相識的，任一次去看白演出，看中白，邀白合作。一九四五年八月十六日，在我們這一代來說，是個畢生難忘的極大的日子。當天，日本無條件投降的消息傳到，全澳門開始響起爆竹聲，我還記得父親在「聖祿杞街」家門前放爆竹時興奮的樣子。後來哥哥們的學校舉行「提燈會」，我們自己用竹篾、紗紙、透明色紙紮的燈，很大，不是「提」的，是「舉」的，要用一枝晾衫的「衣裳竹」舉起來：燈是左右兩邊斜列的戰勝國的國旗：中、英、及美、蘇。

除了「清平」外，「平安」、「域多利」也演大戲的，據說，任、白當天正在「域多利」演出《紅樓夢》，聽見後台鼓噪，夾雜著笑聲，不知何事，原來是勝利的消息傳到後台，一如老杜的被稱為「天下第一快詩」的：「劍外忽聞收薊北」。觀眾席也收到消息，紛紛離場，戲也不必演下去了。

我年紀小，沒有記住「劇目」，最深印象是演「鍾無艷」，

花旦的一邊面是黑的，這戲很賣座，好像還一集一集的續下去。另有一齣的一個情節，是一個大鐘從天頂降下來，困住了花旦，觀眾都覺得很意外。

我們也常常到後台，五妹婉忻，也曾讓人化了戲妝。此外，記得有一個花旦名為「小滴仙」（滴，我們讀「的」音），據說是文盲，請人讀劇本的，真佩服她的記憶力。其實，師娘、瞽師，除非是特別的，長大以後才失明，否則，也就相當於文盲了。

2008年8月14日

The Way of the Gate發佈會

　　早前「加拿大亞太基金會」請我們七位書法家，每人寫一個書體不同的大字：門、聞、問、開、闊、闖、閒，以示我西海岸作為大門，與亞太地區的聯繫。這七個字，加上扼要的英文解說，印成精美的宣傳小冊，也是一本微型的書法集。

　　上周收到請柬，發佈會今天在Westin Bayshore Hotel舉行，配合著「西北太平洋經濟區」會議，由省亞太事務廳廳長Ida Chong（張杏芳）主持。有正式午餐會、省長金寶爾（Gordon Campbell）作專題演講等。

　　這酒店接近「史丹利公園」，路途遠，主事者安排了小冊的設計師楊志豪接送我。

　　台上用畫架展示七幅「一字書法」，其後一排十一枝旗。我看到左右兩枝較高，是加、美的國旗，旗桿頂飾分別是金色的楓葉和鷹，一柔一剛。其間九枝較矮，是加國的省旗及美國的州旗，可知這個西北太平洋經濟組織，成員有九個省、州。

　　台下人山人海，是來開會的代表，相當擁擠。許多電視台都來採訪。圓餐桌約有五十桌左右，每桌十人，我們書法家算是主角，編在第二、第三桌。

　　五百人，餐位前都有名牌，又放好了一本「新書」，這書設計精美，方形，當中有兩個獅頭門環，古銅色，書是在中間向左右開，「舌套」（杜撰）連繫。我寫的是甲骨文「門」字，放第一頁。英文介紹除了解釋「門」字（Gateway）外，略謂：此字

描畫出兩扇門，是中國最早的字體，甲骨文，晚商（1200-1050
BC）時使用的，由名書家何思拓先生用毛筆寫成，他專門研究
甲骨文的。

　　基金會的領袖與我們先登台，讓記者們拍合照。後來省長駕
到，基金會的人領他登台，介紹我們給他認識，並向他解釋我們
的書法的內容。他一一和我們合照，在各人的書法前面。

　　2008年7月21日

學生敬老午餐會

剛從一個「學生敬老午餐會」回來。周前，偶然走進家居所屬的Thompson社區中心，這中心，沒進去幾個月了，見到很小的一張告示，是相鄰的J.N. Burnett中學貼出來的：12月2日上午10時45分、到12時半，舉辦一個周年的敬老午餐會，有音樂、舞蹈；免費。我與美玉立刻電話報名。奇在，它並非只是家長參加的懇親會，它歡迎任何老人。

從家居步行十分鐘就到。學校球場外面，已經有幾個戴了聖誕老人白邊紅雪帽的學生，趨前迎迓來自各個方向的賓客。一個「聖誕老人」，向我走來，握手，是一個特別高大的華裔男生扮的。他攙扶我一直走到學校的大門口，我真不好意思；他大概看到白鬚白髮的我，以為我有八、九十歲，比其它人都要老吧？天真的中學生。

入場報到，獲發姓名牌貼在胸前，是用人手逐一製造的「紙手工」：一個人形，勾邊塗色，右手處加貼上一枝手杖，腰間留空，預先寫上姓名。我的感覺是：尊重來賓；電腦時代，還不嫌麻煩的做「手工」。

報到處的同學即時在姓名牌上編號，再另用小紙片寫了這個號，我不明所以。後來才知道，是以便他們在散會時，為我們領回寄存的外衣。

大禮堂放滿了長方桌，約二十五張，每張坐六人，可知來賓約一百五十人。服務的男女同學約三十人，全部紅雪帽，白衣黑

裳（男褲女裙），黃面孔佔絕大多數，會廣東話。來賓相反，白面孔佔絕大多數。我們隨意坐到一對華人夫婦的一桌。

緣份，八十三歲的駱先生原籍浙江義烏，他說是唐代駱賓王的後代，有一個孫女就讀此校。他們十五年前從香港移來，他青年、中年時任職香港「南海紗廠」，與我同行，交談之下，紡織界中不少人，竟是共同認識的，後來我與駱氏夫婦的交談，改用上海話了。同桌還有黃氏夫婦，廣東人。也是此校「學生家長之家長」；此餐會只接待老人，學生的父母未夠年齡參加。

校長講話，她說「敬老餐會」今年是第九年，但她在改任本校校長之前，在烈治文南區某中學任校長，已開始辦，至今十五年了。目的是拉近青年與老人的距離；又顯示學生的教養。

兩位司儀都是華裔男生，其中一個還穿上「鹿」的衣服。服務同學有禮，服務周到，食物都是捧到面前選擇，切成小塊的三文治：火腿、芝士、蘆筍、魚、蛋、火雞。各種熱湯、各種飲料、各種甜品、水果是沒核的柑。看來食物是學生自製的。

有兩個白人女生表演歌唱，樂隊在禮堂正面閣樓上。舞蹈原來不是表演，是來賓自由與學生共舞，在擁擠的餐桌間。這種場合一定有幾個熱情的老太太的。有一位白人老太太的舞姿竟像二、三十年代、查理卓別靈時代的，她的舞伴，那高大的華裔男生，邊配合她，邊笑。

後來line dancing了，幾十人一條龍，我也參加進去。一位白人老太太即興高歌一曲致謝意。最後是一位華裔老先生，自告奮勇出去講幾句，得到最多的掌聲，他說：「我今天來的時候，是六十五歲，現在回家，我變成五十歲了！」

此校算是名校，記得十幾年前，我家有房出租，曾有一房客，目的不是居住，只是要我這地址作為住址，讓子女能報讀此

校。據駱、黃兩位說：這些服務同學都是第十一、二班的。此校校風好，學生成績好，升大比例高。圖書館特別大。勞作課男女生一起上，女生也要學木工，男生也要學縫紉。回憶六十年前我童年時的勞作課，女生繡花，男生木板刻字，比較接近藝術。

有抽獎，獎品只五、六份，美玉幸運，抽到，是糖果、咖啡，包成一大籃。

每個賓客的「餐墊」都是用厚紙版、透明膠紙手製的，像一個禮物盒狀。用美麗的英文書法寫上：Happy Holidays! 我想，雖然此餐會臨近聖誕，學生的打扮、音樂，都是聖誕氣氛，但為了尊重其它宗教，不能說是慶祝耶穌誕。

臨走，我們才發現，「餐墊」的背面，也有美術設計，印有「Menu」，菜單，還貼有一張服務同學在校門外的集體照，人人戴了聖誕老人雪帽。我一數，共二十八人，大致是：男十一、女十七。黃面孔二十三、白面孔四，印度面孔（女）一。這「餐墊」，連同「姓名牌」，是學生花了不少「心機」的作品，我帶回家，成為紀念品。

我與Burnett中學也有一段緣。約十九年前我最初教書法時，「烈治文華人社區協會」草創，未有會址，就是借用這家學校的教室上課，課是夜課，第一次去，我開車迷了路。

這敬老餐會的聯絡人，叫Ms. Sakai，想來是個日本人。學校的校徽圓形，又高又大的漆在校舍的外牆上，很顯眼，很特別，它只是借用了一幅日本「浮世繪」的名作。這幅「浮世繪」，我一直認為是絕佳之作：前景是一個特寫的卷浪，藍色白色；這個浪，好像要淹沒遠景那藍色、有白雪頂的富士山。天，是淺藍的。氣魄大，詩意足。浪，極軟極動，山，極硬極靜，妙在，一個小小的浪，竟然好像要吞噬了龐大的山。

我不知道採用這日本古畫作為校徽的來由，但肯定有日本人的關係、日本文化的影響。早年的烈治文，南部聚居得最多的，是日本人，現在那裡有一個日本花園，紀念一百年前日本人登陸此地。我卑詩省最大的東方建築，是中式的「觀音寺」，其次，就是日式的「武道館」了。像這次的「學生敬老午餐會」，可視為發揚東方傳統倫理，是日本的影響嗎？

　　2008年12月2日，加拿大，烈治文。

《國父遺囑》甲骨文本的因緣

　　為紀念辛亥革命百年舉辦的「華僑為革命之母：真品真蹟展」中，有我的《國父遺囑》甲骨文本。許多人以為我特為此展而寫，其實此作寫於十年以前，這次參展，很偶然，可說是緣份。

　　十年前，我應台北「國立國父紀念館」之邀，到那裡作一次書法個展。我為了與展場相配，那次展覽定名為「緬懷國父：何思撝書法展」，特意寫了國父的一些詩句、聯語和文句；其中最重要的一幅是用甲骨文寫的《國父遺囑》。這之後，又應三藩市「金山國父紀念館」之邀，把「緬懷國父」移到那裡展出。

　　今年九月初，「加拿大洪門貢獻辛亥革命紀念大會」舉行期間，有相關的文物展覽，家兄思豪約我往觀。我參觀後離開展場，下樓梯時，遇見好友黃聖暉聯同她的朋友潘美珠女士，正在上樓。那時，又有一老者正在下樓。於是四個人站在梯間，黃把潘介紹給我認識，潘又把那位老者介紹給我認識。

　　原來他就是「溫哥華伍胥山公所」的伍俠儒先生，辛亥革命文物收藏家，我早聞其名。潘正在卑詩大學做整理先僑書信的工作，與伍相熟。伍說：他也久聞我書法家之名，即時請我為十月的「真品真蹟」文物展寫一賀詞。

　　賀詞我寫孫中山先生罕見的聯語：「眾生平等；一切有情」，寫好約在茶樓交卷，伍先生與郵幣藏家黃瑞榮先生同來，席間，他們知道我曾在台北、三藩市展出過甲骨文的《國父遺

囑》，請我拿出來參展。

但我這兩件書作早已贈送給兩家「國父紀念館」收藏了，幸好我找出來當年的原稿。他們說，原稿更有文物價值。

我應是第一個用甲骨文書寫《國父遺囑》的人，十年來，還沒有見到有人去寫。這一幅，可算是書法史上第一幅，而收藏在兩家「國父紀念館」的，是第二、第三幅。也許因此，本地三家電視台都作訪問。開幕日，觀眾很有興趣，我應嘉賓之請當場朗誦全文，並解釋字形。

我想，如果台北沒有叫我去展覽書法，如果家兄沒有約我去參觀文物，如果我下樓梯早了半分鐘、或者遲了半分鐘，上述的事，都不會發生了。

2011年10月10日，夜。加拿大溫哥華。

兩次歡宴私記

我們「加拿大華裔作家協會」25周年會慶有兩次歡宴。一是9月22日「加華文學國際研討會」之後當晚，在「富大酒家」。一是23日黃昏，在與嘉賓的座談會後，名譽會長貝鈞奇作東，在「新瑞華酒家」。在「富大」，安排了幾個獨唱，我是其一。唱前我先作說明，我說：

司儀陳麗芬說我要唱兩首「藍歌」，是的，夏威夷嘉賓、歐裔的藍祝德教授的「藍」，現在不興唱「紅歌」了。第一首是1946年周璇電影《長相思》插曲之一〈凱旋歌〉。現因釣魚島事，反日情緒高漲，這歌是歡慶抗日勝利的。雖是「藍歌」，作曲者卻是「毛主席的好學生」，黎錦光，湖南人，少年時在家鄉讀書，班主任是毛澤東。後來到了上海，成為名作曲家，被稱「歌王」，與「歌仙」陳歌辛齊名。這歌很好聽的，請大家先不要吃東西。作詞者范煙橋：「看國旗風翻，聽歡聲雷動。我們的英雄，戰勝頑敵，湔雪奇恥，寫成了歷史的光榮。我們，生命更新；我們，骨肉重逢。從今後，復興民族，促進大同，泱泱大國風！」

我大聲唱，同時在每席之間大步作操兵狀，全場興奮，有些人依拍子鼓掌，更有人高舉紅餐巾不停搖動。

接著唱《長相思》另一插曲〈花樣的年華〉，陳歌辛曲，范煙橋詞。描寫上海成為「孤島」時期，民眾渴望重回祖國懷抱的心情，同樣是我最愛的一首「周璇歌」：「花樣的年華，月樣的

精神，冰雪樣的聰明，美麗的生活，多情的眷屬，圓滿的家庭。驀地裡，這孤島，籠罩著，慘霧愁雲，慘霧愁雲。啊！可愛的祖國，幾時我能夠投進你的懷抱，能見你霧消雲散，重見你放出光明。花樣的年華，月樣的精神。」

葛逸凡的夫婿、台灣國防醫學院出身的王維仁大夫，知道韓國嘉賓朴宰雨教授早年在台灣大學讀書，很有興趣，於是我介紹他們認識。談了些韓裔在台灣當上大官的逸事。

文化領事韓寧，宴會中途靜靜走到門口的書攤瀏覽，注意到《何思撝書法集》。我贈她一冊，蒙她邀我合照。

在「新瑞華」。最意外是見到近二十年沒見面的《芙蓉鎮》的古華。二十年前是常會見面歡聚的。後來他隱居寫作，我也不打擾他。記得1993年我初留鬍鬚時，他見到我，問我是不是信了道教。他當時對我說，他在大陸的生活積累，可以夠繼續寫十年，我說，這未來的十年，也應該有加拿大的生活積累的。

當晚他在座談會上說，這些年，他寫了一千萬字。可見他不止寫了十年，而是二十年。我對他說：「今天晚上我們大家爭著和你古華合照，你不是長得特別帥，是大家佩服你的作品。只有作品才能永恆。」他還朗誦了他的舊體詩，想不到他的舊體詩也寫得這麼好，應是由於感情深刻。他發言時有一句話打動了我。他說，他做人謹慎膽小，寫文章卻是大膽的。我即時自省，我也一樣。當晚見他把別人送他的幾本書，一直雙手捧著，可知他的謹慎。

馬森教授、麥冬青老的發言，都有內容又幽默。麥公還唱了首弘一的「長亭外，古道邊」。王健教授快板，嘉賓意外。氣氛漸烈，大家搶著唱歌。瘂弦河南民間說唱，藍祝德中文情歌，廖中堅中國民歌，黎玉萍廣東歌，梁麗芳唱「花非花」，我大聲

說：「我認識梁麗芳23年了，第一次聽到她唱歌！」曹小莉聞歌自動起舞，長裙，有備而來吧。

我邀季紅真對唱蒙古民歌《敖包相會》，用國語。前年曾聽蒙古詩人森道哈達用蒙古語唱。「十五的月亮，升上了天空囉，為甚麼旁邊，沒有雲彩？我等待著美麗的姑娘喲，你為甚麼還不到來喲？」、「如果天上沒有雨水喲，海棠花兒，不會自己開，只要哥哥耐心的等待喲，你心上的人兒，就會到來喲。」

其實我已等了25年了！1987年她來香港開會，我們認識，我還寫了首小詩，名〈季紅真〉，一直無緣再見。這次見到，就把選入此詩的詩集《新土與前塵》送她。

我還唱了首童年時唱過的廣東話兒歌：「有隻雀仔跌落水，跌落水，跌落水。有隻雀仔跌落水，被水沖去！」眾大笑。

我沒有機會說：今年三月，聯合國在五種世界通用語，中國語、英語、法語、俄語、西班牙語之外，加一種，共六種，與原有的五種地位相同，竟然是「廣東話」。評定它不單是方言。全球講廣東話的人有1.2億。

梁麗芳這個半土生真情流露，對大家說：「今天是我25年來最快樂的一天！」我有一句相似的話，當時不便對大家說：「今天是我74年來生命最危險的一天！」

事緣當天由我與施慧卿帶領嘉賓們遊覽，我負責烈治文，她負責溫哥華。我們看了2010年的「冬奧」烈治文速滑場館，它在最頂尖的國際體育場館大賽中，擊敗「鳥巢」等，獲第一名、金獎。施慧卿帶大家到UBC一個懸崖下的海灘遊覽。回程在陡峭的石級上，我突然全身無力，暈倒。是因為血都運行到腳上，腦部缺血。幸好我身旁正是加拿大、美國的心臟專科先驅尹浩鏐、拉斯維加斯作家協會會長，即時急救。否則，暈倒倒地，傷腦，成

植物人。

　　這真是意外。當天早上，尹醫生還讚我的體魄、表現，像四十歲的人，比實際年齡年輕三十多歲，我也自覺體能比同行的人都好。因為年青時每個星期天都去爬山，風雨不改，每次六、七個小時、甚至十小時以上。我與我會名譽會長貝鈞奇早就認識於45年前，那時我不到30歲，他不到20歲，是一起爬山的朋友。

　　2012年9月29夜補記。

致兩位「春晚」主持人（致青洋、黎玉萍）

青洋、玉萍兩兄如面：

昨晚見到，玉萍兄第一句：「好久不見。」我答：「好狗不見。」的確，近期忙於準備今年的兩次書法聯展，一在本地，一在巴黎。加上外遊（今年的外遊應有四次），近日又要準備朗誦會，實在忙。

昨晚沒機會和你倆說，現在說。是說前一陣你倆當新春聯歡晚會的主持人，表現的幽默。青洋，你台上一見到我，第一句就向大家洩露了我的一個私隱（即隱私。質素，即素質）：當天正是我的生日。這我一向守秘，只含糊的說是「花朝節」生，就是怕老了時，有滋事者為我慶生。

你接著說：「韓牧先生，你今年有五十歲沒有？」『失驚無神』（你倆都懂廣東話）的一句！幸好我也算有點急才：「我是五十歲，二十七年前。」一問一答，像極了唸稿。天地良心，你的幽默是早有預謀，我是臨危應急。

相反，玉萍兄的幽默是純屬天然，不自知的，我現在若不說，相信你現在還不知道。

你的一句是：「現在開飯了！」我所在的一桌，都是我邀請來的好友，十個人立時笑起來。十個人，四個上海人，六個廣東人。

你這主持人是處女下海，一個五字短句，勝過十分鐘的脫口秀。

「開飯」，最土、最直接。不說「開飯」，說甚麼？從小見慣喜帖，在第三面的「速玉　恕乏价催」的旁邊，是「六時恭候，九時入席」。這「入席」不與「出席」相對。土點說，就是「埋席」。「開飯」的文雅版，看來應是「開席」。這「開」又不與「埋」相對，卻與「埋」同義。「開飯」，勝在有親切感，不像酒家，像在住家。

這些，洋人中，也許只有王健教授搞得清楚。廣東話是我母語，講，我當然純熟流利，但卻完全不懂得寫成文字。而王健教授寫給我的電郵，往往用的是廣東話。不由你倆不佩服！

韓牧　2015年4月18日

感謝三位顧問

2017年5月6日，「加拿大華裔作家協會」5月份文學月會，在「富大」酒樓舉行。我會今年是30周年，會上讓大家自由發表與我會的因緣、對我會的感想，當日發言踴躍、幽默，滿堂笑聲。

陳浩泉會長、梁麗芳執行會長作主持。此次有專業攝影師來錄影，我會顧問也有幾位出席。顧問們一一起立發言後，浩泉兄點我名。

我說：我會在1987年成立，兩年後的1989，我從香港移來，就立刻加入了，會齡比我會少兩歲。今天來了三位顧問，我想趁機會向他們表示謝意，感謝他們對我的鼓勵和指導。依認識先後次序說一說。

剛才王健教授（Jan Walls）說，他為我會會員翻譯了不少的詩。我會也希望出版中英雙語詩集。在我來說，這二十多年來，王教授應我要求，為我翻譯了許多首詩，還是「倚馬可待」的，我感謝。我特別高興的，是其中起碼有六、七首，是他主動的。或者是我傳給大家，或者是他在甚麼地方見到，一聲不響的就把英譯本傳來，有時還加了幾句話，說「寓意深刻，不能不譯」之類。可知那幾首是他喜歡的、讚賞的。

馬森教授，他在寫他的巨著《世界華文新文學史》時，要我供給我的資料，把我也寫進去，實在是給我很大的鼓勵。我有時會用電郵傳上我新作的詩文，請他指正，他回應讚許。他也不

時用電郵傳來一些好文章、一些有用的資料。我細看收件人的名單，不長，但裡面有的是大學教授、文學館館長之類，我在其中，與有榮焉。

姜安道教授（Andrew Parkin），給我第一印象，也是最深的印象是：他是個現今罕見的「英國紳士」，他的風度、言談，在在顯示出高雅的教養。但他不是躲在象牙塔裡的詩人、學者。他的反戰詩獲首獎。他曾長期在香港中文大學任教，是「香港加拿大研究學會」的創辦人及主席。身體力行，參加香港的社會工作，關心低下層。他很熱情，見到我總是滔滔不絕，我幾乎沒機會插嘴。

2016年「中西詩歌朗誦會」上，我朗誦了〈六十年後的學弟們〉，姜安道教授很是欣賞，說要傳給英國的朋友、學生。後來，他來信道謝，大意是：「感謝傳來你的詩並英譯，它給老人們以安慰，他們會感到他們的過去與目前所見不同。我們的過去，活在我們的詩中。這些詩告訴後輩們珍惜生活體驗。代代如是。」

在一些公開文學活動、聚會，我拍攝或偷拍了他夫婦倆，傳去，他總是即時回郵，有禮的道謝。像這些前輩的美德，我們缺乏，值得學習。

麗芳兄說，加拿大習慣，朋友間直接稱呼姓名，親切。她常被人叫「梁會長」，起雞皮疙瘩。大陸來的文友說大陸興這一套。

於是我向大家說一件事：1998年，我會獲「中國作協」邀，首次組團訪華。梁麗芳、陳浩泉、劉慧琴、我，共四人。梁任團長。入宿酒店，每人一房。我偶然走進梁的房間，啊！規格與我們不同：有客廳、有沙發、有大書桌、有露台。

浩泉兄說，他是我會第一個海外會員。他追憶二十多年前首次來溫，我會幾位成員請他吃飯。

　　我接著說：那次我也在座，飯後ＡＡ制，我零錢不夠付足。幾個星期後，見到盧因，他嚴肅的對我說：「你欠我一個Quarter！」，我手頭還是沒有。兩個月後，又見到，他還是這句：「你欠我一個Quarter！」

　　葛逸凡姐說，她一直住在我省的「埠仔」，很難見到中國人。二十幾年前的一天，偶然從中文報紙得知我會活動的消息，歡迎參加，原來溫哥華有個作家團體，高興到不得了，馬上來參加。韓牧插嘴：她是坐飛機來的。葛姐說：她一來到就覺得我會奇怪，心裡想：「世上居然有這麼瘦的人！」（韓案：認識浩泉兄50年，身材一直沒變）「那個大眼睛的女孩就是會長嗎？這麼年輕，就是教授嗎？」

2017年5月6夜補記。

　　附記：馬森教授是著名戲劇家。姜安道教授60年代時曾在香港一中學任教，當時廣東粵劇啟發了他，使他回英國攻戲劇，獲博士學位。很巧，現在烈治文街上、慶祝加拿大立國150周年的市幡上，有中國傳統戲角色。

團結・獨立・交流
——「加華作協」30周年反思與寄望

　　1989年我從香港移來，立即加入我會，並獲推選為理事，會齡有28年了。在2007年的〈加華作協20周年特輯〉中，我發表了一篇感言：〈獨立與交流——20周年寄望〉，大意如下：

　　我會是純文學團體，會員來自港、中、台，以至東南亞，還有土生華裔，來源是複雜的。可幸，會員、理事會都能團結一致，一些外地來訪的名作家認為：中、台、港、澳以至星、馬、泰、菲等國的華文文學界，都不及我們團結。

　　細細回想，這20年裡，會務其實也不是一直平和順利的。例如在爭取會員與作家的尊嚴、權益方面，會懾於周圍環境強大的勢力。又如獨立性方面，主觀願望是堅持獨立，中立，但客觀上也會被會外同行認為有所倚傍和偏向。又如在交流方面，一直與中國大陸同行有極密切的連繫，卻無視於同樣用華文寫作的台灣本土作家，和東南亞的星、馬、泰、菲、越、印尼作家；甚至加拿大東部的、以至用非華文寫作的華裔作家，也是忽略的。

　　首兩個10年如此，第三個10年又如何呢？團結方面，站尊重歷史的立場，不應諱言，2007年秋，發生過一次不小的風波，幾乎分裂。可幸旋即糾正、平息，變為團結得更加緊密，到現在，成為一個親如同胞兄弟姐妹的大家庭，每次聚會都坦誠相對，笑聲連連。交流方面，2013年12月，我會組成20人代表團，應邀訪

問台灣，獲文化部接待。過去幾年，也有成員出訪韓國、歐洲作學術研討，可算是踏出了一步。至於東南亞的星、馬、泰、菲、越、印尼同文同種的華文作家，是我會代表團優先考慮出訪交流的對象，希望不久就可以實現。

2017年6月

腦海撈獲的三條小魚

——追憶「爐峰雅集」春茗

2017年12月，與文友同遊加勒比海。配偶四對，其中范凌亦清、林楊健思兩對仍居香港。黃石依琳、韓勞美玉兩對早年已移居美國、加拿大。友情長達五十年，不變。

閒談間，楊健思兄提到，「爐峰雅集」即將六十周年了，要出版紀念集，請大家寫紀念文章。

我與「爐峰」關係不算密切，但七十、八十年代移居加拿大前，常常獲邀參加春茗。記得地點是最傳統、最古雅的「陸羽茶室」。這「陸羽」是最高級的，我居港三十多年，只是在「爐峰」春茗才有機會進入。

三、四十年前的事，印象模糊了，現在從腦海中搜索，可幸撈獲到三條小魚，或者是值得一寫的三件小事。

一九七九年冬，我妻沈艾荻病逝，在歌連臣角舉行火葬禮之後，冬至日，到哈爾濱，在冰封的松花江上，作雪葬。當時寫了組詩《火葬到雪葬》，寄回香港，給《海洋文藝》月刊發表。一九八零年春茗，在「陸羽」，李怡兄一見到我，就說看了我這組真情的詩，很是感動。我即時感動！他才高眼高，我從未見到、從未聽到他讚許別人的。我受寵若驚。

第二件小事是關於上海話的。同桌一位文友強調：「這裡，沒有人會上海話的。」所謂「這裡」，指當時的兩、三桌文友；

絕大部份不是粵籍就是閩籍，的確難得有人會上海話。他這樣說，大概也表示他自己是會的。聽到他這句話，大家都沉默。我也沉默。其實，上海話我能聽也能講。

我祖籍廣東省順德縣，澳門出生，香港長大，上海沒有去過。為甚麼會上海話呢？中學畢業後我考進新界荃灣一家規模不小的紡織廠，職員全都是上海人，只我一人例外。他們之間交談當然用上海話，但因為生活在香港，又要面對絕大部份是粵籍的工人，所以廣東話都很流利，和我交談都是用廣東話。

一天，廠長叫我進廠長室，他說：同事們都講上海話，你也應該講，方便大家。其實他年紀較大，廣東話不好，聽和講都困難，是方便他一個人才對。廠長有命，不得不從。我雖然上海話一句不講，但聽也聽了七、八年了，要講也不難，也就開始講了。現在，我真要感謝那位廠長，讓我在往後的幾十年，見到上海人，可以方便對方。還可以冒充上海籍，騙過了不少上海人。

春茗席上那位朋友是誰呢？我記憶模糊了，印象中也就是李怡兄，但不確定。可以肯定的是：他現在還不知道我會上海話。

第三件小事，關於謝雨凝兄。她是我的澳門同鄉，對我比較親切、愛護。記得我的詩《回魂夜》、〈澳門號下水〉發表後，她主動為文讚許、推介。

那次春茗，她介紹一位新朋友給我認識。她說：「這位是韓牧、詩人。」對方立刻向我微微鞠躬，說：「你好，韓牧師。」

2017年，耶穌誕，加拿大烈治文市。

五百年後，哪一位詩人的聲望最大呢？

　　瘂弦《「百無一用」是詩人》的演講，最特別的一段，我以為是「五百年後的聲望」的預測。他一點都不含糊，說得很有自信：

　　勞美玉筆記：「夢公（台灣詩人周夢蝶）快九十歲了，在公園長椅上睡。打坐唸經。詩作有各種女性的影子，像寶玉一樣，是女性的歌頌者，崇拜者，隱藏愛情在內。」

　　【韓牧案：瘂弦是徐（玉諾）、周（夢蝶）的河南同鄉，難怪如此熟悉。他說，他們倆都是河南農民的打扮。一次瘂弦在岳母家請客，有客到，岳母開門，即關。瘂弦問，答，是乞丐，原來是夢公。瘂弦說，五百年後，哪一個詩人的聲望最大呢？不是余光中，不是洛夫。是周夢蝶。我覺得這一點很特別，也很重要，有機會時我要補問：夢公「詩作有各種女性的影子，像寶玉一樣，是女性的歌頌者，崇拜者，隱藏愛情在內。」、「像李商隱一樣隱密」（此句是韓牧記得），除了這幾點，還有沒有別的理由，讓他得到五百年後那聲望？韓牧很想向「夢公」學習。】

　　瘂弦是個有深度，又有「聲望」的詩人、詩評論家；他又擅長演說，話不會隨便講，又不會辭不達意的。他這樣在正式的、公開場合著意的講出來，可知是他自己的「定評」，這是我重視他這幾句話的原因。

　　他這定評，對否？現在誰都不能去「定評」，要五百年後才知道。但他為甚麼這樣說，還是很有探討價值的。最方便、準

確，還是依據他原來那一段話：

夢公「詩作有各種女性的影子，像寶玉一樣，是女性的歌頌者，崇拜者，隱藏愛情在內。」、「像李商隱一樣隱密」。

要五百年後的「聲望最大」，就一定要當時的很多人覺得夢公的詩好，好過別人（余光中、洛夫等），而且，這五百年長長的一段時間裡，還是不斷有不少人喜歡、保留夢公的詩，不被湮沒。現今文字載體發達，湮沒問題是越來越小了。

作品要被人說好，以至五百年後的人都說好，一定是它的內容切合人心，人性，比較普遍的、又比較永恆的人性。沒有說人權，沒有說自由，沒有說民主，更沒有說民族、國家、故鄉、家庭、母愛。而是：

一、「像寶玉一樣，是女性的歌頌者，崇拜者。」這不難，不稀奇，兩、三百年前歐洲的浪漫主義不就是這樣？當時熾熱，現在也不怎麼吃香，再過兩、三百年會不同了？

二、「詩作有各種女性的影子」，難在「各種」。如果各種都有，又「歌頌」、「崇拜」她們，就會全部的女性都投那位詩人的票。女性，在任何歷史時期，都較男性長壽，所以人數較多，超過半數，當選「最有聲望」。何況一定有不少男性的投票的傾向，相同於女性。我有一個深刻的印象，雜誌的封面人物，女多於男。地球上所有的動物，絕大絕大部份，都是雄性美於雌性：獅子、鹿、羊、孔雀、雉、雞，要嗎是相同，像老虎、猴子、馬、鵝、麻雀、魚、蝦，只有「人」例外，女性美於男性。這也不太難，多寫些就是，粵劇就有《十二金釵戲玉郎》。

三、「（詩作）隱藏愛情在內。」、「像李商隱一樣隱密」。這就難了。不是直接的、明目張膽的寫愛情，而是要「隱藏愛情在內」，還要「像李商隱一樣隱密」，這就不容易了。如此說來，李商隱也許做到了，不過，也要研究一下，李詩中，「女性的影子」的種類是單純的還是繁多的。但研究也是困難的，因為李詩「隱密」，不作深入的研究，可能，是不是「女性的影子」，也未能肯定。總之，要寫這種詩，難；要判別這種詩，也難。

像這種「隱藏愛情在內，像李商隱一樣隱密」的詩，我也似乎寫過，可是太少了，絕對無法有「各種女性的影子」，看來「五百年後的聲望」，無望。我想到我有一首寫於一九八二年端午日的〈貓〉，收在詩集《伶仃洋》裡。找出來打在下面，你們看看，算不算這種詩：

〈貓〉　韓牧

千窗漸暗
午夜的彌敦道淡出的銀河
可即而不可望迢迢的對岸
一方明亮的小窗

小窗裡一個柔弱的貓兒
新寡　灰冷而扁平
印在海報貼在牆上
警覺的利爪就那樣瞪著

我是雙魚座
死剩一尾孤獨的小魚
七夕未到
我的孤獨游向你的孤獨
你眼中是一艘鯊魚游進你眼中

今天的早晨　是兩年後
七百個夜　一念間壓縮成一個昨夜
迷惘的昨夜的迷惘的霧
都留在惺忪的後邊
車輪滾動　高山在前
高山背後我看到
一片殘破的平原
我的詩曾經悼念過
被現代腐蝕的那一方錦繡
蹲一個綠色的貓

大霧山綠色的俯伏著
相思樹接相思樹接綿綿的草坡
我嚎叫而氣喘車輪竭力攀爬
想平原裡
綠色的眼睛不看紅色的塵世
你正以你的柔順向我誘惑
滑不留手十倍於三千綠色的毛排疊
疊三萬次可能的飄散

山棯花粉紅
雞蛋花蛋黃著
紫牽牛散落一地沉默的鈴鐺
「嗖」一聲
看不清一隻甚麼鳥
黃黃黑黑射向深綠的深林

車輪滾瀉
我肖虎　黃黃黑黑
熱烈而溫馴一隻狂奔的雄虎

一九八二年端午日，晨，荃錦公路上。

第八輯　家書（致勞美玉）

寒櫻著花未？

美玉：

　　上周，我們村口的那一樹從牆內伸出的、粉紅櫻，如往年一樣，開得最先。雖然花是最微型的，但總是由它來報告「櫻訊」（杜撰）。

　　今年，它好像開遲了些。這個冬天特別多雪，特別冷，踏入三月中，還要下雪。我沒有做記錄，印象中，以往，這一樹最早的櫻花，在我農曆生日的花朝節，最多延到我的新曆生日，最多最多再延一個星期，在「春分」，這春天的第一天，就已經見紅了。而現在，還是疏疏落落的樣子。

　　我們後園的那一棵「老櫻」，三十幾歲也算老了吧，它，全溫哥華櫻樹家族中這六、七萬份之一，完全沒動靜。而水晶梨已在無聲無息的在結蕾了。

　　前園，洋水仙含蕾已有一星期吧，現在已冒出十九個，但還沒開。昨日大風，全被吹倒；今天有雨，幾乎貼地了。不怕，太陽一出，它們就會抬頭。水仙之間，出了些寬葉，那是鬱金香的，今年，花是無望了。

　　其實，今年我最早見到的「櫻花」，還不是我們村口那一棵，是在「烈治文中心」商場、的裡面。今春，這個我們天天晨運的商場，分佈商場內各處的新換上的海報、Banner，圖案就是一枝櫻花。

　　我看，這櫻花的造型、形態，簡約清淡，很有日本味。花的

顏色，從粉白、粉紅、到粉紫，底色還用了蘋果綠、紫紅，正是「和風」。也對的，櫻花開，就表示春天到；而櫻花也是日本的代表，取材日本畫，合情合理。這些畫幅的下緣有一個英文字，分三款：Renew，Refresh，Revive。

橡樹，街道上的、河隄上的、圖書館和老人俱樂部門前的，經過上周又陽光又雨水，都含了葉芽了，但我看到，有不少去年的黃葉，還捨不得落的樣子。這現象，我跟你講過，你是知道的，只是橡樹特有，你也知道，我很久以前就鬱在心中，要寫成詩，但至今未成事。

還有，阿珊鄰居門口那棵老松，巨幹上勾掛著不少風吹雨打也堅持不肯落地的、松針。也有詩意。

還有，Thompson社區中心門前的電線上那一百多隻野鴿子，不論白天、黑夜、休息、睡眠，大風、大雨，甚至大雪，總是站在、抓住那一條高空上的電線，永不離開。那一首詩，也要寫了。

　　思撝　2009.4.1.

我的食物

美玉：

　　這個題目，我在前年你回香港的時候，就想寫了，讓你知道我一個人的時候，怎麼吃、吃甚麼。但是一直沒機會寫。原因？忙。你看，春節唐人街的遊行，我從沒寫過，很想寫，到今天，兩個月過去了，還沒時間寫。剛才我見收件箱，未看的竟有三十九件，明天再看了。先寫〈我的食物〉。

　　你回港二十多天了，我只煮過一次（白）飯。以前我天天吃白飯，你主張有時吃吃雜糧，我還是受了你的影響。事實上，雜糧更有營養。

　　晨運後，還是喜歡在外面吃早餐，吃飽些，就當「早、午餐」了。有時還會到「壹餐廳」，吃家鄉炒米粉、熱檸茶。三元多。碟頭大，勉強吃光，午飯不必吃。有時加魚粥，五元多。粥吃不完兜著走，當午餐。有時，轉口味，吃西式，多士、炒蛋、辣腸。偶然，未到十一點就餓了，那時，一定是身在圖書館或是Minoru Club用電腦，於是到餐廳一元吃一碗燉蛋。

　　本來我說，你走了，一個人飲茶沒甚麼味道，不去了。像「皇都」，是兩個人一份的八元八八，也不能去。但劉序言之弟（忘其名，下稱「劉弟」）告訴我，「新城市廣場」的「加樂」，我們嫌貴沒去的，月前開始，大中小點原來三元的，減為二元，它的「鐵觀音」茶葉特別好。我和他兩個人去。他屬豬（還是我為他算出來的），原來也八十六歲了。坐我車去，送他

回家。

這樣便宜，有的點心是別處所無。我一個人也去。今早我約劉弟，但他說有約，要去「皇都」，是一個旅行社免費招待老人家。這次午餐，本來「Ｋ友」也告訴了我，去旅行社拿票就得了。我覺得不好意思，不去拿。想是旅行社為了宣傳，老人家也有能力長途旅行，像坐郵船，有幾個人幫襯，就夠本了。我不拿票，因為我不會是這家旅行社的客戶。

聽說「加樂」因為要搶兩元的「香港英記」的客，出此高招；也許是下策，看它怎樣去捱。它有一種「煎蛋牛肉飯」，別家沒有的，不是肉餅，是肉片，味鮮，你一定喜歡，回來要試。

凡星期一，卡拉ＯＫ唱完，我參加午餐，「金城」、「金如意」、「川味館」等。在「川味館」一定叫你喜歡吃的「粗炒」、又燻魚兩碟，骨頭也可以吃。

劉弟晨運時那一角落，原來是一組合，每周飲午茶一次，不定星期幾，我也開始參加了，到「加樂」，九個人，分起來不到五元，我對他們說：便宜破我記錄，可嚐七、八種點心，也破我記錄。

凡周六，我到「八佰伴」取《健康時報》後，到去慣的「金飯碗」三餸一湯，六元。湯是苦瓜（或霸王花）排骨之類。我當外賣來買，有盒。我不要白飯、炒飯，要伊麵、炒河。吃了它，和幾片炸魚塊，喝了湯，就飽了。炒牛肉和炸豆腐吃不下，晚上加洋蔥、番茄同炒，不必調味，就是一餐減少肥膩的下飯的菜。所謂飯，有時是新竹米粉。

早上、中午往往吃得肥膩，下午、晚上吃甚麼呢？自己弄，要清淡些。番薯、馬鈴薯、「橋豐」的水餃、「漢記」的腸粉，煎。「嘉欣」、「小麥田」的綠豆粽、鹹水粽，香蕉、葡萄、蘋

果、四會沙糖桔、蛋卷、果仁、（Minoru Club我每天都經過一兩次，順手一小包，Dan・D・Pak長期送出）西生菜、豆腐、麥皮、鮮奶、罐頭玉米湯加番茄、沙甸魚、焗豆、麵包、美祿、芝麻糊、羅漢果水。用蓮子、百合、茨實、薏米、眉豆、紅豆、綠豆、糙米，加冰糖，煲一大煲甜湯，濃稠的，吃三兩天。蒸或煎一條鯧魚。記得前年，我常用洋蔥、紅蘿蔔、椰菜、馬鈴薯、雞胸肉，加點咖哩同煲，當飯菜，吃一兩天。

　　花，報告過了；食，報告完畢。你在香港，食，當然更便宜、更方便了。

　　思撝　2009.4.1.夜。

車匙‧訪華

美玉：

　　今年的天氣奇怪，早櫻紅了，水仙花也開了，草也開始生長了，但這幾天早上起來，見到汽車玻璃上，對戶的屋頂上，都結了霜。這些天，時晴時雨，雖然北溫的山嶺還積雪未化，到底不再怎麼冷了，暖和了。

　　收到你幾個電郵，一個3月22日的「空郵便簡」。一封3月27日的信，附陳耀南《治心雜詠》十六首；及耆康課程、圖書館電影目錄。《文學研究》：我查過，我只有2006年的春、夏、秋、冬，四期。這四期你不必帶，送人好了。其餘的，請帶回來。《情詩三百首評釋》《陳耀南讀杜詩》當然要帶。《城市文藝》於4月15日出〈舒巷城逝世十周年特輯〉，要不要帶？如何帶？稿費如何？到時再說。啊！你已離港赴澳洲了，我忘了，你不再回港了。此事你幫不上忙了。

　　因為我對一些「小事」善忘，昨天出了件「大事」，曾急忙打電話給你，求救，也不理當時你們不過是凌晨四點多。是汽車的鑰匙，鎖在汽車裡。說來話長。

　　開車二十年，很多人都試過這種不小心，我這人，超小心，未有過。要感謝外甥女羅穎文之夫，楊日初。我買車時他在溫。（也是他介紹經紀，又建議我買這款車）車買來了，他忠告我：雖然用手推門也可以關上，但千萬不要貪便，永遠是用車匙來鎖門，這就保證車匙在車外。

他這話，使我二十年來都沒有犯一般人都會犯過的錯誤。我感謝他。如何感謝？二十年來，我鎖過多少次車門呢？算來，超過兩萬次，每次一定想到他。也就是感謝過他兩萬次了。

車子到底有點老了。你也知道，最近，熄了火，有時，車匙抽出困難。昨天周六，上午，我取《健康時報》，回家，怎樣都抽不出。下午兩點要出發，去開「加華作協」的理事會，我放著，鎖了方向盤，關好車門，下午開車到梁麗芳家再算。

快兩點了，要出發了，開了大門，見到車子，慘！我沒車匙去開車門呀！慌忙找「備匙」的木罐，竟然沒有！是上次驗車回來沒放回原處了。全屋找，沒有，是貪方便，放在車裡的抽屜了！

還有你的第三條呢？。全屋找，沒有。不會帶到香港吧？叫人來開車門？麻煩。記得你收拾行李時，說過，只帶門匙走，那就是在屋內了。在哪呢？打你手機，沒開；打家裡電話，沒人聽。吵不醒，你們在熟睡。沒法子，繼續找。找累了，坐下來靜一靜，苦思有可能的地方，再找，終於在廚房抽屜那個外面寫著Passport的大信封裡出來了。一共找了一個多小時。一邊找一邊想到沒有車的不方便，真是又急又難受。

楊健思沒有說放假，也沒有新的郵址來，所以我到今天還是照發。

今秋「加華作協」訪華日期昨已定好，9月11日到20日。共十人：陳浩泉、梁麗芳、廖中堅、曹小莉（？看母親病情）、陳麗芬、我。汪文勤（北京歸隊）、葛逸凡、王健等。這次，意外齊全：正、副會長、理事、駐外聯絡員、會員、顧問。另，6月要辦一次夏日郊遊，在本那比，海邊。

可能打電郵多（眼倦，自動闔眼），睡得好。右肩右臂已完全沒有痛，一些角度還沒正常，但也可以算是好了。

　　撝　2009.4.5.

快活午餐

美玉：

　　希望你在澳洲也能看到我的中文電郵，我可以「朝請示，晚匯報」。

　　今天，晨運，健康舞，到Minoru Club停車場，真是福利！上次送你到機場，停車費九元。這裡停車費十元，可以全年任停。車上吃一個馬鈴薯，走到圖書館，用電腦兩小時，開車三分鐘，到Thompson社區中心，參加每位五元的「快活午餐」（Lunch N Laugh），每桌八人，共十一桌，我們是劉Sir名下的「K友」，佔兩桌。我與最相熟的「七美」共桌。鄰居NG換牙，口中牙齒數目，如同七十四年前出生時，零，她也來。這個「午餐」，食物不重要，大家互相取笑，老了，不怕死了，就甚麼都沒顧忌，開懷大笑。

　　坐在我左旁的，是在澳門從七歲住到二十七歲的那位，我問稱呼，原來叫「阿Ping」。我問：是「萍水相逢」的「萍」嗎？當然猜中。我也在澳門生活了接近二十年，共同語言太多，雞啄她不斷。我說，我們談澳門，要大家聽懂最好，於是我把話題轉到「尤敏」。

　　巧，原來她和我是校友，她是大我一截的學姐，所以沒有共同老師。她在香港時任職《成報》，又有共同話題了。她說她「文君新寡」，我說我文才不能比司馬相如，她說她不會彈琴，我說琴是我彈的，我會，八人大笑。

大家都問起你，我右邊是國語歌唱得很好的那一位，原籍揚州，童年上海，後來台灣、香港，國、滬、粵語皆會。她說，五、六十年代時，男的最喜歡尤敏，女的最喜歡林黛。而她，最喜歡歐陽珮珊。我說：「因為你與她作風相近。人們往往喜歡與自己外貌、內裡相似的明星。」我繼續說：「我太太年輕時很像馬敏兒，冷艷。可以給照片妳們看。」不知誰馬上接一句：「你是追不到馬敏兒，才追你太太的。」我接：「差不多啦，是馬敏兒追不到我。」

食物簡單，是牛角包做的各種三文治、咖啡、番茄雞蛋白飯、甜品，草莓。有人見到白人也在吃飯，桌上都有一盤「沙律」，我們沒有。我作為代表去討，說是沒有準備我們的。我說我們雖是華裔，但都不喜歡這飯，很多人喜歡「沙律」。我回朝匯報，加一句，那些「沙律」也不過是生菜加麵包乾，沒有蛋、沒有馬鈴薯，更沒有蝦。不要也罷。

粵曲唱得很有味的韓太太，以前在香港培正中學辦小食部。原來是「韓爺」的太太。我說，韓爺是十幾年老朋友了，一直負責中僑《松鶴天地》的校對。年前也見他來晨運的，他身體如何？答：已進了漁人碼頭附近的養老院。我問了地址，有空去訪。

上海籍的、最斯文的Annie，說得意旅行社辦「西雅圖一日遊」，下周三，賞鬱金香、往工廠直銷購物。連小費、入場券，二十八元，便宜。「萍姐」說：他們有一個旅行的組織，約二十人，男多女少，逢星期五，先在「香港英記」早茶，然後用巴士年票，到處去，遠至威士那、黃金海岸等，有巴士到達的就可以去。歡迎我參加。

餐後，一個白人樂隊登場了，全男班，年齡七十多到八十

多。白衣紅背心。鋼琴一、爵士鼓一、黑管二、吉他一。所彈唱是二十年代到六十年代的老歌曲，席間有人和唱。我同桌有幾個蠢蠢欲「跳」，尤其是萍姐。我說：出去吧！答：等西人先出。我說：不必。

響起Patti Page的，我說「Tennessee Waltz」啊！（按：應是1950年的歌）我邀萍姐帶頭出去，其它的也跟上。一位華裔老男，常常一人跳，風趣惹笑。音樂總是三步、四步，沒新的，我們不管，可以「牛仔」，可以「查查」，可以三步跳成四步，可以四步當三步跳，可以兩男跳，可以兩男一女跳，可以亂跳。

我曾和三、四個人跳過，都是相熟的「K友」，雖然我以前完全沒有和她們跳過一次，但我頑皮，都一一作弄：有時「脫鈎」，有時忽然大步、忽然細步，有時不停轉圈，甚至使舞伴不得不半途而廢。總之我一定合拍子，相視大笑；也引得那些白人大笑，還以為我是「舞林高手」。

意外，十一桌中，白人只有四桌，我們唐人（全是廣東話），七桌。更意外是，來來去去是我們這五、六對人，西人不跳。例外的是有一對年邁的西人夫婦，男的走路已經舉步維艱了，他倆出來過三次，慢四。我對Annie說：他們（白人）不出來。Annie建議我邀她們跳。我覺得我自己又不大會跳，又不知她們之中，誰會跳，不敢。現在想，Annie到底有教養，我邀她們是禮貌，體現歐裔、亞裔融和，我跳得不好，沒人會怪的。下次，邀請她們共舞就是。

最後一舞是搭肩頭「打蛇餅」，歐亞齊出。我不好意思搭陌生人的肩，不出。後來見吉他手也彈著吉他去做「龍尾」，我連忙出去搭他的肩做「龍尾的尾」。轉到最後，吉他手轉到中心，大家才發覺，原來我也在大家的中心，鼓掌結束。

全是年齡在八十過外、起碼逼近八十，大我一截；不年輕更不貌美。年輕過我的、或其貌「揚」的，避之方吉。其實這也是「年輕歧視」、「貌美歧視」。

上次的春季生日晚宴，你也開動了你的「金腿」（仿「開金口」，金腿，等同玉腿，玉的玉腿，非金華火腿），賞面和我跳了兩三隻舞。否則，人家也不敢請我跳，我也不好意思請人家跳了。

當晚，那位葉太的長期舞伴，她叫Jenny？Queenie叫她「白頭婆」的那位，跳得甚好的，當晚我客氣的請她教，跳了隻三步。跳完了，她說了聲：「多謝你。」這一句，我幾十年未聽到了，記得以前是常有的。這或者是該人本身的教養，或者是國際標準舞、社交舞的基本禮儀。原來，「人品」中，有「牌品（麻雀）」，也有「舞品」的。

　　撝哥　2009.4.16.

玻璃的透明

美玉：

　　昨天星期一，太極之後，急步到那寵物店的櫥窗看，我不願看到的，終於出現，小貓不是兩隻了！這一雙黑耳、黑嘴、黑手、黑腳、黑尾，白身的暹羅小貓，是一隻。貓廁所裡也沒有，一定是上周末給人買走一隻了。牠就好了，有家庭了。但剩下的這一隻呢？

　　從來沒有過的，牠向我「癡纏」。從三、四個月前的七隻，變三隻，三隻變兩隻，直到上周五早上，都從來沒有過的。牠不斷的、拼命的，用頭、用嘴、用耳、用身，摩擦我。我比牠高，牠跳上貓廁所的頂來做。牠把身體拉長、又拉長，長到不成比例，也要夠到我。

　　我也對應著牠，用掌、用指、用頭，以至敲打。牠一直用牠銳利的指爪來抓我。牠不停的張口呼叫，聲音是輕微的。圓黑的眼睛注視著我的眼睛。我也和應著，學牠，不停「喵喵」的叫著。注視著牠。

　　我們之間隔著一片玻璃，太厚的玻璃。只能傳到一點點過濾剩的聲音，牠的。玻璃櫥裡，應該是響亮的，哀苦的。也一定有我的叫聲，微弱的，牠聽得到。

　　玻璃的透明，是無望的希望。

　　今天才見到牠張開的口的裡面，清楚見到口腔的顏色、上顎那深刻的「天梯」，我童年時，媽媽說那叫做「天梯」。氣味是

隔絕了的。我知道牠正發出體味。

今天，我才關心到，也因為牠的體態大動作的改變又改變，才讓我看到，性別，那黑色而堅實的小球，是男孩子。他比三個月前長大不少了。

一切互相「癡纏」的動作都被壓扁，因我倆主動的擠壓，而不停的變形。那是沒有實質而只有精神的接觸和摩擦，心理上也許更壞。這些動作，在我來說，是要安慰他的寂寞，在他來說，是要把我佔領，作為牠的所有物。在貓的心裡，貓是「貓主」的主人。

一剎那間，一個衝動、衝來：「買他回去吧。」這個衝動，歷時也只是一剎那。接著是理智：他先死，我傷心；我先死，不放心。

總會有一個家庭收養他的。但甚麼時候呢？這一段日子有多長呢？這一段日子，他就一直這樣過嗎？多難過啊！他，和我。

掦　2009.4.21.

花中樹中浮想

美玉：

　　早一陣，雨；這一陣，晴，幾天之間，花草就不同了。突變。這是我在約二十年前，進入第一個寒帶的春季時所發覺的、同於我自己性格的、我所謂「植物性格」的、其中的一項。

　　前園後園的草，已經很長了，黃花蒲公英，起初寥若晨星，兩三天內，繁如夜星了。剪草的人不來，我不催他，現在他不可開交吧。

　　就在這三、四天，全市，與我們後園那株同一品種的櫻，競放。今年暖得特別遲，它們好像要追回時間似的，趕在正常的、歷年習慣的期間，開盡。說時遲，這時快，後園的水晶梨，花未落，葉，等不及了，紛紛出來了。

　　我們前園的雌性的日本楓，吐出橙紅的小葉，一天天長大。左邊鄰居與她成對的、那雄性的，大振雄風，四、五天後的現在，已經成了棗紅的一團，密不見天。地上的黑影，沒有光斑。

　　洋水仙半殘，它們旁邊的細種紫杜鵑，已含蕾。Davidi全部是飽滿充實的小蕾，蓄勢待發。如果不下雨，我想，兩天內也會一齊開放，到時，小如芝麻綠豆的白花，數以萬計了。剛才細看，有一小簇已經先開了，它貼住三虎居的窗玻璃，是其下的暖氣管使玻璃變暖所致吧。

　　前園後園各種多年生草本，也不斷長出綠葉，準備為今夏、今秋的花作準備。總之是滿園忙碌、熱鬧。

我每天上午，都活動於烈治文中心商場、市政廳、Minoru長者俱樂部、圖書總館一帶，現在是鬱金香開得最燦爛的時候。市政廳南坡的白花辛夷，變成茂密的綠葉，其上，原來有一株白花的山茱萸，我省的省花，今天開車經過，已花滿枝頭了，真快。

　　山茱萸？記得嗎？那時你考慮過溫德森植物園那一株桃紅的，一千元，「認養」它，掛一個銅牌，紀念家貓Scott。

　　今天晨運、早餐後，如常到Minoru長者中心。最近我總是停車在那裡，又用那裡的電腦。圖書館的這兩項，常會滿座。為了記下一些「手記」，今晨我曾在側門的小花園的長木椅上小坐。是第一次坐。

　　圍繞我的，是開得最熱鬧的各色的鬱金香、山茶、水仙、灌木小花，還有各種初開的杜鵑。圍繞這建築的、這停車場的，是六、七層樓高的並非常綠的落葉的高樹，現正出了羞澀的小葉。

　　我坐在長木椅上，想：這裡一些老人在百年以後，把遺產的一部份，一筆大錢，捐給他所在社區的一個團體。為甚麼呢？現在我想到了，我也會這樣做，尤其是我無兒無女，如果命不太長，錢有用剩。

　　因為，就如這一個團體，我每年只交二十元的會員費、十元的停車費，但我享用它的設備、「活動」，我從它那裡得到的方便、快樂與安寧、與平靜，與職員的、義工的、其它會員的禮貌、教養、互相尊重，我從中學習、接受薰陶，我得益多少？是三十元的多少倍呢？一百倍？一千倍嗎？是無限倍。留一些遺產給它，實際上，只是小小的回報。一點小意思而已，我還是「賺入」的。

這信題目，先打了〈家中瑣碎事〉，豈料只談了花草，繼續寫下一篇。

　　掳　2009.4.30.

家庭社區瑣事

美玉：

　　今年，老爺車的廢氣檢驗，沒有幾年來的幸運，通不過。到Jimmy處，修了兩百大元，通過。

　　Thompson的卡拉OK，上次，大陸同胞一個也不來了。就好像我不再去Minoru唱中國民歌一樣，格格不入。「中國人」分隔成幾種，是無可奈何的事。時間，是上帝。

　　告訴你一事。我最後一次去唱民歌，遲到，正找位子，一個長得端莊的女士熱情招手請我坐她旁邊。我唱了一陣，她讚我：男人有這樣清脆的聲線，很難得啊。

　　我見她這樣友好、「敢言」，就和她談起來。她會廣東話，因為長時間在珠海生活過，粵語交談，更親切了。那個瘦瘦的作主持的男士，還是你也知道的那個作風：一直講話，不唱，一些人也顯得不耐煩。我細聲對她說：「講話多過唱歌！」誰知，她馬上勸止我，說：他老婆就坐在那邊，給她聽到不好。我說：有甚麼關係呢，我不可以和朋友談論嗎？

　　她問我來自何處，她說，她在大陸，講話很謹慎，因為政治問題，很害怕，她有長時期的經驗。她又說，這個主持人，甚麼都要「總結」，在大陸一定當慣領導的。

　　我說，我來自香港，習慣了這樣自由的講話，我有說錯嗎？他不是口水多過茶嗎？我們現在已身在加拿大，還要怕甚麼！

　　我和她繼續為這問題，細聲交談、辯論了一陣。我知道，我

無法說服她。後來知道，原來這女士也非普通人，她喪夫後，嫁給一個老人，是加拿大白人，在大陸的大專教書的。她英文程度有限，與丈夫只能作有限的溝通。丈夫家在鄰省，現在退休了，剛遷居來我省。

我嘆息。嫁了加拿大白人，還是教授級的，來了加拿大，政治恐懼還在，還不敢談「領導」的缺點。好像秦始皇時的「偶語棄市」，《史記‧秦始皇紀》：「有敢偶語詩書，棄市。」偶語，相對私語。棄市，行死刑於市上。

老人多遊埠。此民歌組三骨幹之一，上海人金光沐，下周赴西班牙遊船河二十七天，多國，近二千元。婆婆Lee今夏遊船河十七天，約一千八百元，經俄、日、韓、青島、大連、到北京。再買約六百元機票回溫。劉序言之弟，也八十多歲，未坐過郵船，公主號，遊阿拉斯加，五天，五月五日出發。溫上船，西雅圖車送回，約四百元，邀我同房，我不去。幸好他現在找到一新朋友作伴，否則不能去。

上周我們的華盛頓州一天遊，花田不是以前去的那一處，是在Skagit Valley的Tulip Town，雖然規模小些，但更好看，因為他們特意的種植很多不同的品種，每一種，是一塊不小、也不太大的田，只要用十多二十分鐘，就可以走過十幾塊不同的花田。以前的田，宏大、有氣魄，但品種就少，照片拍出來就單調，不夠豐富多彩。

還有是以前從未去過的，Fish Outlet，各種急凍的魚、蝦、蟹、蠔、帶子等，約是市面的六、七折，我也買了些最頂級的King三文。

賣百貨的Outlet去了兩處，有一處以前去過。你知道，波鞋，我一直只穿Reebok古典式網球鞋，相信終生不二。現在每雙

只五十二元，仍是第二雙半價，還加了個「買二送一」。比在溫
哥華便宜，考慮之下，不買。同行者問何故，答：愛國，回溫哥
華買。

　　撝　2008.4.30.

福音粵曲

美玉：

　　每月一次，得意旅行社在「皇都」擺的免費午餐，原來主要目的不是宣傳旅行社，是「福音午餐」。（又，「皇都」頃已結業）我們那次的華盛頓州一日遊，原來是「福音之旅」。同團者，「高宣」、即高貴林宣道堂的主內弟兄姊妹佔了一半人，有該堂的傳道、師母、職員隨團，車上講道，還算講得有趣味，又同唱福音粵曲。我買票時，領隊的說「你可以唱歌」，原來是唱這種歌。也好，我凡歌都唱。

　　福音粵曲以前偶有聽過，沒有唱過，算新鮮，唱兩首給你聽聽：

　　《福音小唱》，調寄周璇的《四季歌》：

　　（合）天國福音我願宣講，盼你願意聽我詳言，是記存在
　　　　　聖經中不變事實，十架救恩今日仍然樂意傳。

　　（男）感戴基督救贖恩典，挽救罪世祂顧念垂憐，為救
　　　　　人類決捨身寶血願流盡，便棄天家甘降下完全為
　　　　　愛憐。

　　（女）寶血洗清眾罪恩不淺，快接受救恩到神前，復挽回
　　　　　屬天子女名份，上帝深恩早接受毋再延！

　　（合）相信基督救贖恩典，接受永生快樂綿綿，在世如在
　　　　　天歡快渡年日，他日共到天家得永聚神前樂永年。

《受難曲》，調寄《梁祝小提琴協奏曲》，錄首節：

（男）無言捨身願血流，降生甘被囚，肩擔世上人類痛苦
萬古千般咒，基督降生塵寰，緣何嘗劫難！與君共
患！垂憐病患？佢願以真心相關愛護，猶如迷羊導
引還。

撝　2009.5.1.

順德鱔

美玉：

　　今晨看報，知道溫哥華市政府於前天，4月30日，宣佈當天為「順德日」，市長羅品信在市政府大樓，接見了順德政府代表團一行六人及溫哥華「順德聯誼會」的代表。

　　溫哥華「順聯」於4月底到5月初，假座烈治文「名都酒家」舉辦「順德美食節」，有中國烹飪大師專程從順德來。

　　市長說：「順聯」聯同世界順德聯誼總會、及順德飲食協會，秉承加拿大多元文化國策，為拓展大溫地區的文化交流與旅遊而特別舉辦「溫哥華順德美食名都」的順德美食推介活動。市長會講話。區區三兩天的飲食，也和加拿大的國策、文化交流拉上關係。不是市長會講話，這些年來，我發覺：凡是官，都會講官話，凡是官，你請他講話，他一定把對方拉成與他的業務以至他自己，有密切的關係。每個官都會，我懷疑這是秘書的基本工作。

　　這次的「順德美食節」，其實我在華盛頓州一日遊那天晚上就知道了，但我沒有放在心上。那天回來很晚，K友Annie與她的同遊的鄰居黃女士，和我，三人到「喜相逢」，三和菜晚飯，黃女士提到的。

　　當晚我點了一味「陳皮蒜子火腩焗白鱔」，三人大讚，想不到茶餐廳也做得這麼好（也許是我們「餓」了這個菜式很久之故）份量又足，要知道，這材料很貴的。又送湯、白飯、甜品，

吃得很滿意。我說，等太太回來，帶她來吃。

　　吃鱔時，我講故事。鱔是我最愛吃的，和親友到日本餐廳，我是不吃壽司，不吃魚生的，就叫鰻魚飯。

　　多年前回香港開書法展，香港「順聯」請我吃飯，會所有專職「御廚」的。會長請我，配合了理事會開完會的晚飯。第一味是冷盤，是頂級的三文魚魚生，在這裡不算甚麼，在香港是很貴的。生的魚我從來不吃，我不動筷。會長示意「起筷」，說：「是你們加拿大來的呀！」他們津津有味，他們怎會想到，怎會相信，我移加這麼多年，一塊也沒吃過。只好不說。硬著頭皮，「的」起心肝，囫圇的吞了塊最小的。

　　會長說，為了歡迎我，他加菜，特別劏了一條十六斤的鱔。十六斤？菜式上來，一截一截的，有家用飯碗口那麼粗，卻鮮嫩如小鱔。我從未吃過這麼粗的，其它菜式不吃了，就吃兩截已經很飽了。連忙打電話給老婆，因為她的舅父、也是當晚稍後時間請我吃晚飯，預先約好的。只好作生平第一次的失約了。

　　會長說：何先生這麼喜歡吃，你甚麼時候回溫哥華？這條十六斤，我還有一條，二十六斤，下個月劏。我說：多謝了，我多留幾天就回去了。

　　擄　2009.5.2.

亞洲傳統文化嘉年華

美玉：

　　每年的五月，加拿大聯邦政府定作Asian Heritage Month，可譯為「亞洲傳統文化月」，一般人稱「亞裔月」。是2001年12月加拿大參議院通過的一項動議。總理哈珀今年5月1日發出的賀函，邀請所有加拿大人參加這一年一度的慶祝活動，肯定全國三百多萬亞裔加拿大人的貢獻。

　　他表示：人們來自世界各地，為自己及家人尋找更好的未來。共同努力建立了一個和平、多元化和繁榮的社會體系，已成為全世界的典範。從多樣化的亞洲每個角落前來的亞裔的社區，對加拿大的發展，發揮了不可或缺的作用，幫助了加拿大塑造成為今天這個文化豐富的國家。

　　烈治文華人社區協會，就是我早年教書法的那個會，今年踏入二十周年，昨天，在Aberdeen Centre，時代坊，主辦了一個「亞洲傳統文化嘉年華」，我也去參加了。開幕禮由聯邦、省、烈市三級政府的代表、教育局學務委員，上台與大家見面，一般不講話。這個會有本事，居然請來多個亞洲國家的領事：中國、台北經文處周唯中處長、香港、馬來西亞、新加坡、日本、南韓、印度、印尼、泰國、菲律賓等，有許多還是總領事。

　　我因為要先到「八佰伴」取《健康時報》，遲到，見第二行有空位，我不客氣，坐到市長與眾領事背後。也方便拍攝。各國都有攤位宣傳自己的國家，每國佔一攤，中國佔兩攤。從中午

到下午五時半，每半小時就換一個國家表演節目，日本大鼓、南韓跆拳道，其餘是舞蹈。最先的是馬來西亞的舞蹈。以前沒有看過，想像中不及韓國舞的文雅、印度舞的熱烈、菲律賓舞的熱情、泰國舞的奇異，果然。它的動作簡單，服裝繁縟，都難算悅目，男的有女性的姿態。

台灣的是「山地現代舞」，我未見過，有特色。笑嘻嘻的青少年舞女，穿的山胞服裝，人人不同，好看。山地舞一般動作簡單，但她們與現代舞姿混和，水乳交融又節奏明快，總印象是：鮮美。台灣還有一種表演，陶笛。這樂器是有多孔的近扁形的一塊陶，聲音清亮。一位中年導師，帶領十幾二十個青少年合奏，很受歡迎。

節目我沒有看到一半就離開了，因為要趕往Minoru Park，那裡有一個佛光山的「慶祝佛誕節園遊會」。

撝　2009.5.3.

佛誕園遊會

美玉：

　　天氣漸漸暖和，又踏入五月，亞裔月，活動多起來了。這兩天，除了「亞洲傳統文化嘉年華」，又有星雲大師的「佛光山」的「慶祝佛誕節園遊會」。這個「園遊會」去年我們也有去，今年地點改在Minoru Park的停車場，因為面積所限，規模小了很多。主要是四個巨大的帳幕，和佛光童軍旅在草坪上設營，豎立了三枝旗杆，當中稍高，是國旗，左右稍矮，是佛教的五色旗和軍旗。

　　說到旗，這佛教團體是「識做」的：沿著公園靠大馬路的欄杆上，立了一排幾十枝相當大的旗，寬四尺許，國旗與佛教的五色旗，梅花間竹，迎風飄揚，十分醒目。一方面作為招徠，一方面顯出對地主的尊重，拉近與非佛教徒的距離。各個營帳的尖角處，也都立了這兩種旗，也是相間的處理。

　　這次，我見到有「浴佛」的節目，一個寬近二十尺的大大的佛壇，擺滿了各種美麗的鮮花，其中，立了很多小小佛祖嬰孩立像，當中一個右手上指：「上天下地，唯我獨尊。」我也排隊，用竹筒做的長勺子取水浴佛，不可「照頭淋」，應從肩頭淋下。會中的女攝影師連忙拍攝，想是看中我的白鬚白髮；另一個由父親抱著的嬰兒「浴佛」，她也搶著拍。這佛壇，花叢中也插了一對小小的國旗、佛旗。

　　我這鬚髮皆白，大概被當成是華裔老移民的典型，以前也幾

次吸引過報紙、電視台攝記的攝影機。有的先取得我同意，有的偷影，電視新聞即晚醜態「出街」。

記得嗎？去年的「園遊會」，你十元買了個滿意的手袋。去年的PNE，太平洋國家展覽會場裡，我丟了我那滿意的cap帽，一直用那頂兩元店的貨色。現在好了，在「園遊會」買到兩頂算滿意的，每頂五元，超值。你也可以用。左側繡了面小小的，不到一寸的加拿大國旗。三哥戴的好像也是如此。

我一直後悔，那年到聯合國總部參觀，忘了買一頂聯合國的cap帽。我在街上見過的cap，何止成千上萬，未見過聯合國的。以我的自大性格，或說是廣闊心懷，不是「聯合國」，配不上我的頭。

撝　2009.5.4.「五四」九十周年。

初進錫克廟

美玉：

　　來郵說，這兩天你們幸運地見到藍天，欣賞到「橙日」，沙子幼細的海岸，高高的棕櫚樹。閒步其間，煩惱盡消。我二十年前也到過墨爾本，卻完全沒有看到這種景致，還以為你說的是澳洲的東海岸。也許是它的遠郊吧。

　　你另一郵又說，墨爾本的市中心，有關於佛陀的banners，令你驚異。不錯，是慶祝。因為5月2日就是農曆四月初八，佛祖誕。我也驚異，如果那些banner不是商場的而是出自市政府的話。即使是烈治文，市內的banner雖然也有以觀音寺的建築的一角為題材，但不是慶祝佛誕，宣傳佛教，只是作為介紹中式的建築藝術。

　　你也知道，這裡，如果是政府機關，一切文字，都要避開「聖誕」、「慶祝聖誕」（指耶穌誕），就是恐妨耶教以外的人反對，他們不承認耶穌是聖人。其實，我們華裔無異議，不知道回教、錫克教看法如何。加拿大國歌中的「God」字，也有人提除去之議，我們華裔一般是無異議的，把祂看成是「天」就是；華裔以信佛的居多，還是佛教有包容性。

　　烈治文市政府辦了個全市四十個文化、名勝古蹟地點的開放日，在五月二日及三日，周六周日，共兩天。我在烈治文生活了二十年，甚麼地方沒去過呢？回教廟？初來時，因為慕名參加一個中年華裔作家的喪禮而進去過。他被殺，至今還未破案。

但錫克教的廟宇，沒有進去過。於是我按圖前往，叫 Nanaksar Gursikh Temple，在18691.Westminster Highway，近第八路，就是我們多次經過，不敢進去的那一間、很宏偉、有三個「洋蔥頂」（杜撰）、白色為主色的廟宇。

　　我是昨天中午去，陽光猛烈，廟宇內外，約有三百個人，清一色印度人，男女老幼，女性多盛裝，也許是甚麼誕期。奇了，只有我一個不是印度人。看來，一般人沒興趣。

　　我先在門口看了「入廟需知」，走進去，有門衛之類，值班似的，但沒人理我。再入禮拜的「神堂」就要脫鞋，我不入，隔著玻璃看看算了。裡面有幾十個人星散的、三三五五席地而坐，大多是婦孺，一如草地野餐。就是沒有吃喝。其實有的，不論誰，包括在廟內廟外走著的，往往左掌上都有一團好像「馬鈴薯泥」的食物，淺啡色，也許如天主教的「領聖體」，是「神聖」過的；他們隨意的用右手取吃。

　　我不進去，不是脫鞋問題，是考慮到一經進去，不知如何自處。裡面的人，要嗎是去禮拜，要嗎是禮拜完了，全家席地休息。我進去可以做甚麼？光站著也不成，他們會當我怪獸來看的。市政府的「開放日手冊」說開放日有人導遊，看來這個宗教不及佛教、更不及基督教的熱情。

　　神壇上有四幅畫像，三大一小，當然都是滿臉于思的，應是教主Nanak和列位祖師吧。不停有人進出「神堂」，進去就是為了去跪拜，合掌，伏地，叩頭，然後起身。就可以走了。錫克教是十五世紀時，由教主將印度教與回教調和而成的，不拜神，不拜偶像，只拜教主和祖師們。

　　我在門邊一直觀察，發覺他們進門、出門，有一定的禮儀：進門時，先用右手觸地，然後觸一下眉心、也有觸一下心口、或

者合十，看來，觸地是必須的。眉心、心口、合十，應該是越來越簡化。從其性別、年齡的差異，我有此推測。見過一個老婦，不是右手觸地，而是兩手分開著地，隨即兩掌相對，向中間一撥而合，才觸眉心。我想這是簡化之前的「繁體」，這種撥法，一定有些甚麼寓意吧。

他們走出「神堂」的門時，先轉身，一百八十度，也就是進門時的面向，做進門時一樣的動作，才再轉身離開。不過，一些青少年男子，會任何動作都不做的，只是進去跪拜。

看了大概二十分鐘，走了，大門口附近，仍然站了數以百計的印度人，不知在等甚麼。終於讓我見到一對白人老夫妻，要進去參觀。黃人呢？我在停車場取車時，見到一對老夫妻，丈夫在開車，見到我，向我點頭招呼，他是唱歌的朋友，上海人金光沐！

拟　　2009.5.4.夜。凌晨了。

藝文「家訊」

美玉：

　　因為用Minoru長者中心的電腦，這幾天沒有去圖書館，原來這個五月，亞裔月，有不少節目。例如：有一個免費的「Writers Workshop」，由出生於溫哥華的本地作家Jen Sookfong Lee主持，看姓名就知道，她不但是亞裔，還是「粵裔」，應該更是「港裔」，估計叫「李淑芳」，她將指導寫作「家史」、「自傳」，這正是她所擅長。對，一般人苦於沒有寫作題材。對自己，自己的家庭，不是最熟悉嗎？如果一把年紀，還愁沒有故事？

　　你曾建議Harry Chan寫回憶錄，中文不熟練就用英文，他在抗戰時，與舒巷城同行，是美軍翻譯官。八十幾歲了，時不「他」與，幸好，他記性還好。他心境極年輕。何以見得？你回來就見得，三個禮拜前開始，八十幾歲的他，左耳耳珠，戴了一粒鑽石，疑似的。

　　小型的「新亞洲電影節」原來就在烈市文化中心、也就是圖書館舉行，是亞洲電影或是亞裔人製作的電影，短片十二套，其中二套為故事片，其餘為記錄片。票價五元，可全看。

　　梅子的《城市文藝》寄到，「舒巷城逝世十周年紀念特輯」很豐富，應是他生前、死後在文藝報刊上出現過的十二個「專輯」中（生前五、死後七），最豐富的一個。

　　張五常的「花千樹出版社」原來托「巷城嫂」陳月明主理，

舒的資料她保存得很好,十年來,已編輯出版了舒巷城著作二十種,還在出。日前問我兩篇短文〈哭舒巷城〉〈三化本土性〉的出處。

我只知道她原居馬來西亞,是舒的「粉絲」,我未見過她的文筆,她一向比舒更低調,以致那次與聶華苓之聚,我以為她沒有參加。此特輯有她的長文〈天長地久〉,自然、清澈、有情。張五常的文章打頭陣,名為〈舒巷城當可傳世〉。南洋詩友秦林、蔡欣、英培安,都有短文。

陳維廉今屆當選了「烈治文中國書畫學會」的會長,年青有為,最近幾個月的月會扭轉頹勢,座無虛席,聽眾陸續入會,他說連洪子珺、謝琰也加入。他多次說,像我這些元老,應該恢復多來。我「耳仔軟」,答應參加下個月在「松柏藝術館」的年展。原來今年是創會三十周年,上次在「中信中心」的,記得是二十五周年,那次你我都有參加,時間真快。

我對他說,我又忙又懶,我請他代我送件,趁昨天晚上的月會,把展品交給他,就走。我選的是甲骨文書饒公早年的〈己亥除夕花市〉詞,行書釋文,桃紅灑金箋。預料一新觀者眼界。

今晨,偶然經過Minoru長者中心的大廳(稱Lounge,全是沙發的),琴聲悠揚,原來是「Infinitus Music」三人組免費音樂會。上周我也見到海報,是一印裔、兩華裔青年,在機場那巨型卑詩玉第一民族雕刻前合照,也不知是聲樂還是器樂,不準備聽。

出乎意外的悅耳。印裔小提琴,華裔像是雙胞,一小提琴,一大提琴。三人都有一定水平,選曲是古典的,不太長,很合聽,有表現冬季戶外的風雪,也有表現室內爐火的溫暖。琴聲是不經現代器材的原聲,或許因為這個Lounge的大小適中,共鳴特

佳，比在音樂廳所聽的親切，由此可見「室樂」特殊的氣氛，是不可取代的。

懶洋洋安坐沙發，放眼落地玻璃外或開或謝的春花、輕薄的春陽，圍繞著我們的疏落的樹林，琴聲，讓我感到：大自然和社會融為分不開的飄蕩的氣體了。

撝　2009.5.6.

BigBike籌款

美玉：

　　昨天晨運後，我們「晨運會」有一個特別活動，為我省及育空地區心臟、中風基金會籌款，名為「BigBike籌款」。我知道得遲，否則我也會參加。晨運會每年都為基金會籌得幾千元，以往沒見過這種方式。

　　像百萬行那樣，參加者找親友捐錢支持。但不是步行，是踩單車。因為是巨型的「單車」，二十九個人一起踩，由警車開路，踩過烈治文的街道。一些比我年長的，像「婆婆李」也有參加，像我不大會踩，或者不敢在馬路踩的，應該也沒問題吧。

　　我匆匆吃過早餐，趕到出發地點，Steveston社區中心的停車場，為他們打氣。誰知來捧場的人只有兩三個，相信是因為很多長者不開車，要乘巴士來，不方便。

　　那「BigBike」是由一輛專門的拖車乘載運來的。它，並不是我們曾在電視、報紙上見過那種，正常單車的延長，由一個人延長到十個八個、十幾二十個，單行的，要維持平衡的。它很寬，三人並排坐，共十排，全車是長方形的，四角各有一個汽車的輪子。座位很高，但寬大舒服。它與真正的單車，只有兩點相同：把手；靠腳踩「腳踏」移動、前行。

　　第一排最左一個，把手不是單車的，是汽車一樣的圓圓的「方向盤」，相信那人才是司機，其餘二十幾個只顧踩就是了，三十個人，有幾個不踩，也可以濫竽充數。我想，這種

「BigBike」平時無用處，造它出來，專為籌款吧。

　　我是第一次見到這種「單車」，很多人和我一樣，所以感到很新鮮，很有趣，紛紛爬上去作狀，拍照留念。當時尚未開始，袁師傅不上車，我是唯一的男士，我不客氣，坐在司機位，拍了幾張，很好看的。

　　我汽車的停車位限半小時，我走回停車處取車，不一會，見一警車在外面馬路慢駛，原來已經出發，那「BigBike」跟在後面，車上眾友一律穿上「晨運會」的紫藍色T-Shirt，白褲，一路搖動著手中的甚麼，一路向路人歡呼。時間夠了，我只好離開，也不知到哪裡好。後來覺得，我不夠靈敏。如果你在身邊，你會說：「馬上開車，跟在他們後面！」

　　撝　2009.5.7.

草長・拖字

美玉：

　　這一封信，打算寫一些零碎的家事。近來雨水與陽光交替，草太長了，蒲公英的黃花長得肥大，高的近尺，生死不息。不是「生生不息」。後園部份地方的草，超過一尺。忍不住打了兩次電話催「剪草林」，他說如果後天星期一不下雨，就來。

　　水晶梨的花落光，我們那品種的櫻，兩三天前開始落瓣。今年，後園鄰居的白花櫻桃樹的枝，明顯侵了過來，與我們的紅櫻交錯，比紅櫻還高。那裡還有最頑強的紫竹，三者作持久的混戰。我曾擔心紅櫻被它們倆奪去營養，開不出花來。幸而，今年花還是不少。

　　剛才開簾一看，Scott長眠處那兩株白杜鵑，已經含蕾幾十，暫時呈紫紅色。白樺腳那種像蛋黃色罌粟的草花，開了很多朵。

　　京表妹要的五個字，鄭、葉、湯、京、沛，未寫，拖了兩三個月了，其實一早設計好了，要寫，半個晚上就可以了。我自己也說不出理由。也可以推為「靈感」，它來，一揮而就，又快又好。不來，就沒心情，寫也寫不好。這是最易令人理解、入信的理由。不過其實，這種甲骨文，靈感的「需要量」是很少的。

　　相反來想：既然甚麼時候寫都可以，那就先放下來，做一些不是隨時都可以做的事，如，寫詩、寫文、寫信。如，受時間規定的：晨運、早餐、唱歌、看電腦郵件、電視新聞、外面的文娛活動。你看我的「匯報」可見其豐富。

不好意思寫信給京表，但她有教養，雖然忙，也不時來幾行，說說近況。她除了到處打高爾夫球，時間很多用在家務，現在更開始園藝，她對這些很有興趣似的。

　　我就相反了，園藝完全不做，花不出，果不結，算數。吃穿簡單，一個人更簡單，吃些現成的、到外面吃。因為我的時間，除了晨運、玩，都用在看和寫上面：詩、文、信。現在，家裡不「執拾」，亂到不得了。現在有得寫，我就把時間全花在「寫」上面了。京表有時來郵會問：你近來如何？之類。不知是客氣話，還是真想知道，我也無暇回答，轉發兩三封給你的信，不是更詳細嗎？她看中文，方便程度與看英文，想必相差很遠，看我給你的信，也許「太詳細」了。

　　五個字，一直拖，原因之一是她曾在一次電話中說，今年秋天，九月，她來溫時取。可知她是準備秋天才收貨的。我那時很積極，花不少功夫準備，但是那幾筆，就一直不寫。說不過去，也內疚。別人也會覺得我怪、遠（即不近）人情，近乎無信用了。好了，現在決定，你從澳洲回來之前，十天內，我一定寫好寄出。不是你催我，更不是她催我，是我催我。要說的「零碎的家事」，沒有說，夠長了，下一封吧。

　　撝　2009.5.9.夜。

俄、蘇的旋律

美玉：

　　最近在晨運場地，有時會見到文野長弓（張祺）及其太太。張太太喜歡唱歌，上幾個星期一，我曾順便帶他們倆去了一次 Thompson 的卡拉OK。原來葉太太認識她，以前跟過她學跳社交舞的。那次我和張太太合唱了首印度歌《拉茲之歌》，又特地唱了首《花樣的年華》，開開他們倆的「耳界」。

　　日前，張太太借了本家藏歌書給我看，《外國百唱不厭歌曲》，四川人民出版社，一九九一。有不少歌，和我失散了五十多年了。有些旋律極好，記得，但歌詞就一直只知道很少部份，就像我幾歲大未識字，就唱過不少不明內容的粵曲和國語時代曲一樣。現在抄兩首，都是蘇俄的：

　　《北方的星》，是俄國的舊曲，格林卡（1804-1857）作曲，羅斯托普齊娜作詞。「一座高高的樓，裡面房子緊相連，在其中有一間光線最明亮，裡面住著未婚妻，她比誰都可愛，好像北方的星，比群星更光輝。她在痛苦裡懷念遠方人，她那一顆顆的淚珠，滴落在她訂婚的戒指上。未婚夫出門去，到那遙遠的地方，要等不少時光，他才能回家鄉，等到春天來臨，他就要回來了！快樂將隨著太陽升起。」原來如此。

　　《遙遠的地方》，蘇聯，諾索夫作曲，丘爾金作詞。「在遙遠的地方，那裡雲霧在飄蕩，微風輕輕吹來，飄起一片麥浪。在親愛的故鄉，在草原的小丘旁，你同從前一樣，時刻懷念著我。

你在每日每夜裡，永遠不斷的盼望，盼望遠方的友人，寄來珍貴信息。（此四句重）」、「蔚藍色的天空，覆蓋在你的上面，河水急流飛奔，大海洋在咆哮。偉大的俄羅斯啊！她是這樣的寬廣，這就是我們親愛的、蘇聯祖國。在這遙遠的邊疆，我又在懷念著你，你就是我的曙光，就是我的希望。（此四句重）」、「在遙遠的地方，在大森林的那邊，我是時刻在保衛著你和祖國。為了你的幸福，為了祖國的安全，永遠不准敵人、再侵犯我邊境。我守衛在這邊疆，在緊張的生活裡，我永遠不會忘記，我最親愛的人。（此四句重）」原來如此。

　　撝　2009.5.11.夜。

存在有其理由

美玉：

　　你來郵提我，說：「天氣好的時候，應出戶外。」你以前也說，這裡與亞熱帶的香港不同，陽光較少，本地人一見到陽光，就出去曬。你也是這樣。其實，我近來發覺，像這些，我也漸漸向你看齊了。

　　你還不知道，這些天，下午，我一般都在家裡打電腦，但如果見到太陽已經曬到停在門口的車子上，我就拿了電話、書報出去，戴了cap，太陽眼鏡，躺臥在車裡曬，擱起伸直的腳，看書報，閉目假寐，很暖，很舒服，有時會睡著。打完這篇，我又要出去曬了。

　　飯餐的食物隨便，不正常，缺少菜，我會煮一些西生菜，紹菜，或者炒一些芽菜，這些都是免洗的、省時省工的，當為零食、小食，又可以保證大便暢通。其實這也是學你的。

　　記得二十年前我初到貴境，見白人穿了十分整潔、新淨的運動服、運動鞋，女的還化了妝，很隆重似的，駕了私家車，到運動場來，做甚麼？行圈而已。當時我覺得「可笑」，現在呢？我將來呢？想來也是如此。

　　在「客人」看來，或者覺得可笑。但客觀存在的事實，往往都有其自己的理由，當事人覺得合情合理。等到「客人」漸漸同化，身份轉為本地人，「當事人」，也就不覺得奇怪、可笑了。

　　提到可笑，前時，一文友說，寫詩若以是否傳世為念，是

可笑的。但我覺得並不可笑。這點，若要我說，還有很多話可以說，但一定情同於「辯」。我好辯，但有些人不（愛）「好」，認為不值得，並以此為苦。正如你愛「數讀」（還是讀數？）不愛猜謎、下棋，以之為苦差。我以辯為樂，他以辯為苦，各行其路就是。

　　　搗　2009.5.11.

古典的歐洲歌

美玉：

　　張祺太太借給我的《外國百唱不厭歌曲》，一些我很喜歡的蘇聯歌，如《海港之夜》，沒有，歐美的流行曲，完全沒有。卻有許多歌劇的選段、和認真古典的歐洲歌。從中，我也見到不少我青年時曾經喜歡唱的，下列的就是。中學之後，五、六十年代之交，買歌書自己在家獨唱自娛的。

　　《野玫瑰》，歌德詩、舒伯特曲。「少年看見紅玫瑰，原野上的紅玫瑰，……玫瑰說：我刺痛你，使你永遠不忘記，我決不能答應你。……」《鱒魚》，舒伯特曲。「明亮的小河裡面，有一條小鱒魚，快活的游來游去，……那漁夫帶著釣竿，也站在河岸旁，……」《握別》，〔英〕J.P.奧特威曲、李叔同詞。「長亭外，古道邊，芳草碧連天；……」

　　《小夜曲》，〔意〕卡什曼詞、德里戈曲。「皎潔的明月，高高地掛在天上，……小夜鶯嘹亮的歌聲，就在你的窗下鳴響，……」《小夜曲》，〔意〕佚名詞、托塞里曲。「往日的愛情，已經永遠消逝，幸福的回憶，像夢一樣留在我心裡！……」《倫敦德里小調》，〔愛爾蘭〕A.P.格雷弗斯詞。「我心中懷著美好的願望，像蘋果花，在樹枝上搖盪，它飄落在你溫柔的胸膛，親密作伴！……」

　　《寧靜的湖水》，〔英〕柯慈（1886-1957）曲。「皎潔月光，把美麗小島和湖水照亮，在湖水旁，兩情依依，心兒在

跳盪；……」《小夜曲》（選自歌劇《天鵝之歌》）。〔奧〕雷爾斯塔甫詞、舒伯特曲。「我的歌聲穿過深夜，向你輕輕飛去。……」

另有一首《我曾愛過你》，〔俄〕普希金詞、舍列米切夫曲。這歌我未唱過。普希金不愧為俄國首席大詩人，出手不同凡響，值得全抄：「我曾愛過你，愛情也許還沒有完全從我心靈中消失；但讓我的愛情別再煩擾你吧！我不希望使你難過悲傷。我曾經默默絕望地愛過你呀！我曾忍受怯懦和嫉妒的折磨。我曾經那樣真誠溫存地愛過你！願上帝給你愛人，像我一樣！」

　　撝　2009.5.12.

初聽周璇，初見周璇

美玉：

　　這兩天寫了蘇、俄的歌和一兩百年前歐洲的歌，現在回到我們的卡拉OK吧。

　　最近幾次，大陸新移民同胞已經絕跡。她們第一次時，來了十幾人，當時「萍姐」說出口：將來、慢慢，國語歌壓倒粵語歌，甚至會變成完全唱國語了。但我不擔心，因為輪流每人唱一首，是公平的，你覺得她難聽，但她要聽你的，也許更難受。因為你會聽國語，知道她唱甚麼，看字也明白，她不但聽不懂，也看不懂你的廣東字；粵劇的唱詞，太古雅了，同樣看不懂。還是那個叫Tom的斯文白人，有時會來，靜坐後排，看字幕上的漢字，聽我們唱。

　　這兩次，新來了兩個比較我們都年輕的、香港背景的時髦中年「師奶」，簽名時一個簽姓鍾，一個簽「靚師奶」。兩人雖風趣，但有禮。上次她們第一次聽我開聲，我唱了周璇原唱的《鳳凰于飛》，費玉清版。她們「驚艷」，尤其是國語發音。

　　後來我又唱了周璇版的《漁家女》，阿鍾第一次見到從三、四十年代周璇的黑白電影剪下來的片段，驚喜。說可以見到當時的實況，說也要叫她的兒子看，以前的中國是這樣的。

　　因此，這兩次，我就盡量唱周璇，選有電影片段的。《瘋狂世界》《星心相印》《街頭月》《月圓花好》《花樣的年華》《永遠的微笑》之類，甚至留一部份，不「消音」，我停唱，讓

大家欣賞周璇的原聲。

　　阿鍾一聽到《天涯歌女》的第一句，馬上說：「像小孩子的聲音。」我說：對了，她最初期的，就是童聲，後來大了就不一樣。她見到周璇的歌舞鏡頭，又驚異，說：「那時就有這種長裙？和現在的一樣！」我把我這片《金嗓子·周璇紀念特輯》借給她，讓她叫她兒子翻錄一片。她也知道，李Sir曾稱我為「男周璇」的。想不到「阿鍾」會對此特別有興趣。其它人沒有的。這真好。她甚至認真的說：「我當你是我的偶像了。」

　　撝　2009.5.12.

是夢是真長亭柳

美玉：

　　昨晨在Thompson，我特地唱了一首費玉清版的《是夢是真》，這歌以前未聽過，不知是誰原唱。我唱之前，先講幾句，說：「這歌叫《是夢是真》，是極之緩慢、斯文的，我在家裡聽了兩三次，未唱過，現在是世界首演。我會盡量學費玉清的唱法，雖然他有點娘娘腔。」全場從未有過的肅靜。

　　　　昨夜的月色淒迷
　　　　松林也停了呼吸
　　　　我想著夢中的你呀
　　　　分不出是悲　　是喜

　　　　嗯～～啊～～

　　　　今夜的月明如鏡
　　　　我倆在隄上同行
　　　　讓我問夢中的你呀
　　　　這究竟是夢　　是真

　　唱罷，熱烈鼓掌。其實是這歌特別，又特別好。曲詞只有八句，分兩段，兩段是相似的。很詩。旋律也極簡單，與曲詞絕

配，天衣無縫，的確是「疑夢疑真」的氣氛。不知作者為誰。

　　昨天我還有一個新招，我請愛唱粵曲而又對徐柳仙的《再折長亭柳》熟悉的，連我四位，三女一男出來，合唱，是清唱。（此曲首段「禾蟲滾花」本來就是清唱，是難人的）一齊背誦，背到不記得了，就停。我請粵曲唱得最好、最有味的韓爺的太太，韓太太起音定調。

　　〔禾蟲滾花〕別離人對奈何天，離堪怨，別堪憐。離心牽柳線，別淚灑花前。甫相逢，才見面。唉，不久又東去伯勞，西飛燕。忽離忽別負華年，愁無限，恨無邊。慣說別離言，不曾償素願，春心死，化杜鵑。今復長亭折柳，別矣，嬋娟。唉，我福薄緣慳，失此如花眷。

　　〔柳底鶯〕淚潸然，唉，兩番賦離鸞（重句），何日再團圓？心有萬言待嬌訴，腸欲斷。悵望，花前。如今也未見，未見，未見，未見伊人未見〔序〕。怨天，怨天，怨天空自怨天。望眼將穿，望眼將穿。

　　〔二黃〕衷情待訴，唉也也，我心似，梅酸。紅豆相思，深感碧玉多情，不幸分衾，任使夢隨，雁斷。漬雨梨花，宛似替人垂淚。愁牽草木，況有一樹，吟蟬。別離間，空感嘆，磨劫重重，虧煞我情深，一片。

　　〔乙反〕痛分飛，離愁疊疊，將使我夢倒，魂顛。各一方，人萬里，未必明春，便見得歸來，紫燕。

　　〔昭君怨〕……〔苦喉龍舟〕……〔正線〕……〔二黃〕……〔秋江別中板〕……〔二黃〕……〔花鼓芙蓉〕……〔二黃〕……〔滾花〕……

　　記不住了，有兩個先後中途離隊，我到〔昭君怨〕之前也背不出了，還是「萍姐」有本事唱下去，不過下課時間到了，大家

都忙於收拾，要去飲茶了。

　　「萍姐」平時不唱的，想不到記得最多。她說這些粵曲和周璇的歌，都是十來歲時唱的。而我，是只有幾歲的時候唱的。巧了，是同時唱，還是在澳門同時唱的。

　　撝　2009.5.12.夜。

文友文情

美玉：

上周某日上午，我趁天雨之機，到老人院探「韓爺」。地點很容易找，因為前一陣，他那住在Hope的政府工程師兒子來探望他，用車載了父母，來晨運地點探班，我問了詳細地址，是「Richmond Lions Manor」，11771 Fentiman Place，Richmond，BC，V7E 3M4。房號523。

韓太太一早關照，不要買東西去，帶一份日報去他就很歡喜。那天我就買了一份《明報》，連同最近兩期的《松鶴天地》《健康時報》《真理報》，我的書法集及場刊。原來他未見《松鶴天地》久矣，這一份他任校對十多年的月刊。「情」字怎樣寫？

他一直讚我氣色好，其實他自己也紅潤，只是行動不便，上兩周自己撐了拐杖要去搭巴士，地濕，滑倒，不自覺衝口而出：「耶穌救我呀！」路人扶他回老人院。我勸他以後不要單獨出門了。

搬進來僅幾個月，食（每日五、六餐，可惜是西餐）住，有人洗澡，每月九百二十元，內含政府補助。想不到他已九十一歲了，他腦筋、眼睛仍靈敏，但忘了我姓名。現在還有興趣寫他的打油詩、諧文。桌上的新稿，寫「得」字及「飛」字成語。我指著我的書法集說：你漏了一個「鯨躍鷗飛」。

開午餐了，他送我到大門口，我偶然看見放住客訂報的箱

子，有些還沒取走的，有英文的「太陽報」、「省報」，疊在上面的是《星島日報》，巧了，訂報者是住在619房的「Wong Kit Sum」。王潔心？去年夏天，葛逸凡就說她癡呆、胡塗了，不會回家之類。她本來是特別熱情、精靈的，我奇怪為甚麼會突然癡呆。

我在文友前表演式的唱歌，開始於前年洛夫的慶生會，王潔心與韓牧合唱周璇、姚敏的《星心相印》。那晚我還對她說：香港的《文學研究》季刊，有香港作家筆名錄，內有她。她驚喜。可能因為她主要活動地點是台灣，只是早年在香港，在「培正中學」教書，她曾說，當時她是惟一能說標準國語的教師。

巧上加巧，韓爺在香港時，就是辦「培正中學」的食物部，可說「同事」，韓爺說，下次來，找她一起談。我考慮到韓是否能講國語，王又是否能講粵語。王在香港教過書，應該可以的，不是只教「國音」吧？下次來，我記得帶《文學研究》給她看。她會知道我是誰吧？

你在香港陸續寄來的書，應收齊了。《文學研究》2007年一套，《情詩三百首評釋》，《爐峰文集2008》《爐峰雅集五十年》（居然有兩次提到韓牧，意外）《陳耀南讀杜詩》，陳耀南《治心雜詠》，李若梅《梅散入風香》（不知她為甚麼要請臧克家題籤？）而《圓桌詩刊》則未收到。

另收到圖書館對贈書的謝函：國家圖書館（北京）、國家圖書館（台北）、廈門大學、北京大學，香港大學、北京師大、南京大學、中山大學（廣州）、華僑大學（泉州）、華南師大、復旦大學、暨南大學（廣州）、澳門大學、香港教育學院、香港中文大學、清華大學（北京）、國立台灣大學、淡江大學（台北）、澳門中央圖書館等。有趣現象：出謝函的，都是有名氣、

有規模的大學。

今天收到康幼琳的請柬，原來她任團長兼指揮的「遠道合唱團」已成立二十五周年，6月21日晚上，在UBC陳氏演藝中心，辦「如詩如歌合唱之旅」，售票的，但請柬寫「預留貴賓券在音樂會入場處領取」。

場地是一流的，就是上次聽俞麗那拉《梁祝》那地方。你有興趣否？可開車去。我的考慮是：吃了人家的入場券，是否要用文章做回報？是我多慮？最多是「寄望」，不會是「請求」。

　　扬　2009.5.13.夜。

種給鳥獸吃

美玉：

　　今晨收到張麗娜轉來一個電郵，〈玉米田的奇蹟〉，很有意義，立刻廣為轉發給至親好友。話說台灣雲林縣有一戶種玉米的，因老鼠偷吃，建圍牆隔離，無效。放些紅蘿蔔、玉米、花生，專門給老鼠吃的，好轉。農戶想：老鼠所需也不多，壞在牠們胡亂吃，到處咬，於是特別在南面種兩排玉米，專門給牠們吃的。

　　原來老鼠也會意，就是吃這兩排，依順序吃，又很會惜物惜福，連玉米的穗、軸、桿都吃光，不去破壞其它的玉米。

　　我聯想到，十幾年前我有空做園藝，種了三株迷你番茄，吃不完，叫附近的小孩來「收成」。我又種了十幾株向日葵，葵子就是專門給路過的鳥兒吃的。《環保多元角五言聯》有一副如下：

　　　野雀窺葵子
　　　家貓戲蝶兒

　　　今春埋下向日葵子，盛夏長出十八株，幹高如我，花大如面，結子無數。時見小鳥黑頭白面，停圍欄上，意欲啄食。小貓愛捕蝶，姿態極活，一靜一動，成對。

十多年前我在後園與後鄰的共用圍欄處，種了紅、綠、紫三種葡萄，也是讓沿圍欄頂跑來的松鼠偷吃的。我沒施肥、整理，成熟時，總不及當時市場上賣的又大又甜又便宜。葡萄粗生，生到圍欄外的走火徑，也方便路過的孩子以至大人，隨手採摘、解渴。

葡萄藤越生越多、越長，纏住後鄰的杜鵑花樹。幾年前，後鄰的Ian問我，我說這些葡萄我不吃的，他說他也不吃。他說想鋸掉，我說隨便。過了兩天，我出後園看，誰料他是在粗於手臂的樹樁處下鋸。我心中可惜。

又誰料，其中一株，入夏，又長出枝葉來，像以前一樣旺盛，不久，葉下吊起一串串紫葡萄。

到如今，又過了幾年了，松鼠、路人仍然有葡萄吃。幾個星期前，我偶然走到那裡，發現草地上有一截截乾枯的葡萄藤，甚麼回事？原來，不知甚麼時候，它們受了「鋸刑」，下鋸處更低。我希望觀音菩薩、天主聖母瑪利亞保佑，起死回生，入夏再長出枝葉來。

如果不長出來呢？考慮再買、再種一株。騙Ian說是自己吃的，你說好嗎？

撝　2009.5.13.

尊重生命

美玉：

後鄰的肥貓Shadow好一陣沒有進來了；這一兩個星期有來，但來得不是時候。現在天光得早，有一次，早晨七點五十五分，我開門，要趕及八點正開始的太極，牠聽到我開門、關門聲，急忙繞到前門來。我哪裡有時間開門餵牠呢？真是不好意思。我明天早幾分鐘開門，你來，就進門餵你吧。

第二天，我已忘了這事，一開門，牠又跑過來。太極不能遲到，我上車，牠跟著我。我打火，才嚇跑了牠。到我下午回家，特地繞到後園叫牠，沒有出來，幾次都這樣。

前幾天，早上開門，牠又跑來。那天我稍為早了兩三分鐘，就進門餵牠。現在吃的這些「溼糧」，魚、海產、牛、雞，牠都喜歡吃。但我要從雪櫃取出來，加點水，放到玻璃碗，入微波爐，十來秒。牠很快吃完，不貪多，不再問要，就很滿足了。我馬上抱起，放到門外，關門，開車。

你買的生的葵花子，我放在車上。昨天開到Minoru長者中心的停車場，巧遇松鼠，取出放在空車位的地上，引牠過來吃。我蹲下，不斷拍攝。有車經過，要泊位，見我餵松鼠，靜靜的離開另找，好像怕驚動了我們似的。

松鼠不知飽的，不能餵得太多。我已餵了兩把了，等牠吃光，我也拍完，用英文說：「太多了，明天吧。」站起來轉身。

原來我背後站了一個洋漢，笑嘻嘻的看著，他等松鼠和我都

離開了車位，才去開他的車門，上車。原來他的車就緊貼著這個空車位，是輛貨車，他是職業司機。不知他在我背後等了多久，也不知他要不要趕時間。「對不起，不好意思。」他已坐到司機位上，笑笑。

　　我感到這裡的人，對別人、對動物、對植物，總之是生命，都尊重；甚至是一塊沒有生命的石頭，都尊重。

　　撝　　2009.5.14.

百聽不厭

美玉：

　　每星期有一次到社區中心唱卡拉OK，你我都發覺：每個K友，每次可以輪到唱三、四首自己喜歡唱的歌，奇怪，每次唱的，幾乎都是同樣的歌，對聽者，未必是「百聽不厭」，在唱者來說，正是「百唱不厭」。

　　其實，自己不也一樣嗎？我唱來唱去，也是那幾首周璇、費玉清，舊時代曲，外國民歌。每個人，家裡都有設備，可以練習，這種「聚唱」，是點有「交功課」性質，甚至「表演」性質。把自己最喜歡的、唱得最好、最熟的「示眾」。我就是這心態。我想別人也差不多，不是將自己陌生的、難聽的要人人去聽；這不道德，自己也出醜。

　　不少自己最喜歡聽、喜歡唱的，是童年、少年時聽慣的、唱慣的歌。陌生的不唱，新的更不唱，這就形成了循環，熟者越來越熟，生者越來越生。

　　以前到中國大陸各省各地出差，我有一個深刻印象，宴會中，主人一定強調，當地的菜，是全國最美味的。四川這樣說，湖南這樣說，江蘇這樣說，北京、河南、河北、湖北、浙江、遼寧、吉林、黑龍江等等，莫不如此說。我就不覺得北京的「拔絲蘋果」、黑龍江的「飛龍」有甚麼好吃，不厚道說句：難吃。

　　他們沒有說謊。他們是真心覺得好吃。這種宴會的菜，一般也是該地最頂級的。我想：他們也許沒有吃過外面的好東西。童

年開始習慣了的家鄉風味，親切，甚至到老、到死也認為是天下美味，這是純主觀。人的口味頑固。

原來人的聽覺也是頑固的。唱K時，對自己所唱的，喜歡甚至迷戀、崇拜。但當你唱時，許多人就是去「關顧」他們自己帶來的「愛歌」，無心聽你唱，因為你唱的歌，他不喜歡。

人人每次唱來唱去，都是同樣的幾首，讓我聯想到：周璇、鄧麗君這兩位時代曲的頂級巨星，生前所唱數以百計，能「百聽百唱不厭」的，也不過三幾首。我們這些寫詩的，一生所寫數以千計，能有兩三首代表作真正流傳，就萬幸了。這種代表作，必須具備一個「本事」：「人人百聽不厭」。這就萬難了。

　　擬　2009.5.28.

第九輯　靈異

團聚的願望

平安夜過了，還在下雪，預測，除夕夜、元旦日，還是要下雪的。溫哥華二十多年來，從沒有一年下這麼多的雪的。

我記起了二十多年前烈治文發生過的一件關於大雪的事。趁現在還記得清楚，給記錄下來，是「有趣」的，不是「故事」，是「實事」，雖然也許你們不相信。

一個住在烈治文鎮（那時尚未升格為市）東鄰的素里市（Surrey）的德裔工程師，常常要到鄰省、阿爾伯特省出差的。那年年晚，他要趕回家過年，除夕，他乘飛機回到「溫哥華機場」，我們的機場名為「溫哥華」，位置其實在烈治文範圍內。他在機場取回自己的車子，已時近子夜了。

天寒，下雪。他沿著Westminster Highway向東開。先說一說地理：這條Highway從烈治文最西的海邊，向正東，攔腰穿過烈治文的全境。它依次與南北向的「第一路」、「第二路」……一直到「第九路」，直角相交。與「第三路」相交處，目前仍是烈治文最最繁盛之地。過了「第五路」，就是人煙稀少的農田（夏秋時份，我喜歡與美玉開車到這一帶，欣賞農田風光，買些瓜果、盆花），過了「第九路」，上橋、過菲沙河，就進入素里市境了。

除夕子夜，他孤零零的開著他的車，向東，開到「第七路」路口附近，他忽然「醒起」剛才經過「第六路」路口之後，矇矇矓矓好像在右邊農田的圍欄上，「晾」著一個人。會不會是被凍

僵的人呢？救人要緊，他馬上掉頭向西，開回去看。

到了那裡，他見不到甚麼。開門下車，踏過積雪來回細看，也沒有發現，於是上車，開車，向東，向「第七路」的路口去。

他突然聽到一個男人的聲音：「麻煩你，請一直走，在第七路的路口停一停。謝謝你。」聲音從車的後座發出的。他瞄瞄「倒後鏡」，沒有人，他也不敢回頭看，只管開車。

到了第七路的路口，他停了車，聽到後座的門開了又關，有聲音說：「謝謝！」

他這時才知道害怕，匆匆開車回家。下了車，他檢視，發現後座放腳處有水跡，分明有人進來過。

這位德裔工程師的性格，是典型德國人的理智和認真，他一定要追查這一奇遇的真相。到底這兩個路口之間的一段，發生過甚麼事沒有。

他花了不少工夫，查舊報紙，給他查到剛好十年前的除夕夜，烈治文有一宗命案：溫哥華一個離了婚的男子，除夕夜，為了要與子女團聚，子女跟前妻住烈治文的第七路，他自己沒車子，坐別人的順風車，應該是在第六路路口就下了車，走，風雪嚴寒，死在半途。這是十年前本地報紙的記載。

心底團聚的願望沒有達成，死不心息。十年後，同樣的地點，同樣的風雪，同樣的日子，除夕，同樣的時間，子夜，同樣有一部順風車，是一個等了足足十年的機緣，把願望達成。

2008年12月26夜。

蘭里市的吉屋

現在回憶發生在大溫哥華地區的一件往事，當然也是一件奇事。

大溫，有一個市叫「蘭里」（Langley），它的位置如何？溫哥華市之南，是烈治文市；烈市之南，是三角洲市；其東，是素里市；再東，就是蘭里市了。「蘭里」比較偏僻，幅員比較廣大。溫哥華與烈治文，面積相當，兩市加起來，才有「蘭里」的大小。

那一年，溫哥華有一個居民，姑且叫他做「Bob」吧，他也許快要退休了，希望在蘭里買一間屋，搬進去養老。Bob很愛大自然，他希望他的後園大，後園之外有很多天然的大樹，陰森荒涼些不要緊，難怪他找屋找到「蘭里」了。

有一間屋出售，後園很大，其外又有很多大樹，正合其意。他約了地產經紀Rose那天看屋，各自開車去，約定下午六點在屋的門前集合，然後由Rose帶他進去看。

那天Bob到得早了些，未夠五點半就到了，他把車子停在門前的路邊，坐在車裡等。他看到屋外的環境，很合他的心意。

當時是秋天，下午五點半，天就開始黑了。忽然，屋裡的電燈亮了，門打開，一個老人，向他招手，問他是不是約好Rose來看屋的，請進來看。Bob說是，但要等經紀來了帶他進去，這是規矩。老人說，屋是我的，不要客氣，外面冷，先進來看看吧。

老人帶Bob進了屋，Bob見到裡面的間隔不錯，家具、陳

設，尤其雅潔，滿意。屋看完了，Rose還未到，他還是走回自己的車裡，等她。

六點鐘，Rose到了，要帶他進去。Bob說，剛才我已經進去看過了，很滿意，不必再看，我決定買了。Rose說，不行，我們經紀的責任，一定要帶客人看的，一定要進去一下。

他跟著Rose進屋，一看，嚇死了，屋裡陳舊，家具都用床單蓋著，有蜘蛛網，而老人不見了。

Bob說，我不買了。Rose說，剛才你不是說決定買嗎？Bob猶豫難答。

正在此時，Bob的手提電話響了，對方說：「是Bob嗎？我是Rose，對不起，因為塞車，我要遲十五分鐘才能到，請等等我。」Bob瞄一瞄面前的女人。

2008年12月29日。美玉說，新年「流流」，這種故事不要多寫，好，先停了。

新婚妻子，情抗冰雪

今天不下雪了，下大雨；可是大雨也沖不走太厚的積雪。希望雨不停的下，溫度升高，我的白馬早些蘇醒，冬眠結束。

際此風雪嚴冬，讓我回憶一個發生在嚴冬的「故事」，不是「故事」是「事故」。時間是十多年前，地點是我卑詩省北部一個小鎮、以及北冰洋上。

這是有「實事」的「事實」；有「事實」的「實事」。雖然，正如〈團聚的願望〉一樣，也許你不相信。這裡面的年、月、日、時，地名、人名、等等，本都是實的，具體的。甚至有具體的貨價、數量，可惜我記不住，只好籠統的說，或者用假名代替。「事故」的骨架是真的，細節會遺漏，但不會增添。

大衛，居住在我省北部一個海邊小鎮，是個專門網捕「皇帝蟹」的「漁民」。那年冬季特別寒冷，出海捕蟹的人很少，因為比較危險，萬一海水結成堅冰，漁船動彈不得，船上的人會冷死、餓死的。

也許因為很多人不敢冒險出海，那一年，亞洲對「皇帝蟹」的需求甚殷，定單頻來，甚至價錢出到雙倍。大衛剛結婚，因為這次成家，他用了很多錢，他很想出海賺回來。

他自己有一艘專門撈捕皇帝蟹的船。因為要到嚴寒的北冰洋作業，有危險性，捕蟹船一定是兩艘同行的，可以互相接應、支援。他說服了他的幾個「拍檔」，又說服了一個好朋友的船開航，同進退，「拍拖」出發。

航程不短，要先到更北的另一個小鎮，再要走三、四個小時，才到達捕蟹區域，已是下午三時左右。把網放下去，皇帝蟹好像爭先恐後的游進網中，一拉起，就是滿滿的，大家高興到不得了，因為從來沒有這麼容易的。做了幾個小時，倉也快要滿了，大豐收，人也累極了。

大家吃飯、休息、睡覺。準備明天早上一早起來，再撈一網，把倉填滿，就回程了。

北冰洋的天氣是變幻莫測的，暴風雪隨時會來，因此，睡覺時，一定要有人輪班守夜，留意著天氣的突變，可以應變。

半夜，輪到彼德在守夜，他見到遠遠的海面上有一個白點，慢慢的向船移近，越近越大，而且發出光芒。移近了，原來是一個穿白色長裙的女子，站在海面上，身體是不動的，她不斷的大叫：「大衛，快回家啊！大衛，快回家啊！」

然後，那女子又退後移遠，全身是不動的，慢慢變小。誰知，到了遠處又再移來，又重覆大叫那一句話。這個移來移去的動作和叫話，不斷重覆。

見到這個情況，彼德很驚慌，尤其使他驚異的，那個女子，看來就是大衛的新婚妻子，海倫，他喝喜酒的時候見過。他馬上叫醒了大衛和所有的同伴，來看這奇異的現象。

大家都目睹了，大衛也見到自己的妻子。海倫叫完了最後一句「大衛，快回家啊」之後，慢慢退後，一直到看不見。

大衛想，家裡一定是出了甚麼大事，於是決定馬上乘夜起程回去。他的船經過朋友的船的時候，大衛告訴他們這奇事。朋友說，明天再撈兩網，塞滿船倉才走。

大衛回到家門，鄰居告訴他，海倫急病進了醫院。於是他直接跑到醫院，醫院告訴他，海倫剛剛死了，還在病房。大衛傷

心，跪在床邊哭。

突然他覺得有一隻手在拍他的肩頭，一看，原來是海倫的，海倫「翻生」了。海倫說，她當晚睡覺時，夢見丈夫有危險，被冰山困住，後來就不醒人事了，一開眼，就見到丈夫。

不久，傳來消息，大衛的朋友那艘沒有及時離開的船，黎明前遭遇突來的大風雪，被冰山困住，犧牲了。

2008年12月29日

霧中的黑貓

　　這個冬天，雪多，是本地四十四年來最多的。雪之後是大雨，大雨之後，是毛毛雨，現在，是大霧了。像這樣連續多天大霧不斷，是罕見的。

　　記得上次大霧，在十幾年前，大約是一九九六年左右吧。那一年，有一件發生在大霧天的奇事。

　　烈治文有一家壽司店，它鄰近一家花店。花店養了一隻全黑的貓，常常在晚上走進壽司店的廚房，一位壽司師傅很喜歡和牠玩，又常常給牠壽司吃。黑貓嘴刁，只愛吃鱲魚的。

　　一個晚上，大霧，黑貓如常的走進廚房，和師傅玩。後來壽司店打烊了，關門了，師傅獨居，並不急於回家，繼續和黑貓在店門口的長椅上玩。

　　突然一陣濃霧飄來，黑貓向著黑暗處大叫，好像發現了甚麼，但師傅只見到霧，完全見不到有甚麼特別。

　　又隔了一陣，黑貓又再大叫，還聳起了全身的毛，好像見到甚麼，受到了驚嚇。師傅還是沒有見到甚麼動靜。

　　濃霧飄走，黑暗中突然走出一隻黑貓，與原來的黑貓完全一樣的，向花店直跑。師傅立刻跟上去，一霎眼不見了，應該是跑進了花店的。師傅細細查察，花店的門窗都關得嚴嚴，牠怎麼能進去呢？

　　第二天，師傅向花店的人說出這件怪事。花店的女士說：現在這黑貓，出生時是雙胞胎，有一個與牠一樣的姐妹，也是全黑

的。不幸，一年多前，在馬路被汽車撞死了。昨天晚上的事，不奇怪，這一年多以來，牠也回來過幾次了。

　　2009年1月19夜。

本地觀音顯靈事

昨天是星期六，美玉有一位住在高貴林的舊同學來訪，三人一起到烈治文「國際佛教觀音寺」吃素。「五觀堂」的螢光幕上，開始放映該寺住持觀成法師在某年的觀音聖誕的講經。其中講到一件奇事，發生在溫哥華的，相信大家會有興趣。

觀成法師說：觀世音菩薩的「大慈大悲」，大慈，就是「與一切眾生樂」；大悲，就是「拔一切眾生苦」。他舉出一件實事。

他自己七歲開始信佛，一九五八、五九年間，他十一歲，在香港。一天到謝家寶居士家，謝給他看一份《開平日報》，說最近加拿大的溫哥華、域多利發生一件奇事：觀音顯靈。

一艘大洋船從中國上海出發，乘客中有從廣東、上海等地來的移民。當大洋船已經快要到域多利時，竟然大風大浪，連續六、七個小時，浪頭有大洋船的兩、三倍高，十分危險。

乘客中有一位中國女子，信佛的，她正懷孕，是來與丈夫團聚的。她發起，大家到甲板上求觀音菩薩打救，一起唸「南無觀世音菩薩」。許多中國人跟著她上甲板，一起大聲唸，聲淚俱下。這樣的一直唸了一個多鐘頭。船長看到風浪完全沒有減弱，知道無望。

突然右舷出現一條巨大的鯨魚，黑色的，比船更長更大；左舷也出現同樣的一條，卻是白色的。兩條巨鯨夾住船身，船邊的風浪變得平靜，於是船長下令續航，駛到接近域多利時，風浪已

變小了，但那孕婦和一群中國人還不停唸，兩條鯨魚後來就潛入水中消失。

　　觀成法師說：十多年後，他來溫哥華讀書，這事也忘記了。他在溫哥華的第一年，是住在「唐人街」的「片打街」的。一天他到「福祿壽」（牧案：大概是當時的一家中餐廳）對面的「BC餐廳」吃東西，它的「蛋撻」最有名（牧案：此店店名甚怪，叫「BC賓路」，結業已近二十年了）。一位年已八十七、八歲的食客和他攀談，那位老伯主動提到了這件奇事，說十多年前一次大風大浪，船上有一女人不停唸「觀音菩薩」，結果得到兩條大鯨魚護航。老伯的叔父當時就在船上。

　　2009年3月8日，加拿大烈治文。

一個蝦仁（覆馬森教授）

馬森教授：

傳來尊文〈文壇的奇人異事〉，說及與馮馮的交往，頗有興趣、又有益處，感謝。

特異功能我本也懷疑，但有一親歷的事，使我改觀。十多年前，嚴新帶同幾個弟子，從美國來到溫哥華。那時他正愛寫書法，於是約了本地三數位書畫家，來一次午宴，記得有陳風子老師、佘妙枝等，我也有幸獲邀。飯後移師附近某人家，切磋書法，他即席揮毫。

午宴在溫哥華著名的「長城飯莊」，坐滿兩席。陳風子與我安排坐第一席。他的弟子約六、七人，分坐兩席。開席了，他及其弟子，完全不動筷子，完全不吃東西，茶也不飲，只飲瓶裝水。我記得我身旁，右邊是陳風子，左邊是一弟子。我問他為甚麼不吃，他說不想吃，也不餓。還說他們幾個，都很久沒吃過東西了。他一一指給我，說：這個多少個月未吃，這個多少年未吃，還有超過十年的。練功，有時師父給發功，就不餓，習慣了，也不想吃，沒有食慾。我細看他們，都是瘦瘦的。

嚴新談吐斯文、緩慢，但說話不少，主要還是特異功能方面。同席者有問有答，很有興趣，氣氛熱鬧起來。也許嚴新覺得我只顧低頭吃，一直不發一言，看出我心存懷疑，一碟清炒蝦仁上來，他拿起筷子，夾了一個，不是給德高望重的陳風子，卻是放到我的碟上，說：「何先生」。

這時我知道厲害了。剛才聽他的弟子的一番敘述，我相信他是有一定功力的，那個蝦仁，他有作了甚麼法沒有，吃了會生病嗎？我不敢吃，一直放著。

　　我身旁的弟子輕聲對我說：師父給你，你就要吃，那蝦仁師父給你，是不同的。他還說，某夜，他們幾個同門相聚在樓下，師父從樓上下來，給他一個蘋果吃，那蘋果發過功，吃了是不同的，會增加功力。

　　說到這，我想，如果我堅持不吃，不給面子，他也可以隔空發功，那時也許不是生病，是性命難保了。不敢不吃，於是勉強吃了。味道正常，好吃。

　　在這種莊重的場合，不會吃得很多的。回到家裡，晚飯時間到了，沒有胃口，不想吃，晚飯免了。睡了一夜，早餐了，還是沒有胃口，不想吃，免了。午餐了，一樣。晚餐時還是不餓。一個蝦仁就有這個功能？我沒有說謊，我妻可作證人。

　　在「長城飯莊」吃飯時我就問過那弟子，師父給你們發功，你們就可以不吃，那不是很方便嗎？又可以解決落後國家的饑餓問題了。那弟子說：不能常常發的，每發一次，師父就會損耗精力。

　　佛家所謂「般若」，漢譯勉強解作「智慧」，其實是超乎人的「智慧」的「智慧」，古代的印度人，當然也不可能有「般若」這種「超智慧」，但卻悟到有此一物。佩服！

　　韓牧　　2019年5月8夜

輯外輯　書簡

睡貓居（致小思）

小思女士：

「睡貓居」終於寫好了！一查，答應寫字是兩個多月前的事了。你的，還是「書債」中最早還的一筆。

依囑，用杏子黃箋，色較淺，灑了金，諒可配你的深褐木桌。「貓」字，我並沒有用上次說的「新形聲字」，那太新了。我用十多年前所創的，「虎」字上加「小」字。古人加「小」於「隹」上而成「雀」，是老老實實，大大方方的，就加在頭頂。為了美觀，我把「小」補在「虎」的右上角，這樣，貓才不會太高太長。古人設計「虎」字，甚佳，我將其特點盡量誇大：1，虎頭大而圓。2，張口、露牙。3，肩突出。4，腰彎。5，肚垂。6，盤骨大。7，尾長而彎，有彈性。8，身有條紋。9，足掌圓厚。

你看，這十一筆的一個字，就可以表現老虎的九個特點，而且是一次書寫的，不容塗改；不是輕描慢抹的繪畫。

「睡」、「居」二字，古甲骨無。「睡」是花木下垂於「土」上，「土」旁之點，象土屑，以示其為土。左上我配一「目」。古人所設計「目」字，甚美。此形具商代人圖案「目」之特徵。「居」字我參考別的古文字而仿製成，一人立崖下，示居所。上款「小思女士囑」（古寫可省「口」），下款「韓牧思擬」，是從未題過的，因上款處已較密，故多寫「思擬」二字以平衡之。印另行，增變化。二印：一白文小印，甲骨「何」字，

象人負荷農具或兵器；自刻。朱文「韓牧」，卓琳清先生刻贈。卓為小說家，出身廣州中山大學，幾年前已作古。他對自己的篆刻，自視甚高，認為在香港是數二數三。如此，連款帶印，我姓、名、筆名，齊全了。把「虎」字之「小」、我名之「思」算進去，這一小幅，「小思」出現兩次了。

依囑，畫心在45cm以下，此作已裁好橫43cm，高21cm，裱時，毋需再裁。左右的綾邊（或錦）要寬舒，以免侷促。

信堆中見你親筆信，以為是近月所收，竟然是二月份的！電腦誤事。現將〈亡友的筆名〉手稿附上。讓「香港文學研究中心」藏，是我的光榮，謝謝你看得起。

祝　健康

韓牧　2007年6月8日

手稿·《聖經》·賭城（覆梁錫華）

錫華我兄：

今天開信箱，真好，真巧！有三封「筆紙信」（戲稱「蝸牛信」），一是香港王偉明、8月13日寫的；一是澳洲陳耀南、8月16日寫的；一是愛夢遊的你、同樣8月16日寫的。但你的16日，是陳的17日。今天是8月21日，其實不慢，比蝸牛快得多了。

我寫這些幹甚麼？我在寫「史料」。你們三位，是瀕臨絕種的「歷史人物」，你看，連我這個僭稱書法家的、阿濃對我說：「書法家不（該）打字的」，今天是第一次、對你，用「老鼠」寫信，打印後，託蝸牛送你。

這也是「手稿」。更「搞笑」的也有。十年前，1997年8月2日，我們的第一屆研討會，那次的主講嘉賓有六位，有你，你記得大陸名作家陳建功嗎？我們這次也請他來，身份不同了，是「中國作協」副主席、中國現代文學館的館長。他呼籲作家捐獻手稿。用電腦寫，哪有手稿呢？去秋回香港，對小思說：聽說現在的「手稿」，是用電腦打印後，在紙上簽一個名。小思臉一沉：「這就失去原來的意義了！」

誰知，這次聽館長說，在光碟上簽個名就算「手稿」了。因此，真正的手稿，越來越少，價值越來越高了。兩三年前，開始，香港有兩個文學雜誌的編輯，我投稿用傳真，總是說不清楚，要我用郵政寄；又常常寫信來。後來我才會意：他們要收集我的手稿、信件。後來又多了一位。我把心一橫，手稿不出門，

寄影印本去。

王偉明，想你也收到過他的信。他的字，與你的龍飛、陳耀南的鳳舞，大異，是一筆不苟的仿宋體，現在還有人寫這種字嗎？有，有一個王偉明。半個世紀前，有很多個王偉明。

《詩網絡》，瘂弦所謂有「可藏性」的《詩網絡》，停刊之後，王偉明寫了些書評，「賺點薄酬來買兩三本十來美金的英文舊書，算是補貼。」他隨信附來書評文章，其中關於馮象譯注、牛津大學出版的《摩西五經》，說甚麼希伯來語《聖經》甚麼版本、希臘語《新約》甚麼版本、拉丁、德、英、法、中，甚麼版本，我一竅不通，你在研讀希臘文《新約》，料有興趣，影印給你。

此外，本屆研討會我的三篇文章：「講評」、「即興發言」及20年會慶特刊用的「賀詞」，附上，請批評。真的，我想進步。你們這些「有料」的人的話，才有用。

現在才回答你的問題。Las Vegas很值得去，幾年前跟旅行團去了一次，就要找機會再去。它，有詩可寫。我一塊錢也沒賭。美國，我說它是「上帝二世」，在沙漠上，複製了世界：埃及、紐約、巴黎、威尼斯……火山、太空……，雖然是，我說的，「沙上蜃城」。我們不賭，這次去，先經鳳凰城，轉機的班機號，四位數字，竟然與酒店的門牌相同，「的士」司機勸我們賭，我們不聽。錯過了發達機會嗎？

澳門，幾個月前說，超過LV成為世界第一賭城。其實，那只是賭桌上的收入算，它絕大部份就靠這個。而LV賭桌收入只佔總收入的幾個巴仙。我們這次是去參加詩賽和研討會，LV是個很大的「會議城市」，每年的大型會議2000多個，來開會的人，有兩三百萬！佔遊客的三分之一強。我們開會的酒店，詩會

還沒完，世界郵政局長會議接著開了。這酒店最低級，三星。像MGM那些五星級的，消費大得多了。

現在是1:55am，今天發了好幾個電郵，眼花了。打？打住了。明天，不，幾個鐘頭後，天亮，趕投郵。

祝　儷安

韓牧　2007年8月22日

回憶中國現代文學館（致陳建功）

中國現代文學館陳建功館長大鑒：

　　十年後重逢，你精神如昔，可喜也。幻燈片帶我們參觀了「文學館」新館，謝謝。

　　我應該是「加華作協」中，最早拜訪貴館的人。我還沒移民前，在香港，1988年，我獲貴會接待，入住客房半個月，為了到貴館、北圖、及大學圖書館找資料，寫學術論文。時在孫犁先生任內，記得許世旭先生也恰在館中。該寺（寺名忘了）據說是慈禧往避暑的中途休息處，環境古雅清幽，助我詩興，館中成詩多首。見用以糊窗的舊報紙，是《文藝報》，詩意。

　　十年後，1998，我隨我會四人訪華代表團，再訪貴館，當時舒乙先生在任，我獻上描寫在溫哥華的寫作生活的、自撰自書甲骨文對聯，作為我會禮物，由舒館長接受。聯語：「詠詩雲影夜；伐木海湄冬」。小序云：「遠眺北溫哥華山嶺，常見浮雲團聚，譯名『雲城』，雅致而切實。車過西班牙灣，見巨木堆積，任人鋸伐，我亦取回兩截，充現代雕塑，美我後園。何思撝。」印文：「牧」。此聯若仍在，應是貴館數十萬件藏品之一。

　　拙詩集《新土與前塵‧自跋》曾記此行一事，值得館長知道：「此行印象最深的是在嶗山上與一群山東新詩人的座談。他們都比我年輕，見我鬚髮皆白仍不棄舊愛，很感興趣。我情緒激動的發言，得到大家一致讚賞。……我又說，我是追求作品傳世、永恆的，名噪一時沒有用，所以要保存。出版詩集是最好的

辦法。因為日子一久，自己的剪報自己也找不到，還說甚麼傳世、永恆呢？不過，連發表機會也不多，又說甚麼出版詩集呢？但我有辦法。

我們有手稿。我說我們剛剛訪問北京中國現代文學館，龐大的新館即將興建，館方說，歡迎作家手稿。我們可以自選少量代表作送去。當然，質量一定要高。由文學館為我們保存、珍藏，不會湮沒，後人可以見到，也就萬事大吉了。他們聽了一致鼓掌，但有多少新詩人能真的甘於寂寞，就不知道了。」

記得那次訪華，梁麗芳、陳浩泉、劉慧琴、我，共四人。他們都持加拿大護照，但我不聽陳浩泉勸告，堅持以香港人身份，用「回鄉證」，如今，想法可能不同了。希望明年我協會能組成團，我能隨團，1988，1998，2008，剛好十年一訪。到2018，貴館又不知道發展到如何的景象了。

8月12日晨我的即興發言已整理好，隨函附上，請指正。

祝　健康

韓牧上　2007年8月18日

劍・中・無（覆王偉明）

偉明兄：

　　3月6日、4月11日的親筆信，早收到了。電腦之後，親筆信升值了。你們的《詩網絡》在最後幾期，影刊作者手稿，顯出編者的歷史眼光來。你選刊了我自己所深愛的〈我倆的第五晴〉，是我的幸運。

　　「劍」、「中」、「無」寫好了，遲寫為歉。依囑每字一紙。你任我發揮，我寫甲骨文，這是我的「強項」、「特項」。用淺杏黃灑金箋，較明亮爽朗。每紙約21cm×21cm，正方形。

　　簡言之：「劍」字，古甲骨無，我仿製。有學者認為，其三角形，在「令」字為指揮者之帽，其下為二人，即「從」字。右上我配以「刀」。「中」字，古文字大家唐蘭曰：「（其形）本為氏族社會之徽幟，古時有大事，聚眾於曠地先建中焉，群眾望見中而趨赴。群眾來自四方則建中之地為中央矣。」此說可從。「無」字，甲骨借「舞」字，人兩手執牛尾之類起舞。為配合內容，此三字特意寫得豪壯。上、下款字，書體為「行楷」（有行書成份之楷書），但帶隸意。隸意，以及用筆爽勁，都是為了配合甲骨正文。

　　款字、用印：此三個單字，我設計成可合可分。合則為「劍中無」，「偉明詩兄囑」（古寫免口）「韓牧」，中有四印。若分開，亦可獨立，「劍」字，有上款，而下款處為古「牧」字白文圓印，二手執竿驅羊狀，我自刻。「中」字，上款處為長方形

陰紋肖形書首印，刻香港蒲台島史前石刻圖紋，選最有詩意部份。下款處為我創甲骨「思」字陽紋印，一陰一陽，均自刻。「無」字上款處為甲骨文月形印。此印石，本為圓印，我刻時用力過猛，石分裂墜桌，殘存半月形。我藉其形改刻「今夕何」，連石之外緣，成「今夕何夕」，亦與我姓有關；意外之作也。甲骨文時代，夕、月二字混用。此紙，下款「韓牧」，朱文「韓牧」印，卓琳清先生刻贈。卓先生為小說家，已作古。

你看，考慮得這麼多，這個書法家應該是全世界最辛苦的。說這麼多，是準備你的朋友看了之後提問，你可以代我作答。

祝　詩安

韓牧　2007年6月9日凌晨。

寫何健詩句（致吳志良）

志良兄：

　　囑書，電腦所累，現在終於寫好。明日投郵。書法這東西，在我，有點像詩，不是隨時可寫，要講心情，甚至靈感。許多書法家的靈感，24小時不休息，每周7天，全年無休。任何時間都可以即席揮毫，我羨慕。說穿了，是平時在家裡練熟了，隨時「默」出來，經過幾十年，常用的兩三百個字，全部熟練，吃老本，可以吃到死、而後已。其實，即席寫，怎麼會篇篇佳作？當場示範、表演，可以自報是劣作嗎？向內行示醜，向外行示難而已。

　　書法是抽象的藝術，沒有一定修養又沒有天份的大多數人，不會欣賞。因此，書法界，騙子多。當然，大部份不是有意去騙人，是他們自己也不懂，或者眼光淺，層次低。基本功不耐煩去練，胡來，當是創新，就可以騙過百份之九十九的觀者。這是普遍現象。中國書法，在過去幾十年大倒退，原因有幾個，「大眾化」是其一。它不是乒乓球，有藝術要求，要文學修養。電腦，也是幫兇，我的《韓牧評論選》中有一篇〈電腦損害書法藝術〉，講得很多。

　　創作型的藝術家、書法家，每一次提筆都會發現問題，遇到困難，那作品才可能是創作品。像文學作品一樣，篇篇不同。

　　來詩，四句加四句，我分兩幅來寫。何健〈山城偃月〉詩首四句：「山不在險，城不在高，悠悠偃月，照彼濠鏡。」我寫

甲骨文，直幅，兩行。65cm×23cm。釋文和款字，在隸、楷之間。其中，險、城、悠、偓、照、濠、鏡，是我仿造、創造。最離奇的是「偓」字，居然簡單到是一個女子交手、跪坐，放心，我是有足夠根據的，但一言難盡。

放心，1997年卑詩大學（UBC）主辦我的首次書法展，第一天就來了一個甲骨文的博士生，第二天，是他導師來了，是日本人，跟我談了很久。往後的幾年，我在香港、澳門、紐約、台北、三藩市、卡加利等地個展，遇到過不少的古文字學家、教授，到現在，沒有一個人對我仿造、創造的現代甲骨文字形，提出過異議。我永遠記得饒宗頤教授的教誨：創造新的甲骨文字形，要極度慎重，因為別人會以此為準，去學你的。也因此，我的甲骨文書法，很多時候是難產的。

另外四句，是何健〈海島迴瀾〉詩的首四句：「城臨瀯島，島擁山城，潮來潮去，安瀾不驚。」我寫隸書，橫幅。27cm×66cm。此幅共八行，第1、3、5、7，每行一字；第2、4、6、8，每行三字。「城，臨瀯島。島，擁山城⋯⋯」形式創新，不呆板。所用陽文方印，像人荷農具或兵器狀，是甲骨文「何」字。是我自己刻的。「韓牧」一印，是卓琳清先生刻。這兩件書法，已到達我的水平，希望合你意。

這兩天若有時間，我會打一兩首詩傳上，請代轉到《中西詩歌》季刊發表。謝謝。

祝　健康

韓牧　2007年6月9日

國語‧粵語‧講‧寫（覆王健）

王健教授：

　　傳給你小文一篇，想不到投「敝桃」而得報以「異李」。原來廣東話你不但能「講」，還能「寫」，又很地道（道地）。我，真的，一句也不能寫。如果「鼴鼠丘唔係幾比得過大山」，我這平原牧野，與鼴鼠丘比，就如「蚊髀與牛髀」（髀，比）了。

　　其實你那銀行電視廣告中，不但是國、粵語，還夾有英、台語。英語是你「生母語」，國語是你「後母語」，台語，可能是你「岳母語」，你都說得好，不出奇。我一直驚奇的，是你的粵語，不知從何學來。

　　廣東話是我母語，我當然講得準確、流利。其實童年時，我的廣東話發音，是不標準的。因為父親在中山縣長大，母親在中山縣出生，雙親的廣東（州）話，都帶中山口音，我也難免。少年時到中山縣翠亨村旅行，在孫中山故居（他親自設計、畫藍圖建築的）聽到他的廣東話演講錄音，口音竟然和我雙親一樣，真令我驚喜。

　　我出生、成長於澳門，無可避免，我的廣東話帶有澳門腔。青年時從澳門移居香港，不自覺的、慢慢的，與香港人講的無異，偶然回澳門，就覺得他們的廣東話與我的有不同了。當然，廣州人講的，和我們港、澳人講的，又有分別。現在，電視台的粵語新聞報導，廣播員一開聲，講了幾句，我一般就可以判

定：是廣州人、香港人，還是澳門人。這說來好像有點玄，神乎其技。

不過，像中國人、日本人、韓國人，一般的歐洲人分不出來，我們自己是可以分清的，雖然難以具體指出來，哪裡不同。其實，就是中國人，我們常常能區別，這個是南方人，這個是北方人。猴子、雪雁、三文魚，我們人類看來，隻隻一樣，條條一樣，但牠們自己呢？不但雌雄可辨，連父母子女都清清楚楚。

我不會寫廣東話，有其原因。童年時的教育，重國語，雖然很多人都不會講（奇怪，當時廣東人唱歌，除了粵曲，都用國語唱），寫廣東話好像大逆不道似的。記得當時，五十年代，有一齣粵語時裝電影（女主角是粵劇紅伶名芳艷芬），片名《唔嫁》，是破天荒用廣東話做影片的名字。當時，連童年的我，也不以為然。

現在，香港的學生，我們的下一代、下兩代，我與他們通信就知道，他們都用廣東話寫信、寫文，甚至於不會寫國語的「語體文」。可悲！

廣東話我是會講不會寫；我在香港有一些作家朋友，國語是會寫，但不會講的。二十多三十年前，一次我到了哈爾濱，認識了兩位愛看文學書的新朋友，在蕭紅的故鄉，居然不知道蕭紅，反而很喜歡看一位香港作家F寫香港現實的小說，問我是否認識。我說，F是我老朋友，他們歡喜到不得了，準備了禮物託我帶回香港送給F。又說，找機會到香港，希望見到自己的偶像，促膝詳談。我說我可以介紹。

但我真擔心，F原籍中山，長居香港，著作等身，都是用國語的「語體文」寫的，但不會講國語，講的都是廣東話，有點尷尬。要由我來當翻譯吧。

祝　旅安　儷安

　　韓牧　2008年12月23日。這幾天雪特別大，你們避過了。

王蕙玲：她從海上來（致羅卡）

　　最近溫哥華國語的「城市電視」，播映連續劇《她從海上來：張愛玲傳奇》，劉若英、趙文瑄分飾張愛玲、胡蘭成。我們偶然會看看。美玉也從烈治文圖書館借到這劇本，台灣「天下遠見」出版，著者王蕙玲。

　　王蕙玲，一九六四年生，原籍山東汶上，台灣省立台北師範專科音樂系畢業。著有電影劇本：《飲食男女》《夜奔》《臥虎藏龍》《候鳥》等。電視劇本：《四千金》《兩代情》《追妻三人行》《京城四少》《第一世家》《女人三十》《人間四月天》等等。其中，《臥虎藏龍》和《人間四月天》，人盡皆知。

　　《候鳥》我看過，是去年從烈治文圖書館借來的DVD，描寫溫哥華的台灣、以至香港、大陸的新移民的生活，真實感人。當時沒有留意編劇者，現在見到這本《她從海上來》，原來王蕙玲就住在溫哥華，她在書末寫的長長的後記〈張愛玲睡了嗎？〉，一開始就說：

　　「我住溫哥華水灣邊的一棟高樓，樓面朝東南，我的書桌就在客廳的西北角，坐在椅子上朝四面大玻璃窗看出去，就是城市的燈火和天空。窗外有一座大鐵橋，蟠龍一樣伸向城市的另一端，白天橋上車輛奔馳，憑窗望著川流不息的車輛，有點隔岸觀火的味道，我已經習慣與世界分流而行。我常對陽光感到氣餒，卻為雨霧歡舞，寫作使我對天氣有異於常人的要求，也使我的時鐘與一般人不同，它以約莫一天二十四小時又三十五分的方式自

己慢慢的移動，無論我多麼努力認定子夜是十二點，大約十天左右，子夜便是清晨，然後是中午，然後又是黃昏……」

原來有一個「猛人」就住在溫哥華，我們有眼不識泰山了。從她的描述，我們可以知道，她的居所的大概位置。

美玉翻看這劇本，看到一九三四年春天，某日的日間，十四歲的張愛玲與張如謹，在上海「霞飛路電影院；漆黑的電影院，美國黑白電影，銀幕上閃動著Greta Garbo演的《安娜卡列妮娜》。大約是生離死別一類的畫面，……」

美玉記得幾年前買過這書的英譯本看，Anna Karenina，兩寸厚，沒有看完，於是再找出來翻看。這名著，在幾十年前，影響是很大的。周前新收到的《統覽孤懷：梁羽生詩詞、對聯選輯》，在鄺健行的〈序〉中也註有：「先生（指梁羽生）嘗謂《白髮魔女傳》女主角玉羅剎練霓裳有俄國作家托爾斯泰小說中人物貴族女子安娜卡列尼娜的影子。」

韓牧　2009年1月23日

韓牧按：美玉上網查得，該「美高梅」電影出品於1935年，但劇本說張愛玲於1934年春在上海看到。也許是劇作者據「張十四歲時曾看」的事實，推算出年份，是1934年。年齡有虛齡、「實齡」、「實足齡」之異。

「挶」無簡體，天助我也！（覆鄧紹聖）

紹聖同學：

你問「再版排字工人找不到閣下的名字的挶字的簡体字。可否用韓牧，或何同學，或何思豪的弟弟？」

如果他是用漢語拼音「入字」的，相信是他不懂此字讀音。如果他找不到「挶」字的簡體字，我就太幸運、幸福了，謝天謝地！請他用「挶」好了。因為此字、及「為」字的簡體字，是用草書的圓筆勉強改為方折，那最後一點，又無適當的著落處。這兩項，都違反了中國書法的傳統美學原則。

我在十二年前在UBC（卑詩大學）書法個展前夕，應「華僑之聲」電台專訪一小時，我全不涉及「繁簡之爭」。可是當時社會上正激烈討論，電台主持人希望我談，我婉拒。因為我一講，就會好難聽。想不到，訪問到最後，有聽眾Call in，逼我表態。沒法，就軟性的講。其中談到我的「挶」字，我說：我知道我這一生也沒辦法把我自己的簡體字名字寫得好看的了。

我接著說：不過，現在的楷體，是經過接近兩千年的時間，無數的書法家的努力，才寫到現在這樣，每個字都好看。也許經過以後的書法家們長久的努力，有辦法把我的「挶」字的簡體寫得好看，但我想，我有生之年是看不到了。這是「騙鬼食豆腐」。

其實，楷體在王羲之他們手上早已成熟，唐以後的書法家，對楷體沒貢獻，全部不及晉人、唐人。說是希望將來，簡體的

「為」字、「撝」字能寫得不醜，是為了客氣去騙別人，自己是「雞食放光蟲」的。

萬一出版社堅持不用一個繁體字（如果我姓「葉」，他們要我改姓「口十」，我寧可不出書。歷代祖先一定責怪我這不肖子。如果姓「蕭」也不接受改姓「肖」），那就用「韓牧」吧。其餘兩種都不適當。

出書是千秋百歲的大事，一定要堅持。如果我是你，我不相信他們，我要自己作最後一次校對。以前沒用電腦，就由香港空郵溫哥華，現在用電郵，利用電腦，全本書傳給你也是幾分鐘內就完成的輕便工作。

打正你「鄧紹聖」大名的，就不能完全相信別人。最近，一個已回流十幾年、以前跟我學書法的、很重情義的學生，贈我一套《翰墨風神：故宮名篇名家書法典藏系列》，香港「商務印書館」全部在香港策劃、編輯、印刷、出版的，我瀏覽一下，「古人云」，竟然印成「古人雲」。

何思撝　2009年4月16日

謝甲骨文聯（覆羅錦堂）

錦堂教授：

上月已接到來函，我因俗務纏身，遲覆，請諒。

蒙惠贈「二零零九年於檀島」之摹甲骨文書法對聯，感謝。「花舞風中雪；衣吹天上雲」，丹書，面目一新。甲骨字非但嚴謹正確，且用筆自然。對聯，章法卻不取上下齊平，竟能做到字間疏密勻稱而句末留空，具有餘不盡之意，此為於整齊中求得變化，佩服。

所附來七言八句，〈八四生日口占〉，意境已屬化境，可賀。我最愛末二句：「塵緣已了何處去，撞破青天一片雲」，一如禪詩。祝

健康

何思摙　敬上　2010年1月13日

又：附上最近給書法學姐覆函：〈書法是工藝品？〉，請指教。謝寶堅是我書法恩師謝熙先生的小女兒，她為了整理、研究父親的書法成就，退休後入香港中文大學讀取書法文憑，加入書畫團體。

孔廟賣文（致葛逸凡）

逸凡女士：

　　王潔心詞、由你配曲的歌曲兩首，《問月》、《為甚麼》，你周四下午投郵，今早寄到了，謝謝你看得起我，要我在喜來登酒店的王潔心追悼會上唱出，我樂意為之、遵命。

　　我試唱了很多次，覺得它們有一個共同點：高低起落較大，因而往復回環，纏綿婉轉，很有特點，也許可算是你的風格。可是，對我來說，不容易唱，很難唱得好，尤其是《為甚麼》那首，於是我放棄了它，專「攻」《問月》，但也是不容易的，我唱著唱著，竟然覺得它的輕重音更像「圓舞曲」，我就大膽的把你的四拍子重新分節，改成三拍子唱，你的音符等等完全沒改動，容易唱了些。

　　以我的程度，還是覺得困難，我想，縱然與你兩人合唱，我也沒信心。記得你說過，幾年前王潔心在北京中國現代文學館當眾唱過。我剛才又找出2005年5月我們在Langara College演出的《文學的午後：加西華文文學作品朗誦欣賞會》的場刊，《問月》是由鍾麗珠唱、曾紹雯鋼琴伴奏的。能找到她們嗎？談衛那、楊娟她們可以唱嗎？其實，你自己唱是最有紀念價值的，你作的，當然不會覺得難。

　　如果要我在追悼會上唱，我唱《星心相印》是最有把握的，你也說，常常記起我和王潔心合唱這一首情歌。其實那也是我和她合唱的唯一的一首，同時是我在文友面前公開唱歌的開始。你

也應該記得，那次是2007年6月，在烈治文南海漁村酒家、洛夫的慶生會上，我向同席者透露，王潔心甚麼歌都會唱：京戲、河南戲、民歌、藝術歌、時代曲等等。於是她徇眾要求，唱了京戲《蘇三起解》、《玉堂春》。唱後，她大叫：「是誰出賣我的？」我隔了兩桌，舉拳大叫：「我！」洛夫太太在旁，說：「你真勇敢！」我把她拉出來，要她唱我聽過她唱的《星心相印》，她要我陪著，說忘了詞要我提：「你出賣我，我當然要出賣你！」結果我和她合唱（原曲是周璇、姚敏合唱的），唱完才散會。

　　「往事只能回味」了。《問月》就由你自己唱吧。我擅自把它改成三拍子的稿，很難打字，明早，我會郵政寄你，博你一笑。你年青時曾在本省內陸的音樂學院接受專業教育，包括作曲，我，無師而不通，可謂孔子廟前賣文章了。說實在的，你這一次，引起我為自己的詩配譜的衝動，謝謝你，將來如果寫得出來，反過來，有機會，我要請你來唱了。

　　韓牧　2010年6月21日

濁世中的義氣（覆汪文勤）

文勤兄：

「好人好事好文章，向韓牧先生致敬。」暗喜但惶惑。這句話，這些天一直縈繞腦際，幾次和美玉討論。昨天一個空檔，我對你說：好文章，我承認；好人好事，不敢當，那是自己犧牲了些甚麼，例如捨身救人，起碼捐錢濟貧，才配得上。同歌共舞，算不上。你好像說，你思考過該文的幾個細節，例如買熱水器，才寫出這句話。我說，這些天我重看，覺得那件事是比較特出，但朋友之間一定這樣做的，誰會忍心讓朋友燙傷？縱使不是朋友，是陌路人。否則，禽獸不如，不能算人。如果甘冒自己燙傷之險，換取別人的安全，那才算好人好事。

兩三年前，我與一位知己、四十年前在諸文友眼中，我與她是情侶，我的第一本詩集幾乎全是寫她。後來不愉快的分了手。男婚女嫁。慢慢的，中年以後，竟然轉化、或雅稱為昇華、為知己；兩個家庭建立了純潔的、也不算淺的友誼。

兩三年前，她在E-mail中強調，說我是她生命中的「貴人」。我否認。我沒有給她介紹過職業，沒有在她困苦中援助過，也不清楚她是否有過困苦。沒有引薦過一個使她得大益的朋友，沒有幫助過她在任何方面成功。我只是在她少年時、以及中年以後和她通過信，也許她覺得在我的信件中、交談中、在我的書中，獲益、學到了些甚麼。那關係相當於作者與讀者而已，作者，即使是老師，又怎可以稱為「貴人」呢？

在E-mail中爭論一番之後，她生氣了，我也生氣，竟然可以從知己「下降」為陌路，斷絕來往，形同絕交；只是美玉仍有與她通E-mail。

好人，貴人，也許我所持的標準比人嚴格。《剪虹集》的自序中有一段話：「……自覺身為專欄作者，有為弱者申訴的責任，先不說甚麼風骨，『講真話』應當是知識分子的身份證。日前病逝的巴金先生晚年提倡『講真話』，獲得社會大眾的激賞。其實，不說謊是對小孩子的基本教育，見到不合理的事不保持緘默，只是做人的份內事，可見中國社會道德已經爛到不能再爛了。」

也許我自己的想法與大眾天淵。屈原，「眾人皆濁我獨清，眾人皆醉我獨醒。」在「濁世」、「醉世」生活得很辛苦，很絕望，我對美玉說：「難怪屈原要自殺了。」

我既與郜大琨成為朋友，做朋友就做到底，做到死。這篇悼念文章，也在無意中維護了他，為他抱不平，在他死後。第6節「不做『鄉愿』」就是。他的兩位女兒，一在港，一居京，希望我刪去，我不同意，E-mail拉鋸爭持，至今未決。我不妨將我早前兩信傳你過目，可代表「兩造」的主要意思。不知你有何觀感。

我這兩信表面客氣，其實有理不讓，盛氣凌人，立場死硬，詞鋒銳利。我認為這是「義憤」。這個「義」字，我一向看重，這也是我一向尊孟多於尊孔的原因。

這幾年，葛逸凡多次在其家中辦文藝聚會，十個人左右，「班底」是瘂弦、葛、諾拉、曹小莉、談衛那、凌秀、張麗娜、韓牧、勞美玉。一般是上半場瘂弦作演講，下半場各自朗誦詩文。其間，隨意飲食，即興歌舞。

上周六，8月14日那次，瘂弦講的，大致與「百無一用是詩人」那次演講略同。他的立論，以前也一再提出過：巧思妙句，並不是衡量詩人的標準，因為任誰寫詩寫了幾十年，也都懂得這些玩意。詩人之比，也不是一兩首詩互比，必須全部作品是一個整體，來比。到最後，不是比詩藝而是比人格了。如果要列出中國十大詩人，李商隱有一席。如果選五名，屈原、杜甫一定選上（說到這裡，他說：韓牧先生一定敬愛杜甫），李，應是五甲不入。

瘂弦舉出幾位人物的事蹟，有少年時當書僮的學者，有以裸露下體給人看以賺取金錢、為了供養一位盲眼格格的前朝太監。他們沒有文字的詩作，但都用行動寫了「詩」，也是真正的詩人。

他說完了，我要求三分鐘時間，作一點回應。我說：瘂弦先生講了幾位雖不寫詩但堪稱詩人的人物，依我理解，他們的共同點是「忠義」，尤其是一個「義」字。孔仁，孟義，仗義是挺身而出，是勇敢的行動，甚至捨身取義。（說至此，諾拉插話：黑社會重義氣，拜關公）我接著說：黑社會中人，拜關二哥，香港的每一間警察局，同樣都供奉關帝神位。黑白二道同時景仰的，就是一個「義」字。

我很高興瘂弦在這幾次文藝沙龍中，一而再、再而三的指導大家認識詩人的最高的標準。作家的主張，常常與其作品所表現不同，這「口不對心」，原因起碼有二：一是能力達不到自己的理想。二是想法隨時間推移而改變，覺今是而昨非、悔其少作，都是正常的事。

韓牧　2010年8月24日

難民。司馬長風（致森道哈達）

森道哈達兄：

昨天我們「加華作協」在「中華文化中心」辦了一個「加華作家近作發佈會」，新書七種，有我會出版的會員及會友評論合集、小說合集、會員的小說、回憶錄、《紅樓夢》研究、兒童文學。此外是我的《韓牧評論選》。另有一本最特別，是英文小說。

那是新朋友林麗芳（Serena Leung，又名Tina）的「Fugitives at the Mouth of Pearl River」（《珠江口難民》）。她年近70，職業是地產經紀。1949年隨家人從中國大陸偷渡到香港，1957年舉家移民加拿大，曾在西安大略大學修讀英國文學。1990年開始寫作，寫自己辛酸的家史。二十年間，一系列五部英文小說已經寫好。現在先出版第一部，自費。

我們以前沒有誰認識她，她知道我們有新書發佈會，要求加入發佈，我們當然歡迎。我想送她《韓牧散文選》，問她看中文書報否，她說：在香港時只讀到小學，來加後只用英文，到現在只能講流利粵語，中文程度不足以閱讀書報。可惜！她今天給我的電郵中，有www.worldpoetry.ca的網址，說是將有電台訪問她；我上該網，巧了！意外見到你寫溫哥華的兩首英文詩，幾天前才貼上去的：《The Blue Sea Water》《At Stanley Park》，分別有歷史感和現實的描畫與情趣，寫得很自然。

昨天除了賣那幾種新書，也附賣幾種近期出版的書，我買

了一本《司馬長風逝世卅周年紀念集》，是遺孀胡王篆雅所編，今年初版。司馬長風先生（1920-1980）在香港很著名，多產作家，政論、歷史、散文、小說、新文學史、雜文、翻譯（日漢），有50餘種，共6000萬字，未結集的還有100多萬字。曾主編多種刊物，任教專上學院。我主要是拜讀他的《中國新文學史》（共三冊），在香港時，也曾見面，我有一好友，是賣舊書的，和他很密切。

現在才知道：他是蒙族，胡什拔氏九世祖（漢姓、名是「胡、靈雨」），先祖是隨滿清入關的蒙古軍人，因有功，在遼河流域獲賞賜了一塊封地，還撥給四姓漢人奴隸。後從沒落的貴族變成耕田而食的農民，大概經歷整個滿清朝代，260多年。他出生於瀋陽，七歲移居哈爾濱，十四歲獨自到北京讀中學，畢業於「國立西北大學」，抗戰勝利後，當選為全中國最年輕的國大代表。1949年12月到香港。

祝　健康

韓牧　2010年12月19夜

追談王潔心（覆曾慶瑜）

慶瑜女士：

　　共收到兩電郵、一郵件。郵件台北12月30日寄出，此地郵局於1月6日送到我家，家人均外出，郵差留條門外，次日下午1時後才可到郵局補領，7日我領到。郵件遲到，累你擔心，與此地連續放年假幾天有關。你寫的電話號碼沒錯，那是手機的，我外出時，常不開機；而郵局也不會打來的。加拿大郵政：郵費最高（全球），效率最低，但妥當，絕無郵誤。

　　多謝你寄來〈如果人生是旅程——告別王潔心老師〉一文，其實幾個月前我就在網上讀到了：我到yahoo搜尋「王潔心」，五、六百條中第一條，就是你這文章。到今天，仍然是第一條。當時我把它貼出，廣為轉發，給認識王老師或你的朋友、甚至對你們沒有印象的朋友。我覺得它完美，能夠讓完全不認識王老師的讀者，也都瞭解到逝者的簡歷和為人，這樣才有興趣。像我們這些文友，也是在你的文章中，才知道不少她在台灣、在「培正」威水的成就。勞美玉說你的文章很有感情。

　　追思會當晚，我寫了一篇〈純潔光明，星心相印：懷念王潔心女士〉，在此地《環球華報‧加華文學》發表。最近和田榮先先生通電郵，他說把拙文上同學會的網（並介紹我看你這文章），我的，想你也看了。

　　我在文中說她「正義、好辯、熱血、剛烈」，這些我欽佩的，想她年輕時在「培正」，為人師表，在學生面前不大顯露

吧。我文中說，逢辯不敗（有時是和）的我，與逢辯必勝的她，無緣交鋒，引為憾事。我現在想：其實文中說到的甚麼「出賣我」、「出賣你」，就是兩個回合，一場迷你的戰役。

多謝割愛，把《中原音韻新考》先寄給我，我已涉獵了一下，又先讀了那篇長8頁的〈代序〉，先不談學術內容，從這1987年秋寫於日本的〈代序〉，就可見到她「正義、好辯、熱血、剛烈」的性情。

這本書，很專，很有深度，甚麼時候待我用完，我打算轉贈卑詩大學（UBC）的圖書館藏，嘉惠學者。我想他們沒有這本書。該館的中文藏書數量，在加拿大是手屈一指的。雖屬大學，但誰都可以進去借閱。將來我若再要用，也可去借。想你也同意的。你說：「您是文人，一定把這書用得更好，老師也會高興您收藏她的書。……」這樣，她應該更加高興吧。

實在的，我對方言、音韻是很有興趣的。去年我應邀寫了一首詩，〈一朵罌粟花的聯想〉，在加拿大國殤日紀念會上，由一個青年粵語朗誦。「罌」在國語，簡單，讀「ying」，粵語呢，想來，複雜了，現代的廣東人，居然有四種讀法！讓我把有關短文電郵給你，想你也有興趣看吧。

祝　健康

韓牧　2011年1月8夜

請寫回憶錄（致羅燦坤老師）

羅燦坤老師：

　　12月15日曾覆一信，諒已收到。知您身體健康、思路清晰、愛讀書報，又有精神寫信，有一個建議：寫回憶錄。近年來，我曾勸過幾位會寫文章又閱歷豐富的前輩、老人家出書、寫回憶錄：其中有知名的如羅孚、《香港商報》總編張初，加起來不下七、八位。出身香港不擅中文寫作的有兩位，就建議用英文。

　　記得四年前在澳茶聚時，我打開記憶盒子：談到我讀「粵華」時期，常有話劇表演，您自導自演，演員有麥丹、霍其俊老師等，家兄思豪也曾參加演出。我年紀小，做「提示」。現在想來，這工作特殊，身在前台，卻不露面；不知算是「台前」還是「幕後」了。我仍藏有一張照片，是某次演出後全體演員、職員在舞台上大合照，那次李棣華老師也有演。我還保存了一張《風雨歸舟》的「戲橋」（場刊），要找，也一定可以找出來的。

　　您也知道，我一向對本土的「澳門文學」很著緊，當時那些劇本、演出，屬早期的澳門文學、藝術，如果湮沒了就太可惜。四年前聽您說，曾有一劇本在上海出版甚麼的，值得高興，但也太少了。我知道，早年「培正」學生的文藝刊物，也是獲學者重視的澳門文學史料。那次我也提到周樹利，如果這些後輩（他也73歲了，與我同年）沒有能夠幫您作記錄，您能自己動筆就更好。

　　那次我還談到、我所記得的、您年青時籃球場上的英雄史，

遠征外省。一次，您持球，被對方逼到邊線，傳無可傳，胡亂向後一拋，意外入籃！

又有一項，是與神父合譯長篇小說。是文啟明神父嗎？我忘了。是「慈幼」出版（我們也曾集體參觀過「慈幼」的印刷廠，也印彩色的外國連環圖，該廠好像在下環街）。那一套叢書，依我記憶：開頭幾本順序如下：《月亮的兒子們》、《荒漠之花》、《模罕默德的女兒》、《古城巨竊》、《洛磯山》……當時我也曾涉獵，記得您有一句譯文是甚麼「斑駁的黑影」，我感到熟悉，那不就是您在課堂教過的朱自清〈荷塘月色〉中「斑駁的黑影」？

這些書，也是早期「澳門文學」的一部份。現在不知道在哪裡有存？您自己有嗎？如果有，可以捐給澳門總圖書館參考部；或者澳門大學圖書館，作為珍貴資料，給研究澳門文學史、翻譯史的學者應用。

我現在想，如果寫回憶錄太費精神，可以先寫一系列散文，回憶您在文學、戲劇以至教育方面的經歷、心得、成就，也包括有趣的生活痕跡。大前天我偶然上網，搜尋「羅燦坤」，知道去年的「澳門藝術節」，周樹利的「澳門藝穗會」演出曹禺名劇《日出》，請您當顧問。又知道《母校鐸聲》有一篇潘粵生校友的〈「粵華校歌」歌詞的由來：探訪梁鴻權及羅燦坤老師小記〉。

前天我把這文章、連同訪問當日在您家中與幾位校友的合照，用電腦傳給與我通電郵的1957屆熙社約十位同班同學，張國強（在美國）、劉爵榮（在多倫多）馬上回應，說意外驚喜，幾十年未見羅老師，現在得見，張還說，他1955年赴美，未見已56年！

我在網上還見到周樹利的文章，〈夢幻人生：懷念澳門教區劇社〉，說：「我在外國剛完成了戲劇教育學位回來，獲得羅燦坤老師推薦，為澳門教區社會傳播中心開辦了編、導、演三個訓練班，慕名而報讀的年輕人超過一百人，……」，我也把這文章轉發給我的同班同學們。又知道「粵華」有「羅燦坤先生音樂獎」。羅老師在音樂方面的經歷和成就，我們以前不知道，看了那篇訪問記才知道一些，希望能寫出一些回憶文章，我們也引以為榮啊。

　　祝　健康

　　受業 思撝　敬上　2011年1月10夜

何思撝照鏡，裡外都是人（覆李錦濤）

錦濤兄：

你上一信至今剛滿一個月。接你信時，已想和你討論我們的身份問題；我有話說。但香港有親戚到，打印機又失常（一些上了年紀的朋友、中學時的老師，不會電腦，我寫信後要打印郵寄的），延至今。

今日剛收到你郵政寄來當晚與我倆有關的照片四張（電腦的幾百張早已看了），謝。大合照最有價值，比電腦中的清晰得多，我貼在雪櫃門上，隨時欣賞。

謝謝你告訴我該社區會堂的歷史和現況。太極拳，荒廢了二十多年了。1985年我再婚，預先買新房子，是香港鰂魚涌、華蘭路、華蘭花園（鄰太古城），特地買27樓頂樓，就是貪它連天台，可以打太極。豈料，搬進去直到89年移民前遷出，沒有打過一次！現在我還好意思對你說。

你說：「其實我對自我身份認同，已困擾多年。說個不是笑話的笑話：我向來被加拿大人認作中國人，現在已被中國人〔包括香港人〕視為加拿大人，這樣使我自己左看右看，都不是人了」。

相信出你們意外，我對所謂「自我身份認同」，從來沒有困擾。容我說句笑，我非「庸人」，不「自擾」，我對自己的「身份」，清晰得不得了。所謂「認同」，是別人的事。別人認為我是甚麼，是人是鬼，對我無損。

你「自己左看右看，都不是人」，我身份與你相同，我自己左看右看、前看後看、裡看外看，都是人。

華裔移民自己的身份，的確困擾過不少人，也反映在一些華裔作家的作品上，英文Chinese一詞也籠統、含混。多年前我就打算寫一篇學術論文，我熟悉新詩，就寫新詩人對自己身份的定位，對他們的詩作的影響。分三個階段來探討：僑民、移民、公民。許多人永遠停留在「僑民」的思想裡。但我只見到溫哥華幾個詩人的詩作，缺乏多倫多以及其它加拿大地方的華裔詩人的詩作，故未能動筆。

我要對你說，我這構思是「秘密」、我的「寫作秘密」，從來沒有對人透露過，包括拙荊勞美玉。這應是一篇令不少同行、包括前輩不悅的論文，要出來時就出來（希望在將來某一個學術研討會上宣讀，會一鳴驚人，起碼一新耳目），我不想「預告」。

你的困擾，也許是在現實生活中的確遇到障礙，而我就只活在理論層面自以為是、自我感覺良好。你有甚麼因為別人（中國人、加國人）對你身份的看法而使你不悅、妨礙你的生活甚至工作、事業發展的呢？能告訴我嗎？

幾年前我「加華作協」主辦的一次「加華文學」國際研討會中，我即興的作了一次講話，事後整理記錄為一篇評論，名為《從「國」、「族」、「文」分類海外華裔文學》，就當面打了與會嘉賓一巴掌，從文中可知，我很清楚自己的身份：我們，從「族」、也就是血統來說，是「華裔」、「華族」，不是「歐裔」等等、「拉丁族」等等。從「國」、也就是「國籍」來說，是「加拿大人」，而不是「中國人」、「台灣人」。是「華裔加拿大公民」、「華裔加拿大國民」，除非沒有宣誓入籍，那才是

「中國人」、「中國僑民」，習稱「華僑」。此文，已入書。電腦找出後，傳給你指教。

幾年前這裡有一個、現在已因內鬥而鬥死了的團體，叫「旅加北京聯誼會」，我曾在一次學術研討會上（那次在SFU舉行）及後來的文章上加以批評：加拿大公民仍視自己為「旅客」，不忠。記得丁果當場鼓掌讚賞。

像這些小故事，發生在我身上的（其實都是我對別人的批評），零零碎碎還有一些，如入籍加拿大已二、三十年的華裔作家，仍然口中「美加邊境」、回中國叫「回國」，回加拿大不叫「回國」等等。

你有何感受、高見，請多指教。

祝　儷安

思拋　頓　2011年4月1日

韓牧少年時的詩文（覆古遠清）

遠清先生：

你要編寫《澳門文學編年史》，要我「五六十年代在澳門用真名或是筆名發表作品」，其實大都失散。能確切記得的有：

一、〈沙漠行軍〉，署名「何思捣」，長詩，百多行，發表於「粵華中學壁報」，1952年。

二、〈秋天的郊野〉，署名「何思捣（初一甲）」散文，刊於《粵華中學年刊》，第93頁，1953.1.31.出版。

三、〈一年來熙社的動態〉（不署名），史料，約1000字。刊於《粵華中學年刊》，第50-51頁，1954.7.3.出版。

四、〈海洋幻想曲〉（散文詩，1000餘字）：署名「初三　何思捣」，寫時15歲。刊於《粵華中學年刊》1954.7.3.頁88.

五、〈熙社社史〉，署名「何思捣」，寫時16歲。刊於《粵華中學初中同學錄》，文長2000餘字。澳門粵華中學出版，1954年。

六、〈翠亨村遊記〉，署名「揮戈」，寫時17-18歲，刊於《澳門學生》，「澳門中華學生聯合總會」出版，1955-1956年。

七、〈這片土地曾經有過〉，署名「韓牧」，悼詩，約長50行，1976年9月寫於澳門，並發表於《澳門日報》。後收入詩集《急水門》及《待放的古蓮花》中。

我是1957年中學畢業後自澳移港的。移港後，詩文就在香港的報章、雜誌上發表，70年代起才再投寄澳門。

　　韓牧　2012年2月15日

《邵燕祥詩選》（致邵燕祥）

燕祥詩兄：

　　香港親戚電話告，收到從北京掛號寄來花城出版社出版的
《邵燕祥詩選》。謝謝！前一陣我《梅嫁給楓》在香港印好，所
以托在港親戚寄出，其實我人在溫哥華。幾年不回香港一次。舍
妹何婉慈經常往來港、溫，下次可為我帶來尊著了。

　　這些年我用了電腦，通信都用電郵，忽視了仍用紙筆的親
友。你的健康想也很好吧。我常回憶起八十年代中與你在香港
大嶼山的合照。隨函附上我名片及〈兩次歡宴私記〉，可知我
近況。

　　在加老一輩的梁錫華、洛夫、瘂弦，都是「電腦盲」。相信
你是用電郵的，若然，通訊就方便了。我的兩個郵址就在上面。
　　祝　健康

　　韓牧上　2012年11月10日

寶林學佛會重建籌款書畫展（覆衍陽法師）

衍陽法師：

　　聞　貴會將於九月初，在溫哥華植物公園舉辦「重建籌款書畫展」。本人忝為書法家，曾出版書法集，內含甲骨文〈心經〉，我願獻出數十本義賣，稍盡綿力。未知是否適當？附件三，為該書封面及兩內頁；我另附上簡歷，供參考決定。

　　真高興，有緣遇到澳門同鄉兼書畫同道！歡迎來電話談談，任何時間都可以，只要你方便。若我外出，請先留言。蒙你揄揚，我不敢當。書畫展出三天，我希望在第一天、周五開幕日就去，先睹為快。

　　昨天，我開始在電腦看一套朋友傳來的電視劇，20集的《百年虛雲》，只看到第二集，有一情節是一位來自江西的法師，來福建泉州賣字畫，還要價很高。童年虛雲的父親覺得他貪財，特意為難他。其實，江西水災、缺糧，法師得潤筆後大量買米，運回江西救災。該劇我昨天已廣傳給名單中全部百多位親友。現在也傳上。

　　等候　貴會工作人員與我聯絡。

　　何思摶　謹上8月31夜

　　（按：衍陽法師出家前，原是我所知道的澳門著名作家，筆名「凌楚楓」，現在聽她說，對韓牧早有認識，一向仰慕我的詩才云。）

少作能上，喜悲交集（覆杜杜）

杜杜同道：

我說：「50年前書法習作，寫給同學留念的，美玉網上偶見，竟然有人拍賣。」我說「竟然」其意是「意外」。朋友的反應不一。有說「恭喜」；有說「望拍出高價」；有說「字漂亮」；有說「可見你有名氣」。

你與眾不同：「天啊，那您這同學還在世嗎？可能是後人做主想賺錢吧？否則，這同學……，」看來你對拿出來拍賣的人不以為然。我對60年代初、50年前的這件事，完全忘了。對此作和「志平學長」毫無印象，現依書作內容，他是我同學，是否他移民我寫贈？這幾天我苦苦思索，翻查一些舊物，相信是書法同學馮志平，上課不同時，見面機會極少。他是攝影家，老師有一本書的個人照，註明「生　馮志平攝」。他長我幾歲，半個世紀沒聯絡，生死未卜。謝謝你，你讓我較全面的整理思緒。不指上述，指下述。

我覺得，藝術家創作，除了自娛，願望是「展示」，就視覺藝術家（書、畫、攝影、雕塑等）來說，達到一定程度就熱中展覽，再進一步，是「入」，作品獲美術館、藝術館、博物館「入藏」，永久珍藏，才能在百年後、千年後向人「展示」。

「入」之外，是「上」。能上拍賣行，有商業價值的同時，表示達到一定藝術質量（或有歷史價值）。能「上」，也是一種「展示」，拍賣行印刷的目錄正是。藝術品當然最大價值的是

「真跡」，但畢加索、范寬的真跡，一般人難得見到，起作用、影響力的是複製品、印刷品。書聖王羲之的真跡，世間早已絕跡，但王的影響力極大，可以說，王以後有成就的書法家，百份之九十受到其影響。這是題外話。

「入美術館」勝在「永久留傳」，「展示」機會有，但不多。「上拍賣行」是「廣為流傳」，成了商品，增加了「展示」。如果不是馮同學或其家人拿出來拍賣，自己嬰兒時期的照片就不會有重見機會。感謝他們讓我有個美好的追憶。當今的拍賣還上網，其「展示」是全球性的。不誇張，如果我今天寫好一幅書法，送人、或賣出，明天就上了拍賣行，我更高興。以上兩處，我認為是藝術品最好的歸宿。

至於涉及金錢，真正的藝術家孜孜為藝，能有溫飽也就可以。除非生活費無著，或創作、展示的成本缺乏，才關心到能否賣錢、賣多少錢。費心的應是自己藝術品的質量、能否永存。別人給我暫時的或永久的「展示」機會，也應讓他們藉著我的藝術品賺錢，甚至大賺。

某年在大陸某城市個展，當地收藏家協會一個成員，看後提出要將全部100件展品收購，與我商議。要知道展品中最便宜的、只寫兩個甲骨字的一件斗方，也要人民幣2000元（名副其實一字千金），一個手卷就不知多少倍了，確是一筆大數目。一般人買一幅兩幅，是自己收藏，或裝飾家居，或送人禮物。100件拿來做甚麼？做生意。他見我名氣不大，定價不高，但潛力夠大吧，將來「炒」起來，大賺。可惜，價錢不合告吹。對他對我，都是可惜。我感謝他的企圖。他企圖大賺是顯然的，我不介意，此舉促使我的作品「展示」、「流傳」，推高我的名氣和作品的商業價值。

意外見到自己的少作「竟然」上了拍賣行，我「喜悲交集」。「喜」是自己的少作也達到「上」的高度，有更大的「展示」、「流傳」。「悲」是為中國書法悲。我一向認為，當代書法是愧對古人、前人的。目前許多稱為「書法家」的，水準不及清末、民國時期的普通人。我這少作可以「上大檯面」，是個人之喜，是時代之悲。

　　韓牧　2013年6月18夜

談澳門文學形象（致吳衞鳴）

澳門文化局　吳衞鳴局長鈞鑒：

　　偶然在網上見到尊文：「文學的形象——澳門寫作人攝影肖像展・2013」序言，興奮；文內對本人揄揚有加，慚愧。三十年前的〈建立「澳門文學」的形象〉，那是一段葡萄牙白蘭地酒後狂言，回想當年，有人同意，也有過一些反對聲音。

　　現在好了，就尊文所述，已大大超過我的期望，如你所說「結合微電影、繪本、音樂等跨媒體形式，拓寬文學創作的領域，呈現嶄新的想像空間。」更是超乎我當年的想像。你說得對，「澳門作者的筆觸大都深深地依戀著這片小城土地，記錄城市變遷，書寫時代情懷。」這正是我一直對「澳門文學」的最大的企盼。得知你們要籌建「澳門文學館」，我十分高興。

　　你說：「當日『馬交仔』韓牧先生的呼籲，終於在今天得到應有的回響，可喜、可賀！」這「可喜、可賀！」主詞可以是澳門，澳門文學的成就；也可以是我，我的夢想成真了。

　　移居加拿大二十四年，與當前的「澳門文學」疏離了，但卻常在思念之中。這裡的文學界一些朋友，往往視我為澳門作者。例如來自台灣的詩人洛夫，在給外來客人介紹時，稱我為「澳門詩人」。也許因為我常常強調澳門，還把在澳門取得的經驗，介紹到加拿大來。例如，不到這裡來不知道，原來加拿大文學（英語為主），有附屬美國文學的傾向，這就像三十年前，人們忽視澳門文學，好像它附屬於香港文學一樣。我就在一些發言中，文

章中，指出其謬，直說龐大的加拿大，也不及小小的澳門的先知先覺。日前諾貝爾文學獎宣佈，今年是短篇小說家Alice Munro獲得，是加拿大人首次得獎，加拿大文學由此應該得到重視吧。

加拿大以「慢」著稱。我們的「加拿大華裔作家協會」，雖然辦過很多次國際研討會，出版過不少期刊和書籍，去年是25周年銀禧，才辦了首屆「加華文學獎」。這些年、我會外訪不多，港澳一次，中國兩次而已。今年十二月，將訪台灣，全團二十人，主人是台灣文化部。順告。

此祝　籌安

韓牧　頓首　2013年10月25日

小篆與大篆（覆曾偉靈）

偉靈女弟：

　　不必客氣。一日為師，一生為師。《韓牧散文選》中有關書法知識、心得的文章，有三、四十篇。其實《韓牧評論選》中也有，但比較深奧，遲些我也許會選一些相信對你有用的，攝影電郵給你。那本書我存書更少，難以送出。以後，書法上有甚麼問題，請提出，我都樂意解答。好讓我不要懶，要繼續思考，要整理心得。

　　你說愛學小篆，那天我好像提到：學大篆好，但沒有時間解說。現在說一說。它是秦始皇統一後，命李斯等人根據秦國所用文字（石鼓文為代表），規范化，官方定出來的。（統一前，各國都有自己不同的文字，書史上統稱戰國文字。也就是說，秦始皇把它們都廢了，是功是過，我認為是值得研究的。我更認為，如果秦始皇沒有統一為小篆，書體的發展會是另外一個方向，如果也一直發展成楷書，那也不是現在我們寫的樣子。更且，如果由齊國、楚國之類的大國戰勝、統一，書體發展到兩千多年後的現在，一定與現在我們用的大異，也許美過，也許醜過。）

　　但小篆書寫困難，人們不願寫，它是官方用行政力量推行的書體，政權倒了就倒，是歷史上最短命的書體，只有十幾年命。它對整齊、均勻要求極高，限制了個性的發揮。要寫得整齊、均勻，已經很難，要有書寫味（是寫字，不是畫圖案）、有個性，就更難。這像清隸一樣，還是清人做到，寫出個性。我們再要在

清人的基礎上提高，難極，近乎不可能。

　　既然又難、有埋沒個性、又寫不過古人，所以我沒有學。不過我有自學過與小篆同類、小篆的父親：石鼓文，但用功不深，因為我一定寫不過清末民初的吳昌碩，一定與吳差得遠。可是，出我意外有兩件事：一、當年的日本駐港總領事（與夫人）兩次來看我的（一次）展覽，說最愛我的石鼓文（我回溫後寫了一聯寄他）。二、在順德展覽，廣州中山大學古文獻研究所所長、也是當時的廣東省書法家協會會長、陳永正，他有一個學生是順德的實業家，先問好我星期日在展場，專程到廣州接陳永正夫婦來看。陳看後，特別讚賞石鼓文，說在國內能寫到這樣的，也很少。我很慚愧。我知道，他們讚我的石鼓文，只因為他們不熟悉這種書體。

　　大篆（主要是金文）活得多，要做到異於前人、發揮個性，是有可能的。有學者把甲骨文，也歸入大篆類（廣義的大篆）。實在的，甲骨文與金文，時間上是有交疊的。可以說：金文是當時的正體，隆重時用的；甲骨文是當時的草體，平時用的。我總以為，要學小篆，不如學大篆（金文），與學隸一樣：商、周為主，清為輔。

　　何思撝　2015年，迎月夜。

一日詩人，一世詩人（致瘂弦）

瘂弦先生：

　　意外高興，今天與你在IKEA不期而遇，還是你在後面認出我。許多個月沒有到IKEA吃每客一元的早餐了。你說，很久沒見。其實，去年春天你在烈治文圖書館講《聲音的美學》，秋天在中山公園的中英詩朗誦會，都有見到。只是，沒機會詳談。也許，幾個月，也算「很久」了。

　　我很懷念幾年前，多次在葛逸凡家裡的聚會，可說是文藝沙龍。最初幾次，我自己都做了詳細的筆記，內容是十分豐富的，尤其是你每次的講話。後來，就因為越來越豐富，我記不勝記，我的性格又不允許我作簡單的記錄，即使記了，也無暇整理（印象中有一篇還未整理）。現在想來，可惜！

　　雖然近年見面少了，但你的消息，我還是會知道的。例如：去年夏天，在台北「國家圖書館」舉辦的〈向瘂弦致敬〉一系列的活動，真為你高興。記得上次「加華作協」春茗見到，你問我最近有無詩集出版，今天一見到，你問我出版過多少本書。我猶豫了一下，說：「十本吧。」你接話：「慚愧。」（其實，當時我只想到詩集，而評論、藝評、散文、隨筆、書法集加起來，也有十本。）當時我就想到不少，也感到慚愧。你轉身走後，我和美玉也談了不少。這些思考是有價值的，現在我就寫在下面，請你指正。

　　你在五十年代到六十年代中寫詩，歷時僅十五年，以後沒

有寫。一次聽到洛夫先生開玩笑說：「瘂弦的詩，永恆——不寫！」你創造了一個奇蹟：「一部詩集名滿天下」。你也常強調：「一日詩人，一世詩人」。

我聽過一些詩友說，這是為自己辯解之詞。我對此曾作較深入的思考。我想：在香港時，七十年代，在詩人中，有一種相反的論調，印象中一位甚有名望的老詩人說過（見諸其文章，也能找出，但甚費工夫），他認為：只有在執筆寫詩的當兒，才是詩人，不在寫的時候，是職工、是老闆、家庭主婦、公車司機、教師、學生等等。這個，我當然不同意。

我對「一日詩人，一世詩人」的理解是，這詩人的詩是站得住，受得住時間、時代的淘汰。讓我引伸，最受得住淘汰的，也可以說是「一世詩人，百世詩人」的。看的是質量，而非數量。乾隆寫過三、四萬首，無一名作、佳作。張繼現存沒幾首，「月落烏啼」流存百世。

2011年夏，我把十年間所作，編成所謂學生詩集：《愛情元素》和《梅嫁給楓》。《梅》集，已於2012年由「加華作協」出版，但《愛》集（以你讚賞的〈愛情元素〉為主題詩），因質量較高，我希望能在台灣的出版社出。何況，港、澳、新加坡、溫哥華，我已出過兩、三本了。在台灣，我不認識甚麼人，這《愛》集，至今四、五年了，緣份未到，還未出版。但一定要在台灣出，這點我是堅持的。因為相信以後寫的，不會有《愛》集的質量了。

你說常常見到拙作。是的，除了港澳、新加坡有少量發表外，起碼這兩、三年，我在每周一次的《環球華報》的文藝版，幾乎，每周不缺席！相信你也是看到該報吧。雖然濫造，卻也多產。現在想，我又可以編一本詩集了。

知道你有郵址，是葛逸凡告訴我的。當時她說，有朋友正為你整理大量的資料，不宜通信。現在這信，你看到嗎？請告。若打字不便，你可以直接將這信按一下Reply，就是把這信回寄給我，我就知道你收到了。

　　祝　健康

　　韓牧上　2016年1月30日

有感就發（覆王立）

王立我兄如見：

　　意外收到你的信，記得前兩次中山公園請你朗誦美玉的詩；王潤華、黃郁蘭在溫的講魯迅，你都有來，至今，有兩年吧，沒有見面。你為下一代，犧牲自己的文學活動，可謂偉大母親。但活動，只是文學的附屬，可有可無，雖然也有促進的作用。我活動很多，是作為「義工記者」（朋友封的），向好友報導，但沒有影響我的寫作，如果你長期看到《環球》，就知道兩三年來，我每周有詩文發表（前、昨兩天，也寫了五、六首，今天還準備寫兩首）。

　　我知道我是個創作者的料，不是個學者的料，起碼，愛創作，甚於學術研究。所以，30年前，好不好進澳門大學讀碩士？我經過極大的思想鬥爭：我害怕埋頭學術研究，會使我失去感性，再也寫不出詩，更寫不出好詩。但我又不「忿氣」（粵語，含「不甘」意。記起，你初來時，知道你研究唐代音樂，也以此為博士學位論文，曾建議你藉地利，瞭解粵語），一些自己不會寫詩的詩評論家胡說，鬥爭結果還是進修，學習文學理論，作研究，寫學術論文。幸好後來還是寫得出詩來。

　　1989年末，我一移來，就自作規定：像在港澳時，文學、藝術團體我都加入、可以任理事。但會長、副會長，我絕不去當。應酬多、責任重，接機送機，會損害我的創作。過去有些年，「加華作協」的「全民」換屆選舉，我也曾幸運得最高票（與陳

浩泉同票數）。但我早就清楚，榮譽、虛名、活動（青年時，知道有一蘇式名銜：「社會活動家」），與身同滅。只有作品才可以千秋長存。

　　所以，希望你在家裡，最好不要停頓你的寫作，你的詩和小說都很不錯，有感就發，不要浪費。這「發」非指發表、刊登，即使無處可發，無刊可登，也要寫。我青年時在香港，有一大群文友，後來因為投稿的兩三個刊物相繼停刊，就不寫了，只剩兩人堅持到今，陳浩泉和我。

　　我永遠記得，你建議、又為我全書打字，讓《回魂夜》成為網上電子書，讓大陸的以及各處的讀者，讀到該書。你來信對我倆的稱謂，尊敬加親切，但我倆不敢當。事實上，對我倆，如此稱呼的，只有王立一人。也許他們全都知道，我倆雖老，但永不認老吧？

　　祝　旅安

　　（是回內蒙老家吧？問候你雙親，他們喜歡我在馬年傳上的馬。最近有和哈達聯絡嗎？還是有甚麼學術會議要開？）

　　韓牧　頓　2016年2月28日

感謝翻譯〈腰刀〉（覆黃潘明珠）

黃潘明珠女士：

　　我從韓國、台灣回來很多天、大半個月了，抱歉，現在才給你回信。沒有病，但一直睡不著，每天都要吃安眠藥，這情況從未有過。不是因為時差，是腦裡一直重重複複的、重現在韓國那幾天的情景。好在，我還一樣正常工作，寫許多詩、文，做許多照片（電腦發出去），寫許多電郵，但全是關於那幾天的。

　　感謝你翻譯我的〈腰刀〉，想不到幾十年前寫的一首六行的小詩，在讀者眼中，有現實意義，多謝你提醒我。幾天後的星期天，我們「加拿大華裔作家協會」在中山公園，舉辦「中英詩歌朗誦會」，每年一次，是第六屆了，規定每首詩都中英對照，中詩要英譯，英詩要中譯，每次也請幾位英語詩人。（將來希望有機會借重你。）今年的節目表，文友尚未完成，我會找出去年的傳上，我知道英語詩人中，有一位你一定認識的。

　　談到翻譯，想起此次赴漢開會（兩個，一個是在慶州東國大學的「韓中文化論壇」，一個是在首爾、韓國外國語大學的「世界華文文學」）。一位新認識的韓國教授對我的詩有興趣，要研究我，寫論文（他也可以用中文寫，此次他宣讀的就是），先要我自選十首，給他韓譯，在文學季刊《亞細亞文學》冬季號發表云。另外，一位泰國的大學教授，華裔，也要研究我。

　　回來之後寫的一詩一文，我傳給你，請指正。我給大家的印象是不論甚麼時間，都拍攝，不論甚麼場合，都幽默。這有時就

不夠莊重了，一詩〈餞別群歌〉，一文〈韓中文化論壇海外學者代表致詞〉，我傳給你，你一看就知道了。

感謝傳來有關我的資料，我全看了，一些未見過，一些早年的，忘記了。

祝　儷安

韓牧上　2016年9月27夜

悼念文。論爭文（致曹小莉、青洋）

小莉、青洋兩兄如見：

感謝即時回應、讚賞。我也常常覺得我懷念已故師友的文章，篇篇坦率而詳盡，如悼念香港全面作家舒巷城，詩人學者、藏書家方寬烈，加拿大詩人編輯（《明報》總編輯）羅鏘鳴，舞蹈及教育家、史家邸大琨、文友王潔心等，還有因思緒繁複未及動筆、寫詩人學者也斯（梁秉鈞）的。80年代初，書法恩師謝熙先生凋謝，當時也要寫，可惜被悲傷之情掩蓋了，流產。否則一定可觀。誰會猜到？瘂弦先生在全本詩集《新土與前塵》中，最欣賞的竟然是平白無奇的長詩〈家貓之葬〉。《回魂夜》應也屬此類，大家都知道的，不必說。

為何如此？悼念詩文會寫得好？我曾思考過。結果，原因簡單：失去的，特別感到可貴，特別珍惜，例如「失」去的「戀」。這是人之常情也。因此，我對你們的讚賞，照單全收，不應謙虛。我甚至向寫學術論文的學者「推薦」，說，韓牧這類詩文一旦積累夠多，就很值得專題研究。這「推薦」者其實是毛遂。

我那20多篇論爭文章，已收在我藝評小品《剪虹集》一書中，該輯名〈新詩論爭之輯〉。當然，我怎忍心埋沒我自己的戰功？篇幅所限，別人的沒有收進，但都一一詳列篇目，何年何月在何處發表，讓將來的研究者有清晰的蛛絲可尋。我文愛引對方言詞，然後反駁，因此，只看我的，也可以知道對方說過

甚麼了。

　　記得約兩個月前吧，小莉兒曾在一文中談到隱居鄰省多年的梁錫華教授，說其文章與錢鍾書比，不遑多讓。（小莉兒可以重發一次給我嗎？）此一比，雖未必人人同意，但他確是學貫中西，文筆犀利。我最佩服他。他的學問，不是淺薄如韓牧之流可以瞭解（如：多年前我去信問他忙甚麼，原來他正用希臘文研究最原始的《聖經》），我佩服的是他為人隨和謙虛。不用日貨，絕對環保只是其次。有大學問的人我見過不少，但如他隨和謙虛的，我未見到有第二個。記得嗎？他從香港的大學中文系主任退休到溫哥華，牛仔褲、舊球鞋、揹個背囊來，和我們嘻嘻哈哈。

　　《剪虹集》於2006年冬出版後，我寄他一本，他覆了信。（剛才我幾經辛苦，在故紙堆中找出來了）節錄首段如下：

　　「韓牧兄：

　　　收到《剪虹集》，十分感謝！入春雜務逼人，未及早覆，歉甚。集子厚度可觀，只能抽閒每次作少量品嘗，已深感文字、文氣俱上乘，可惜為專欄所困，拳腳一舉，已觸壁矣。《新詩論爭之輯》經全部拜讀，興趣盎然。尊論各文，道理彰彰。至於世稱真理愈辯愈明之說，大概未必。一般說到高處、極處，往往愈辯愈暗，愈兇狠。……」

　　名家推薦如上，你們若要補看，請告。有機會時借書給你們。青洋學生時代、以至現在，不是要以魯迅為師嗎？雙方戰痕

的刻毒處，與魯迅比「不遑多讓」。但如受毒，甚至上癮，勿怪我倆。祝

　　青春常駐

　　韓牧　2017年1月9日下午。

文風・歌風・自學（覆曹小莉）

小莉兄：

　　也許，靠你這些「發至大陸群友居多的數微信群」，才可能，將來，讓我成為，正如名司儀青洋女士所謬讚的：「兩岸三地著名詩人」。當時我一上臺，也忘了基本禮貌，應該先說「各位嘉賓，各位朋友」，就匆匆忙忙的、第一句就說：「我先要更正一下」。

　　我所更正，居然不是說「我不是著名詩人」，而是「兩岸四地」才對。不熟悉我的嘉賓，會以為我怪司儀說「少」了，我是「四地著名」的，因而要更正。其實，我在「三地」都不著名。反而是在「第四地」，澳門這一個「最小的地方」，享有大名。不是嗎？「澳門文學」這一個名詞及概念，是我在三十多年前，全球第一個提出來的，此後的評論者，都說是讓澳門文學界、以至文化界醒覺的第一聲（我是晨雞了？）。我又是在澳門出版的第一、第二本詩集的作者。洛夫前輩每次把我向別人介紹時，總是說我是「澳門詩人」。當晚司儀溢美，卻漏了我認為最重要、最適當的一句。

　　你說把我文「發至大陸群友居多的數微信群」是讓「感受不同文風」。這句話，我意外，也意外地感動！我們的文風，確是不同，首先說文字。我曾見過一些長長的句子，例如有一句：「換句話說，也就是華人踏上這塊異域土地後是通過怎樣的途徑和精神過程將自身固有的文化底色和情緒格調逐步剝離並最終與

新環境融合或是最終也未能全部融合。」我不敢說這樣不好，但我就絕對不是這種文風。文風除了形式，當然也關係到內容，這容易理解，就不談了。

我常常覺得，大陸出身的中、青年朋友，對周璇的歌，都是有認識的。都認識《天涯歌女》、《四季歌》或者再一個《漁家女》，不過，此外，似乎都茫然了。甚麼原因？你懂的。其實，周璇除了「批判現實主義」的歌（此處借用名詞），還有不少好歌，愛國的、高昂的、豪壯的、奮發的、關心民間疾苦的、深情的、反映社會現實的。如《凱旋歌》、《月下的祈禱》、《銀花飛》、《花樣的年華》、《前程萬里》、《桃李春風》、《星心相印》、《西子姑娘》、《鍾山春》、《交換》，《黃葉舞秋風》、《五月的風》、《永遠的微笑》、《知音何處尋》、《瘋狂世界》、《三年離別又相逢》、《合家歡》、《慈母心》、《月圓花好》、《真善美》、《高崗上》、《春之晨》、《訴衷情》、《街頭月》、《陋巷之春》、《秋水伊人》、《燕燕于飛》……以至現在這首《鳳凰于飛》。其中幾首，我在這幾年我會的「春晚」上也獻醜過。

「文風」不同，「歌風」也是不同的。廖中堅兄連續兩三年（質）問我，為甚麼不再唱《凱旋歌》。當別人愛唱激烈如火的，我就唱柔情似水的來調劑一下。當別人愛唱新歌，我就唱童年時聽慣的老歌，事實上，我只會唱老歌，也只會欣賞老歌。

至於「那天你在臺上講話唱歌時，音樂家張宏林擊節讚賞，他說：這位先生年輕時一定有很多女孩子喜歡，能說會道有才氣，唱得動聽吸引人。」音樂家張宏林「這位先生」不認識我，不清楚我，他誤會了。我年輕時，不是「很多女孩子喜歡」，相反，是「喜歡（過）很多女孩子」，也許因為不是「能說會

道」，從23歲到30歲，屢次失戀。

　　現在給人印象「能說會道」甚至風趣幽默，是後天、是後來努力學來的（似乎，現在「有很多女孩子的祖母、外祖母喜歡」）。小學時，每學期成績表中「品行」的評語，總有「沉默寡言，努力向學」之句。灰布長衫、直髮獨身、民國二年開始辦學的女校長，叫吳寄夢，曾對家母說：「你的思搗，不說話的，像個女生。」在那個時代，不是缺點，可能還算是優點。後來上了中學，我覺得這樣子沉默，會使別人生疑、誤會，是缺點，於是努力去改。那中學是天主教男校，沒有與「女孩子」交手的機會、經驗。原來，「能說會道」、風趣幽默，是可以經過學習而得的。

　　至於說「唱得動聽吸引人」，不敢當。我中學時期以至畢業後出來社會工作，都喜歡唱歌（其實所有藝術我都喜歡）。那時當然沒有卡拉OK，甚至沒有唱機（現在家裡還是沒有），是到書店買歌書自己在家裡學唱。甚麼中國、外國民歌、古典歌、中外抒情歌、名歌一百首之類。一本冼星海的《黃河大合唱》，男獨、女獨、道白、合唱，我可以全本背得出來。

　　去年「春晚」我對劉鳳屏老師說，其實，連我半個小時的聲樂課都沒上過。這讓我知道，其實，唱歌，是可以自學的。

韓牧　2017年3月13日

君子之交（覆程慧雲）

慧雲兄：

我舊信電子版，順利收齊，多謝。清楚了，是我大意、不小心。歉。年紀漸大，記憶力也漸差，近一年尤甚。相信當年給你的，就只是這兩封。大概沒有第三封了吧？現在，幾乎沒有人再用紙筆寫信了，我們是最後一代了，所以覺得特別珍貴。

你當年也一定有給我寫信吧？若然，我一定藏著，沒有失去，但要找，就得花時間。我在1989年末自港移此，迄今二十七、八年了，一些裝好運來的的紙箱，至今還未開箱，那些是舊信件、剪報、工藝品之類，一把新買的太極劍，原封未動。除了上述，還有哪些未開箱？不清楚。

這十年來，我不停給你電郵，圖文並茂，近況、近照不斷，成了個透明人。因為我有時間。而你來郵極疏，應是因為工作、生活都忙，時間奢侈不起。但因此，我不知道你的情況。連你的樣貌也全無印象，在街上碰到，肯定如陌路人。像上一郵，你說家事煩擾，我也無從得知是何類事。不過，古人說：君子之交淡如水，也許指此。

祝　闔府平安

韓牧　2017年5月27日

《亞細亞文藝》季刊收到

（致朴南用、徐曉雯）

朴南用教授、徐曉雯教授：

今日收到多倫多快遞，《亞細亞文藝》季刊兩冊，2016年冬季號、2017年夏季號。見韓牧詩、葉靜欣詩的韓文翻譯，萬分感激。

又：感謝徐教授附來論陳河小說《甲骨時光》的尊文，已過目。巧！我是極有興趣於甲骨文書法的。

祝　健康

韓牧　頓首　2017年8月8日下午。

中國文學？還是加拿大文學？（致金惠俊）

金惠俊教授：

　　上周六，「加華作協」月會，我們談的是：「加華文學是否屬於中國文學的一部份？」，這論題是陳浩泉兄提議的。他首先發言，說這次研討會中，中國學者吳義勤認為是，韓國學者金惠俊認為不是。

　　　陳浩泉說：「吳義勤認為，海外的『中國書寫』……在很大程度上，豐富了中國當代文學的維度，也成為了中國當代文學不可或缺的一部分。……移民文學就是中國當代文學不可分割的一部分，無論是作家的主體精神建構、具體的創作實踐還是讀者的審美接受，都使得新移民文學緊密地融化在中國當代文學的整體格局之中，並成了中國當代文學非常精彩的重要部分。」陳浩泉說，這也是官方的看法。

　　　他接著說：「金教授提出不同的看法與建言是：如果把視野放大一些，站在全球跨國移居者群體的層面上看華人問題，也就是說，把華人看成是超國家和種族的新形態人類群的一部分，會不會就能創作出新層次的作品呢？」

　　　同時，金教授認為作家「不用束縛於現有的語言和技巧，而要尋找一種新的方式，以便於更好地表達作家自己的新經險、感受和觀點。」

最後，金教授更明確地表示，加華作家「要把自己看成是中國人（漢族）出身的真正的加拿大人乃至世界人……要把加華文學看成是加拿大文學乃至世界文學的一部分，同時也要把加華文學看成是華人華文文學的一部分而前行。」

　　浩泉兄讀罷，隨即點名要我發表意見。我立刻站起來，說：「我絕不同意我們的加華文學是中國文學的一部份。這問題，十年前我就開始寫文章，名為〈用「國」、「族」、「文」分類海外華裔文學〉，專談此議，此文已收進我會出版的論文集《楓華正茂》裡。後來又有幾篇學術論文談論及此。

　　我一直堅持這個觀點。去年到韓國開會，見到一些中國大陸來的學者，我私下和他們談論這問題，一些人不同意我，但又說不出甚麼理由；另一些說，是老問題了，卻又沒有深入的說下去。」

　　我繼續說：我的文章長，大家都要講話，現在我只講其中一點。如果，中國可以把「加華文學」，收編、或說歸寧到中國文學，英國佬又把加拿大人的英文文學，收歸英國文學，法國、西班牙、俄國、芬蘭等等也是如此，還有加拿大文學嗎？有。印第安文學。其實印第安也是移民，千萬年前從亞州經白令海峽踩過陸橋來的。

　　其它朋友陸續發言，沒有同意是中國文學的。其後，我又補充說：中國一向把我們這些，稱為「海外」，是有問題的。是以自我為中心，其它是邊陲，相當於政治上的中央與地方的關係。這「海外」，我自己也叫了二十多年。現在，他們改稱「世界」，意指除中國以外的華文文學，這名稱更有問題，是中國自

外於世界，不是世界的其中一部份。那相當於與世界平起平坐，
對等起來了。

當時我心中其實有一詩意的比喻，但太「刻薄」，不宜說
出，所以沒有說。現在不妨在此吐露，不要見怪，也不知比喻是
否恰當：

張家少爺在外面有了小三。一天，一少婦抱一男嬰來到張
府，要見老爺。說是張少爺所經手。少爺垂頭，承認。老爺見男
嬰胖白可愛，又有點像自己，大喜。說：這嬰兒既然是張家骨
肉，留下，妳可以走。

這是粵語電影常見的「要子不要母」，不承認你是中國人
（不承認雙重國籍），但要你生產的文學作品，私生子。

你的大作〈淺談加華作協的加華短篇小說〉，佩服，常有同
感，例如：「從出發地和移居地間的差異相對較小的地區來的作
家，或者居住時間較長的作家，他們的作品表現出對移居地加拿
大的期待、適應、愛護和擁護，甚至還表現出作為一個加拿大公
民所具有的權利和義務。……這些首先就已充分向華人華文文學
的讀者（包括中國讀者在內）證明了華人華文文學並不單純是向
世界傳播「中國故事」的宣傳物。」你還有很多高瞻遠矚的話，
給了我們啟發，暫時不多引了。

我這些年所寫的許多詩、散文、評論，很重要的一個主題，
是要自己、也要別人認清自身的身份改變、定位、立場，雖是華
族，卻是一個加拿大人而非中國人。但我沒有強烈的意識到「世
界人」，你的提示，讓我知道應該同時具備兩重身份。

這次月會上，有人強調，他寫作，完全沒有想自己是甚麼國
籍，甚麼民族，想甚麼就寫甚麼。又有人說：「文學無國界」。
我想，真的做到完全忘記自己的國籍、民族嗎？「文學無國

界」，這是就讀者而言。但作者可以無立場嗎？無國界，不承認有所謂「中國文學」、甚麼國文學嗎？

　　月會中，陳浩泉兄說，某次在中國大陸開會，一位德國來的學者，說嚴歌苓的小說，因為寫的都是中國，所以只能算是「中國文學」。我想，他純粹從內容、題材來分類，是不完整的。上述的我的迷思，希望金教授有以教我。先謝謝了。

　　祝　健康

　　韓牧　敬上　2017年9月6日

預祝「大山腳文學國際學術研討大會」成功（致陳政欣）

政欣兄：

　　從你專欄，見〈大山腳作家文學作品選集《母音階》推介詞〉及〈大山腳文學國際學術研討大會〉新聞稿，知道你榮任研討會主席，在此，預祝大會成功！

　　「大山腳」是個又小、又土、又可愛的名稱。地方雖小，文學成就卻出人意外。我真幸運，35年前就知道它，還寫在拙文〈建立「澳門文學」的形象〉中，該文，你應未曾見過。下面附件4個，是我從《澳門人文社會科學研究文選・文學卷》中影來。也許因為算是「澳門文學」的第一聲，該文有幸列為第一篇。

　　尤有幸者：文中說：「最近認識了一位馬來西亞詩友，他說，他住的是小地方，人口我沒有問，只知道中文地名叫「大山腳」。他說，他那個小地方，愛好華文文藝的有11個人。但我看到他們也出版文藝叢書，而且，竟然是十本二十本的出版下去。……」

　　我與你在香港相見，是1983年末，該文寫於1984年春，除了你，我想不出有另一位大山腳朋友。該文沒有寫出文友、詩友的名字。我只記得麻坡的是梁志慶，現在想，大山腳的，應該就是你了。

　　韓牧　2018年1月21日

洪若豪文集（致汪卿孫）

卿孫女士：

我與內子前月到泰國開學術會議、接著遊加勒比海，離家一個多月，回來，才知道你母親的噩耗。我第一想到是汪先生是否獨居？第二想到你母親應該出書。

她寫得這麼好，又這麼多，生前只有一本《音樂小品文》，是遺憾的。這書，我以前也看過，昨天又取了一本回家。實在說，這書的文章、內容，雖好，但作為一本書，就不專業。你母親很有個性，性格是強烈的，正如她的姓、名，洪、若豪，還具男子氣概。但這方面卻是低調的，哪怕圖書館是她的本業。這書，圖書館收藏困難。無國際書號、無書脊，版權頁不齊全，文章無寫作年月及出處（初刊處）。序跋太簡，是美中不足。

昨天聽你演講，說為母親出書，我心有同感，很高興。但你好像說希望能做到，這點我就不同意了。一定要做到。人總要走的，走了，留下甚麼？紀念品嗎？只對當事人重要，像你對母親的紀念品也看成自己的紀念品一樣珍貴，是少有的。只有生前獨特的言論、寫的作品、作的藝術品，才能永恆，代表著那個人永恆不死。

你父母親有你這樣的女兒，是幸運的（我是不幸的，我沒有兒女）。昨天我也對你說：這樣的追悼會我未遇到過，兒女展覽其生前的文學作品、最愛的作家、最鍾情的音樂、及其生活品味，甚至讓來賓品嘗母親最愛的茶葉、餅食。

我與你母親，常有電郵來往。在我電腦名單中，分兩組：第一組是全部人，約180位，第二組是第一組中的約30人，無有不可談的。你母親同屬兩組。現在少了一位「無有不可談」的朋友了。我與她討論的、向她請教的電郵，若找出來，我傳給你。Mabel Wang的File，我會繼續保存，你的電郵，我也存到那裡。

希望你早些收集齊全母親的文章，配合照片，《音樂小品文》的內容再收進去也可以，像出「全集」一樣。因為她生前出版太少。那本書，就代表了她此生音樂、寫作生活的全貌了。希望你在香港找到好的出版社，出一本有分量、有代表性的書吧。

祝　健康，問候你父親

韓牧　2018年1月7日

談《香港文學大系》題籤（致陳國球）

陳國球教授：

　　那天晚上在烈治文圖書館聽你關於「《香港文學大系》與香港文學史」的演講，獲益不少，尤其是許多你發現的珍貴的史料。散會後我拉著你談了幾句，匆匆提了兩個意見；其實意猶未盡，一次生，兩次熟，現在也不必客氣，直白多講幾句不中聽的。想你不會介意吧。

　　此大系文體分類，依1935-36年的《中國新文學大系》。竊以為「戲劇」，一如「電影」，屬藝術，「劇本」才屬文學。

　　此大系的題籤，用隸書，我問是何人所題，你說是某大畫家的弟子所書，他居香港多年，題此不收酬，感謝他。我當時客氣，只說這不是書法家的字，畫家的字不同於書法家，又只略略指出「文」字、「大」字的橫劃，說，書法家不會這樣寫的。

　　其實我心裡話是很多的：近這幾十年，中國書法大倒退，總的趨勢是離雅入俗。隸書尤然。隸書在歷史上有兩個高峰，漢隸恢宏高古，一碑一面；清隸用筆結體鮮活，具現代精神。漢後的魏晉起、至明，長長的一段時期，隸書可說沒落，完全不足觀。也不是我個人大口氣，應是懂得隸書的古今書法家的共識，或已成定論。

　　此六字，是不會寫隸書的人寫的。曾稍微正式學過隸書的人都知道「雁不雙飛，蠶不二設」，隸書筆道特點的蠶頭和雁尾，一字中不要重複（若是更高層次的隸書，若有道理，若美，這口

訣當然是可以不依的）。寫此六字的（畫家？），知道雁尾是隸書用筆的最大的特點，於是凡遇橫劃，就一定來個雁尾，他也知道隸書多扁身，就字字皆扁。以為這樣才是隸書、才是正宗的。

南北朝的隸、唐隸，是氣格最卑下的，看來是學那時期的隸，又不會學。因而此六字，就更為卑劣。我在這裡是講不清楚的，有兩篇小文，我影給你過目。一篇是〈漢隸清隸是高峰〉，刊《韓牧散文選》，頁212-213，另一篇是〈論隸書學習——「何思撝隸書展」前言〉，刊《韓牧評論選》，頁374-375。

細讀此兩文後，自當明白我上文所說。我也不是上帝、神仙，所說未必對，你應請教擅隸書的書法家，問問他們的意見。若有與我所說不符，請轉告，讓我反省、進步。

此祝　教安

韓牧　頓首　2018年3月18夜

名師也會出低徒（覆圓圓）

識於「微時」（初中）的圓圓：

若不是「杜姥」（曾在你們香港「中大」任教的杜維運教授的遺孀孫雅明）傳給我與饒公的合照，我不會想到找出饒公合照回敬她。

名師（也會）出低徒。我就是。不是說名師是說低徒。80年代中、晚期，我是澳門大學的研究生（中國文學），每周赴澳一次上課，受業於饒、羅（慷烈）兩名師，妙在，每次早上在港澳碼頭等船，總與他們相遇，交談。水翼船到了，分道，他們上二樓頭等（當然是大學買的票）；我這窮學生，自費，坐樓下。船到澳門，出碼頭，大學的校車已在門口等，教授上車，我只是學生，也上車，一同進課室，三、四個人而已。上課後，我往往趁機留下，見見文友，推動澳門的文學活動，很少同船回港。饒公常會出國開會，一定要補課，就到他住家跑馬地鳳輝台去。大學研究生少，兩三個人而已，好像個別教授，更像閒談。其實在正式課堂時，他的話題也是雲遊太空，如神龍見首不見尾，無法隨跡跟蹤，無章法系統可言，廣博無邊。聽後會頭暈。那到底是一段難忘的美好時光。

記得最初第一次上課，臨下課，他要我寫一篇聽課筆記，下一堂交給他（也許是要知道我的程度）。我用心寫，我寫出自己的心得、意見（當時不知死活）。他看了，說了一句：「你家裡是不是有許多藏書？」我答「不是。」我其實沒有藏書，當時

看的書，就只是市政局所屬的公立圖書館借來的，大學圖書館也未進去過。當然也沒有電腦，他以為我像他少年時有十萬冊家藏麼？笑話！現在想，他何出此言？我不是學者型，我是作家（型），動起筆來，較有創作靈感、也較有膽量吧？

何思撝。2018年3月1日

冬至光明（覆范軍）

均勻伉儷：

　　你太忙也為我做事，我難為情，其實是不趕的。不認同「漂木」的意象的意思，但這意象已深入人心，大家好像以此為「榮」，何況人老就頑固（我也老，我也是），相信他不會同我意，你好心，主動要代我解釋，其實不必，我無此需求。但若你「一意孤行」，我不反對。若你有辦法讓他明白、甚而同意我意，我佩服你。

　　能得到李昂的郵址，最好，否則，我也只好放棄（她）了。事情多，許多電郵等我發，許多詩等我寫，本想此郵兩三行完事（請諒），現在寫多了。

　　冬至光明！

　　韓牧　2018年12月22日

丘逢甲的《澳門雜詩》：〈兩園・白鴿〉

（覆呂志鵬）

志鵬兄：

　　那篇〈「駐」在香港的澳門詩人——評韓牧的詩〉我找不到了，你說：「文學史料就是這樣，一切都講緣份，不用強求，不找時就會慢慢出現。」既然出現在「不找時」，我也不再找了。

　　上郵我傳上照片，是1998年澳門基金會為我舉辦《回鋒萬里三千年》港澳巡迴書法個展時攝。正當澳門博物館創館，我與美玉曾進館參觀，蒙貴館收藏我甲骨文作品一幅，那年是回歸的前一年，相片中可見、仍是葡人負責（當年澳門很熱鬧，我在澳區的展覽，還碰上一些國內的電視台來訪；開幕剪綵嘉賓本來由候任特首何厚鏵，他臨時要趕上北京，結果沒來）。

　　我那幅甲骨文是丘逢甲的《澳門雜詩：〈兩園・白鴿〉》。巧，館中有耳筒聽詩詞名作朗誦，我一聽丘逢甲，巧！正是這詩！我還聽了「舊時」澳門街頭小販叫賣聲，大失所望，是今人「讀字」而已，何來「叫賣」？倒是我自己模仿得「似層層」，起碼有百份之九十似。我自傲是模仿天才，講話、方言、唱歌、唱地方戲曲（不單粵曲）作曲、玩樂器、跳舞、書法、繪畫。其實，學習任何藝術，起初不都是模仿嗎？關於叫賣聲，幾年前我寫過一篇短文，有內容，現在附在下面給你看。

祝

「館安」

韓牧　2019年1月11日

你的《溫城寫真》 （覆李敏儀）

敏儀兄：

太麻煩你了，我不好意思（於心不忍）。因為我的詩選，不夠吸引，讀者會中途放棄，就全部不看。吳兄的評論好一點，簡歷才會吸引，因為八卦，想先摸底。這三頁，你為我順序排好，感激！

我近作詩〈滿身沙塵的野蠻人〉，忘了曾否傳你，寧重無缺，現（再）發一次。告訴你，日前美玉在我故紙堆中，發現一本《星島周刊》，裡面竟然是你的《溫城寫真》〈何思搗鑽研書法「寫」出一片天〉。那是你的「家訪」，周刊第618期，周迅封面，2006年9月23日。啊！十三年了！重看你文，精簡而有深度。三張相片，是選最top的：我在我大幅書法旁；我與勞美玉居中，兩旁是省督林思齊、王健教授，在我UBC首展展場，記得是應《明報》記者之請而拍的；我與美玉，與饒宗頤教授合照於饒師〈何思搗書展〉門榜旁。香港大會堂。

　　韓牧　2019年1月28日

粵華的師資（覆歐陽鉅昌）

歐陽兄：

　　你說：「經你介紹、我才知道粵華中學師資如此優良、難怪人才輩出」。其實我見你也是粵華校友，小學生，也對校歌有印象，就向你說說校歌、神父，如此而已。未說師資。

　　粵華的確有優良的師資，應是拜內戰，大量文化人避秦所致。羅燦坤老師中山大學社會系。教地理，爛熟，在黑板上先畫一個地圖，就滔滔不絕。他常常講時事，文化人、詩人作家遭遇、近況。他年輕時是籃球好手，遠征外省。也善演話劇，粵華每年的表演總是他當導演和主角。我們大家都熟悉的、大音樂家黃友棣的名曲《杜鵑花》（幾年前黃臨終時，馬英九在病床邊唱給他聽），就是據羅老師年青時作的新詩而配曲的。他是我新文學的啟蒙老師（上次「加華作協」應邀訪台，我的發言提及。現附件給你）。他用筆名「羅亭」和校中一些意大利籍神父，合譯了很多相信是意大利文的小說，成為叢書，由在澳門下環區的「慈幼會」的出版社出版。記得有《月亮的兒子們》《荒漠之花》《穆罕默德的女兒》《古城巨竊》《洛磯山》……。那個出版社、印刷廠，我們同學也集體去參觀過一次。

　　鄧展雄老師，中山大學中文系。比羅老師年輕幾歲，是東莞同鄉。看不起新詩，熱愛古典詩詞，每堂總要教兩首，多是陸游、蘇東坡。他早逝。

　　陳玉堂老師，教數學，圓周率，人人都是3.1416，他，可以

背出之後的幾十個數字：3.141592652015……（這十幾個是我勉強記得，不知對否），他說年輕時學英文，會背字典，從a字順序，一個一個唸給我們聽。後來他到了香港，任「中西英文書院」的校長。

沈瑞裕老師，教英文，記得他說很多字，英文發音與中文相近，如stone，石頭。後來他到了香港，任職香港政府。一些香港總督的中文正式譯名，是他譯的，如「戴麟趾」。他晚年在美國，印象中他研究、全譯了《通勝》。

柳金頃老師，教化學，他是日本留學的，唇上留了日式鬍鬚。

汪老師，曾代課音樂，一起彈吉他，唱貓王。他健身、西洋拳。多年前偶見多倫多新聞，他成為中國武術大師了。

甘恆老師，教美術，他出身著名的「市美」（廣州市立美術學校）。記得那年「慈幼會」的總會長駕到，極為隆重。（附說，幾年前郵船到意大利，上岸自由逛，竟意外見到一建築有熟悉的鮑斯高頭像，想是「慈幼」分會）國文老師楊敬安代表學校獻詩兩首。我只記得第二首的起句：「軺軒（古代使臣之車）三月自西來，正值花期絢爛開（校花木棉）」。合唱新作的歡迎歌，我只記得最後兩句：「總會長，萬歲，萬歲，萬萬歲！」。由甘恆老師畫總會長的畫像，懸掛出來，他畫工厲害，用粉彩，憑一張年輕時的照片，加鬍鬚。我們與真人對照，十分像。他曾自豪說，凡我學生，除了沒機會學油畫，甚麼畫種都畫過。是的，鉛筆、彩色鉛筆、粉彩、水彩，我們都學過。甘老師後來專畫國畫，善畫鷹。多年前逝世，澳門政府用他的一些代表作出郵票。他的畫，廣播全球了。

楊敬安老師，教國文，少年時在北京，隨梁鼎芬學，梁是宣統帝的老師，宮中上課時，會叫楊立旁聽課。如此一來，末代清

帝是我們粵華學生的師叔了。楊老師學問高，太史公司馬遷的文章，他向我們指出瑕疵。一次澳督來校參觀，澳督英文有限，楊老師卻同他滔滔不絕，原來交談的是法（國）文。

校友聚會，聽到一些學弟說，他們的老師中，有康有為的（再傳？）弟子。不是平凡之輩。

有一事，相信別校所無，是放電影，周末晚上在操場。是荷里活的，也有一些記錄片、民歌短片，如Old MacDonald Had a Farm。相信是德裔的劉神父主持了。當時據一些師兄說，凡接吻鏡頭，都cut去。我班初中畢業要印同學錄，印刷費何來？電影籌款，記得票價五角。

韓牧　2019年4月17日

如何稱呼勞美玉（覆青洋）

青洋大姐：

你說：「我稱您為先生，稱勞大姐為大姐，一個意思，都是尊稱。」感謝對我倆尊重，用尊稱。你真幽默：「大陸的稱呼確實奇怪，稱女士為大姐，卻不稱其先生為大姐夫。」虧你想得出！一般人稱女的為「大姐」，稱男的為「大哥」（現在，台灣、大陸，稱「大哥」很流行），看來只是攀「同胞」關係，如果因為稱勞美玉為「大姐」，就稱韓牧為大姐夫；因為稱韓牧為大哥，就稱勞美玉為「大嫂」，就是更進一步，攀「姻親」關係，就等同江湖黑社會了。

我在悼念麥公的長文〈每逢佳節倍思「青」〉中，也曾談到稱謂。我說：我以筆名「韓牧」行，許多人都不知道我本名「何思搗」，大家稱我「韓牧」、「韓牧兄」、「韓牧先生」。只有麥公稱我本名，總是稱我「思搗兄」。稱「兄」是上一輩人對後輩的禮貌，我也在少年時、在魯迅的《兩地書》中學得。但是稱我本名，應該表示超乎文友關係更親密的關係。麥公一直稱呼我妻勞美玉為「阿玉」，每次見我單獨出席總關心說：「阿玉呢？」這更近乎暱稱了。最近我才對他說，「阿玉」的父母長輩，在家裡都是叫她「美玉」的，我叫她的英文名Anna，你是世界上唯一叫她「阿玉」的人。麥公連聲說：「大膽！大膽！」

關於稱謂，記得中僑送別《松鶴天地》總編輯陳國燊那次，在富大酒家辦了兩桌。席間，心直口快的陳華英當眾「質詢」

我：「韓牧，人家叫你韓牧先生，我叫你韓牧，是不是沒有禮貌？」我答：「無所謂，叫韓牧親切。」我指著鄰桌的麥公，說：「我叫他，我不敢叫他麥冬青的，因為他年紀大，大到生得我出。我叫他麥公，他叫我思撝兄。你叫我甚麼我無所謂，但如果你要學麥公、學我一樣有禮貌，就要算一算，我是否生得你出。」她聽了，就不再說話了。我們的一些女作家，愛隱瞞自己的出生年，一旦被揭穿，會生氣的。其實作家又不是靠出賣青春、出賣色相吃飯的演藝界，大可不必「賣萌」。我們不應該知道冰心出生於1900，林徽因出生於1904嗎？」

在「加華作協」核心，一般人叫我「韓牧」，尤其是認識了幾十年的，如陳浩泉、盧因、陶永強、梁麗芳等。陳麗芬也認識了幾十年，但她叫「韓牧先生」，你認識我沒夠幾十年，也叫「韓牧先生」，你們兩位是特別好禮貌的，也許你倆算清楚，我生得你們出。

忽然想到，稱謂也會不知不覺中改變的。近年，在核心中，梁麗芳退休後，反而被改稱為「梁教授」，陶永強要退休了，又被改稱為「陶律師」。不知何故？其實，在核心裡，大家都是作家，是同道關係，這樣改稱，似乎成為師生關係、律師與「幫襯」律師行的顧客了。到韓牧退休時，是不是改稱「何書法家」呢？（其實書法家都是自雇、不退休的。我的《港澳同胞回鄉證》，是由廣東省公安廳發的，要寫明職業，我難道寫詩人？我寫書法家）

說一些有趣的事。范軍、許秀雲伉儷與我們倆熟，不知何時起，給我的信，稱我「韓牧師」，雖然年齡我比他父親還要大，卻不是尊稱，是「暱稱」。因我和他熟。許多年前在香港，在一個文藝團體的春茗上，一個文友把我介紹給一位新朋友，

說：「他是韓牧、詩人。」那新朋友立刻微微鞠躬，說：「韓牧師，你好！」許秀雲更年輕，信中，不知何時起，稱「賤內」為「阿姨」。她現在稱我為「姨丈」，好像是我自稱在先，她跟。我稱他倆為「均勻伉儷」，是「戲稱」，「軍」、「雲」合稱。我也「自戲合稱」為「沐浴」，「牧」、「玉」也。有一次，我還把范軍升級，仿他、稱他「范軍師」。軍師當然大過牧師了。不過，這些一般在文字上，「戲稱」，口頭上一定不一樣的。

好了，廢話說完，你問：「若稱「大姐」不合港台習慣，我還真是為難，直稱姓名不敬，又不敢效法麥公，您告訴我如何做吧。」香港習慣稱「小姐」，何況它與「先生」絕對相對（一如「大姐」對「大姐夫」），在社交中、職場中都是如此。但太「生外」了。何況改革開放以來，「小姐」之稱變質，主要是「職業女流」包括下流的。「阿姨」你難以開口，她難以入耳，也把她叫老了，雖然把你叫「後生」（年輕）了。我聽過有女文友叫她「美玉姐」，這包括了她的名（美玉），親切，也不礙我倆的耳，我有一個中年女書法學生，極有禮的，已回流香港，她的電郵總是稱我「思捣老師」，連名，有親切感，自稱學生，只用名，免去她的「曾」姓。「先生」好在不論輩分，長輩、平輩、晚輩皆可。記起家父說過，他年輕時，社會上覺得叫東洋車夫也要平等、有禮。「先生，要到哪去？」、「先生，到北四川。」

若要男女絕對平等，就「韓牧先生」、「勞美玉先生」了（仿葉嘉瑩、宋慶齡），你叫不出。她聽不入。我說盡了，叫她甚麼還是你自己決定。若叫她「美玉姐」可以，但不可以引申為「牧姐夫」、「牧哥哥」。

問候大姐夫

　　韓牧先生　2019.年初五

撝戈退日（覆葉承基）

承基兄：

感謝告訴我、你家幾代人的一些取名，當然有趣，還很有意義，很有學問。你的「承基」，是承先啟後。你父親的「葉若林」，「葉」與「林」關係密切，引人聯想。

（當然，son of a capital的正常中譯應是「京子」（我們應見過不少「京生」、「粵生」、「港生」），若此，就成了日本女子的名字了。一笑）上次我說，我以「撝」為名，有故事，與抗日有關。現在簡單說一說。家父為我兄弟取名，依「聖賢豪傑」。「聖」不敢要，我大哥名「思賢」，二哥名「思豪」，輪到我，應該是「思傑」了。1937年母親懷了我，我1938年春出生，當時上海、廣州已淪陷，父親臨時據古書成語「撝戈退日」（或稱反日、返日、逐日，請見下面幾條鏈接），命我名「思撝」。「撝」字現今少見，我只見過1980年代在國際賽常得獎的香港單車好手「陳撝磊」，古代卻不少，唐代有太子名「李撝」，詩人杜甫有一姑丈（？）名「撝」。清代大書畫家趙之謙，字撝叔（撝有謙義）。有書法家對我說，他未見過我的「撝」字，不奇，奇在他說他臨過歐陽詢的《九成宮》許多次，他說謊，是騙子。我有幸，「何思撝」三字在《九成宮》有齊，「撝」字在最後段。一般人臨《九成宮》，只臨最前部份。

名字與抗日有關，不奇，奇在日軍於1941年冬侵港，我只三

歲，居然哭了三天不肯吃飯，也不肯說原因。原因？賣個關子，
有機會再說。

　　韓牧　　2020年5月30日

記列治文華人社區協會（覆純老貓）

　　1989年冬，我剛到加，該會，列治文華人社區協會也剛成立，開理事會時也邀我參加。該會的書法班，是我建議設立的，由我義務教（成為在列治文公開教書法的第一人。前年偶然見到，該會還懸挂著我贈該會的書法——他們主動請我寫的，後來也寫了它的招牌，我書法集收入），初時，未有會址，是借中學課室，夜間上課。現在新時代電視的總裁（最高領導）陳國雄，是理事之一，當時任職國泰電視，也一起上課學書法，記得他借了我一本字帖，至今未還。不要緊的，這帖我有相同的兩本。

　　昨天，竟然義務再「教」。我經過該會的書法攤位，有一個男的問我是否姓何？是否何思撝先生？他說在甚麼公眾場合見過我。我未見過他。他與另一位正在寫隸書的女士，請我指點，他倆把自己的隸書功課（示範）給我看，我說得很長氣，又很深入、有趣。逗留很久。

　　其中一點是，隸書最易犯的毛病，是夾雜了楷書的筆法、或結構。他倆都犯了。依時期，隸書先，楷書後。我說，楊玉環的玉環，如果戴在妳（指女）的手上，很好看；你（指男）的「金撈」戴在唐明皇的手上，如何？相信這比喻，他倆終生不忘。

　　你有留意我照片中，那女士執筆的方式嗎？出我意外，竟是「單鉤」！與執鋼筆、原子筆無異。我對他倆說，現代的中國人，都用「雙鉤」，她是我見到的第一個中國人，她說這樣子執，是她自己的意思，沒人教她。我說，看韓劇、日劇，可見他

們一般用「單鉤」。中國古代也有用的，如蘇東坡。照我看他弟弟蘇轍的字，看來也是「單鉤」。那女士問，要改嗎？應如何執才標準？我答：沒有標準，只要寫出來的字好就得了，不管你如何執，用腳趾也可以。蘇東坡說：「執筆無定法」。他寫出了天下第三行書〈黃州寒食帖〉（第一是王的〈蘭亭〉，第二是顏的〈祭姪〉）。

記得多年前我曾在北本拿比中學短期教過書法，教過的學生約三百人，其中執筆最科學的（當然是「雙鉤」）竟然不是中國人，是一個韓國女生。

韓牧　9月23日。本意只寫幾句，一寫就長了。

〈梅娘曲〉的「惆悵」、「流血」

（覆駱鴻琴）

這首〈梅娘曲〉我少年時也常唱（我總愛唱女性的歌？），聽到你傳來你唱的（你附說「這首歌MYRA適合唱。」），你唱得很好聽，也有感情，相信因為聶耳這歌是所謂藝術歌而非流行的時代曲吧。

你「惆悵」的「悵」，唸zhang，（廣東音近之）應是古音、舊音，與1935年王人美原唱一樣。但《新華字典》、《中文字典》都只標chang這一個音。2011年譚晶所唱，就唱chang。「流血」的「血」，王、譚、你，都用好聽的古音、舊音，讀如「雪」，不用新音（我說它是懶音）的，讀如「寫」。

韓牧　2020年，第一個晏晝。

談寫歌詞（覆梁麗芳）

麗芳兄：

你問：「後來還寫歌詞嗎？」也有的。我還曾作了些曲，當然自己填歌詞了。那一些，是在報刊上發表的，記得有香港《經濟日報》。

多謝你第一個來恭賀我四十多年前的作為，你既關心，我可以說一說：電影公司請顧嘉輝寫好曲譜，公司找了兩三個人填詞，都不滿意，找到我，記得那天黃昏給我譜，大致瞭解一下電影內容，我從未為電影插曲寫過歌詞，但寫慣詩，歌詞一定要押韻的，新詩不必，但那時我多年前對押韻已很熟練，

（更且當時寫詩已放棄押韻，因為覺得一動筆寫詩，韻就一個一個自動排了隊湧來，像鑼鼓的單調重覆，討厭！不像管弦的自由多變。所以我那時期我改初稿，就是把「自來韻」一一刪除。當時我連這階段也過了，書寫自然，偶然來韻，常常不來，都是自自然然的，與最初學寫詩時情況相反，那時「老土」，一定要押，不熟練，勉強、牽強，也要押。由上述回憶，你可以見到我寫新詩在押韻方面的三個階段了。）

回說，我寫慣詩，還寫慣社會現實的詩，又早已熟練押韻，容易，黃昏給我譜，晚飯後一揮而就。即時交卷。介紹人次晨到電影公司上班，老闆一看，滿意，說立刻找人唱。還希望以後和我長期合作。不過，據介紹人說，對方不同意，因為他們一組人合作慣，作曲、填詞、音樂、以至歌者，一齊「搵食」的，錄好

音，賣歌給電影公司，每首多少錢，據印象上萬元計。不能把一個陌生的填詞人夾進去。

韓牧。2020年3月28日

恭喜《夢筆青書》（覆陳夢青）

夢青兄：

　　恭喜！驚喜！你終於有自己的書了。其實我不鼓勵，你自己早也應該想到。奇怪，即使是「加華作協」的會員們、甚至理事們，也有些沒有自己的書的。這些年我一直勸說我會的幾個理事，詩文寫得不錯、不少、很多，起碼要出一本。外訪、以至代表我會到外國出席學術會議，人家見你簡歷，或人家贈書留念，竟然無以為報，失禮。我勸說多年、十年，二十年，不聽，我罵，甚至罵到對方反面、生氣、回罵，然後，最後她道歉收場。這幾年，她、他們一個二個，陸續，出第一本書了。還有，這裡「中僑互助會」會動筆的老人家，一個二個三個四個，人生經驗豐富，去前，都出一本書，永垂。老人有智慧。

　　只見到你傳來的封面，就知道不少。書名《夢筆青書》，可知作者對古典文學（或粵曲）有認識。馬上想到「夢筆生花」的典故。聯繫到副題「陳夢青詩文集」，知道書名嵌上作者名「夢青」，又是「作者對古典文學（或粵曲）有認識」的另一證。夢青的筆寫出夢青的書也。書名用書法，雅。陳香麗的題簽很好，大方自然。她寫「敬書」，可知是你的晚輩。可知你提攜後學。我恩師饒宗頤教授，他的書畫集的序文，居然是由一個學生輩的中年人寫，不是請平輩寫。

　　書不是出了就算，要永存於世。一些朋友的，無此條件。無版權頁、無出版社資料、無書脊、無書號，圖書館不藏的。你的

封面，背景藍天白雲，亦清，反觀一些，雜亂無章，眼花瞭亂。還有就是出版單位，香港作家聯會，令人肅然起敬，因為是正牌作家。

你書應該收你舊體詩。偶見你舊體詩，寫得很好，起碼比我好得多。我的新詩比你的好得多。你我拉平了！

書收到後，我會立刻在《新天地。新詩新話》欄介紹，不要看輕這「中僑」的月刊，它每期出一萬份，發全球五大洲，還有各種電子版。

韓牧　2020年7月18日

陳麗芬詩印象（覆陳麗芬）

　　提到押韻，我說一說我的經歷。我初學寫詩時，也是「老土」的追求押，技巧未夠，常不自然，不自然也要押。後來熟練了，韻一個個排隊而來。太多了，像打鼓，聲音重覆不變，討厭。於是看著初稿，把韻一個個刪除。現在如何呢？我無意押韻，但韻會有時出現，它自己來，有時又不出現。我以為，這可算自然了。

　　藝術的標準，人言人殊，如果有人人都同意的，我以為只有一個，就是「自然」，那就是不造作。押韻過份，往往造作。在現代詩來說。黃冬冬也一直愛押韻，最近開會時，你也聽到，他說，他在近年、某一年（20××年、那一年我忘了）開始，不押了。我認為是進步，覺醒了。

　　任何一個韻，都有它同韻字的字（數）限制，也就是限制了表達的意思、內容。除了重覆沉悶，像鑼鼓不像管弦，這是其最大的缺點。

　　你的詩，從你心坎自然流出，是你的心語，有你的心意，以至哲理的閃光。你寫自己，但常也及於人，及於大眾、及於世界，我覺得這是很可貴的。

　　2020年3月

天主也頭痛（覆陶永強）

永強兄：

多謝讚賞。A.D. Hope的「神始終沒有望他一眼。」與我的天主「一聲不響」，是相似的。雖然我說「天主會」（最早的腹稿，還有一句「我肯定」），心中卻是肯定天主要他下地獄的（不會是天堂、或煉獄），因為罪大惡極之甚。Hope的「神始終沒有望他一眼。」沒有肯定如何處置他。我還是喜歡我的寫法，痛快！

韓牧　2020年8月28夜

我忽然記起，四十多年前旅遊菲律賓後，寫了詩，寫到西班牙人燒毀土人的書籍（寫在樹葉上之類），與燒瑪雅書籍相同。（如有空、找到雜誌，給你看。）

藝術歌曲。時代曲（致孟川）

孟川同道：

當我見到：「唱此歌得想好是什麼樣的人在唱」一句，我想到不少。一定要這樣嗎？是的，如果是音樂劇、歌劇、話劇、影、視劇。做女皇就要像女皇，做蕩婦就要像蕩婦。白光在《桃李爭春》是個交際花。我起初只見歌詞的前半，以為是她在男友的家中，男的喝醉後她向他表白愛意，這還可以。後來見到後半，那是白光聰明，唱片裡不唱的，但我想在電影中一定唱的，全本，甚麼「台上樂喧天……他舞步真輕快」，才知道場景是夜總會、舞廳。是客人在跳，歌女在唱。最後兩句是肉麻的：「但得眼前樂，隨便他真愛假愛，只要有金錢，哪管他真愛假愛。」難道也要唱得像劇中人的模樣？

到底，我們唱歌是抒情，不是表演，更不是演戲。也許演慣了戲，就要這樣。碰巧，這歌者所演，是一個「壞人」。好在這機會是少的。童年時聽《夜上海》，也曾以為是不正經的，但小學時音樂課老師也教此歌。看清楚歌詞：「夜生活，都為了，衣食住行……胡天胡地蹉跎了青春」。原來是同情歌女、舞女，批評舞客的。

我想到我們唱的幾種歌的分別。像我，沒有受過一點聲樂訓練，唱的是「時代曲」，或稱「流行曲」，如《夜上海》。深受過聲樂訓練的，唱的是「藝術歌曲」，如《教我如何不想她》。還有一種是「民歌」。「藝術歌曲」要求藝術難度，要求聲量要

大，以表演為目的。「流行曲」沒有這些高要求，卻能更細致，更自然，更「貼地」。原唱者可以唱，一般聽者也可以同唱。「藝術歌曲」我只能欣賞了。當然，我也不自量力，不害羞，廣東話「不怕醜」更貼切。也唱《教我如何不想她》《紅豆詞》《滿江紅》，一般人雖說好，如果給聲樂家聽到，一定是一句「天生聲線還可以，除此以外，不是東西！」

我和你都熟悉粵曲，從童年就開始。岳華，我與他熟，他到香港前，原是上海音樂學院的學生，雖然學的是器樂，不是聲樂，但我聽他唱國語歌，如《但願人長久》，很不錯。他的國語、上海話、廣東話，三語，以我的程度，我都完全沒聽出有一點不純的地方。在我相識的親友中，他是唯一的，我佩服。但我偶然聽過他唱一段粵曲，他原籍廣東中山人，姓梁。那一段，可說不是粵曲，因為完全沒有粵曲味，粵曲根本不是這種唱法。我唱粵曲，自以為熟悉了，也給我舅父評為不純，雜了西洋唱法。如果給他聽到岳華，不知如何評說了。

可知，歌種不同，唱法要異。實在說，早期，聲樂家所唱的「時代曲」，因為用的是「藝術歌曲」的唱法，根本沒有「時代曲」的味道，可以說不算「時代曲」。現在好得多了。可以想像，她們經過了多少的辛苦，才擺脫幾十年來的限制。與我要唱「藝術歌曲」，有同樣程度的難度。她們唱「時代曲」，難在自然，脫去原來的技巧，洗盡鉛華，以素顏見人，自然得像講話一樣。粵語片中的謝賢，就是表現自然。我有親戚是編導，他說：謝賢就是沒有束縛，他不理一切，「放！」我說話也是「放」的，放肆的。不知你聽了，意如何？

韓牧　2020年12月13日

重音後移的問題（致黃珊）

珊：

　　沙隆今天出發回瑞士了，這兩天你們一定很忙了。他編我那三首歌，絕對不趕，他回到瑞士，又要忙功課吧？等他有閒時，慢慢做。即使做好給我，因疫情，也未能應用。此外，我hip手術已定下月9日進行，想你已知。

　　這兩天把《我甘於》唱了很多次，發覺雖然減了一節，成為16節，但重音仍是移位。我想，一首歌應多少節，沒有規定，那麼，也不會規定一定要偶數的節數。這只是我錯誤的推測。

　　此歌，原稿有五拍的，有四處。改為16節後，頭兩個（2）（5）變三拍。（6）（5）仍然五拍【這（5）其實是四拍，第五拍是0，休止符】前兩個三拍，若配合歌詞，覺太急太短，又與後兩個五拍不統一。若沙龍未完成，我還是希望仍用舊稿，五拍。有一歌友有心，勤唱我稿，感覺同我。

　　移民前在香港，家裡有鋼琴，四舅母彈的。我半個小時都未學過，也愛彈彈，只會C調。當年，作了幾首歌，鋼琴有些幫助。突然記起，我們有一個電子琴，是移民前四舅母的舅父送給我們的，一直放著未用過，昨天拿出來，四舅母看說明書，我彈，對我作曲有助。對！哪有人作曲可以不用琴的？

　　我試彈發現：聖誕歌《普世歡騰》（Joy to the World）這麼好聽、流行全球的歌，原來只是利用：順序的1（上有點）7654321，第一句就是如此；及順序的12345671（上有點）稍變

而成。以前我發覺，三十年代粵曲著名歌伶「小明星」的拉腔伴奏，竟然用了順序的12345671，及17654321，覺其大膽，原來這西曲用作旋律，更大膽。也許是粵曲向它學習，說不定。

日前我對一歌友說，最近我發現了作曲的兩條秘密捷徑，如我有時間，可以每天都作出一首來，只是，要自己及別人都說覺得好聽的，難了。

近日所作的《冬至沉默》《我甘於》，有家國情懷，有個人愛情，都太沉重。我想寫寫輕鬆的，前天四舅母建議我為我詩《全人類的頭髮都是白的》配曲。是的，這詩輕鬆、風趣，曾在「加華作協」在中山公園的一次「中英詩歌朗誦會」上獻醜過，當時我一面朗誦，一面作狀找尋各種顏色的頭髮，在座的詩人嘉賓及觀眾，實在包含各種族裔的。那一次，獲得台下笑聲和掌聲。昨晨睡醒，靈感又到，急急下床找紙筆，找到面紙，記下旋律，昨晚已完成初稿，今天抄好後，傳給你，連同原詩，有王健教授的英譯的，這首，沙隆可以看到詞（詩）意了。

四舅父　2021年1月11日，晨9時。

傳統結合非傳統（覆楊廣為）

廣為兄：

聽到你這句話，我意外高興！你真說到肉、說到骨。我自己也覺得，我作的幾首曲，是中西、傳統流行的合體。但不會像你能專業的說出。

中學時音樂課學的是傳統，記得音樂課本上還有貝多芬、柴可夫斯基的相片，老師是脾氣暴極的意大利神父，中名魯炳義，也是我們的班主任（我離校多年後，他升為最高的：院長，幾年前在香港病逝）。我們合唱時不守規矩，他可以把他的指揮棒，是枝鼓棍，向我們「飛」來，我們連忙閃避，若萬一擊中，可以盲眼的。

你日前說音樂一定要有「格式」，但我的沒有（那就不算音樂了！）但現在你說有「傳統的歌詞音調，拍子，節奏和格式」，我現在有格式了。

我離校後到社會工作，接觸的是流行音樂：國語時代曲、英語歐西流行曲、粵曲、粵語時代曲（現稱廣東歌）、日語流行曲等（當年，六十年代，日本女筆友寄來45轉日本當年流行曲，我也學唱，雖然不知內容。現在可以背出其中一首。有機會時，唱給嫂夫人聽，請她解釋內容說甚麼。一定是愛情了？）所以你說我的是「非傳統的結構和句子。」，那正是受流行曲的影響，說得再準確沒有了！多謝！這非驢非馬，正是我們需要的「結合」。你與嫂夫人的結晶，櫻子，混血兒，就集兩方的優良傳

統。不是近親繁殖能有的。

　　《梁祝小提琴協奏曲》為全球所愛，說穿了，是偷了紹興戲曲，用在西洋音樂上。

　　韓牧　2021年2月26夜

老者風範。開齋。《短篇小說選》

（致何婉慈）

慈：

上周四，珊與莎莎來教了我Zoom視像會議後，晚上她們回到家裡，就和我開一次，作為練習。還有一位「神秘嘉賓」，原來是莎莎的男朋友，住渥太華的。他為我們演奏一曲，小提琴，真是太好聽，我估計小提琴是他的專修。曲也選得很好。我們聽後，鼓掌。我只在他奏前問其曲名，但我忘了在奏後問他作曲家之名、國籍、年代。我對這些實在有興趣知道，也讓他知道我對他的演奏實在有興趣。如果沒興趣，也應提問，這是禮貌（說不定他已聽說過我愛唱歌、甚至作曲，對音樂實在很有興趣）。我知道他也作曲，是我聽說過他上次來溫小住時，作曲靈感湧現，我又忘了說，下次有機會，希望聽到他演奏自己作的曲（忽然想到，Kelly葉法官說過，他希望聽到我唱自己作的歌）。

我以為進入老年，就要有老者的風範，最重要的是關心後輩、尊重後輩，這我也常對美玉說，說我常向我的長輩學，舅父鄭集熙、舅母葉翠文、此地的黃滔、黎伯黎紹聰、麥公麥冬青、陳風子、都是我學的對象。不能只以自己為重，對別人沒興趣、不理。上次大聚餐第一次見莎莎的男朋友，散席時，我對莎莎說，祝願你的男朋友能進入理想的學校（莎莎立刻轉告他），我覺得這不是應酬，起碼是禮貌，禮貌，就顯出教養。

視像，我意外，我的相，極滿意。比我見過的我的朋友的，都好看，他們很多頭大如豬頭，面黑，背景要嗎太清，太雜亂，要嗎一律是書架。我的，旁有窗簾、賞葉植物、瓶花（其實是假花），遠處有我書法。原以為要移動甚麼，原來甚麼都沒動，就滿意了。美玉說，因為我們的廳比人的長，不會狹隘。燈沒調整移動，面色紅潤美麗。

　　本周一上午，我與美玉，開齋，起碼一年零三個月之後，首次堂食（我們連餐館外賣也沒有過），到茶餐廳，炒貴刁。次日上午，我獨自一人，肉絲炒麵。

　　昨日周四，珊來，說莎莎剛上機，赴美進修。未打疫苗，在此地機場美國海關被問一大輪，幸可過關。她帶來素炒伊麵，有菇、豆乾、韭黃、洋蔥絲、紅蘿蔔絲。芝士蛋糕。

　　珊說最近看劉以鬯編的《二十世紀香港短篇小說選》，我問感想，她說早年的語言、內容，未成熟，與我同感。她又說五十年代的已大進，以為是七、八十年代的了。因我最近看了電影《後門》，問：有徐訏的嗎？因為我知道，林語堂說中國小說家兩人最好：魯迅、徐訏。但現在捧張愛玲的，一字不提徐訏。珊說有選舒巷城的〈鯉魚門的霧〉。不怎麼樣，我同感。但我說這是獲獎名作，名次高過西西。還有人抄襲參賽，又得獎。

　　珊專門提到舒巷城，也許她知道我與他熟。我有一篇很長的訪問，名〈回憶舒巷城〉。因為訪問者的問題，其實很詳細在說我自己。此文發表於《城市文藝》，我另郵發給你們雜誌上的，讓你們看看。

　　撝　2021年6月11日

我請飲茶六次（覆溫一沙）

一沙兄：

新詩難以較量高低。傳上的一古隸、一行書，兩個題籤你看過了。書法，你說你「涉獵不深，未可判斷」，其實你可以即時「涉獵、判斷」的，嫂夫人是書法藝術家，一定有書法字典的。古隸的不一定有，但行書一定有。請查所有書法家，當然包括王羲之、獻之父子，行書大家顏真卿、蘇東坡、米南宮、趙孟頫等等：遺留的行書墨蹟，「勞美玉詩文集」這六個字，有沒有比本人所寫的還要美？我看到過的，沒有。一個字也沒有。你雖不是書法家，但你是攝影家、平面設計家，你說過，藝術共通，憑你的藝術觀、藝術眼光，當然可以分辨、判定美醜的。

如果你們找出有一個字，比我寫的更漂亮，請告訴我，向我出示書法字典的那一頁那一個字。憑此，我請飲茶六次（不是清茶，是吃點心的廣東茶）。以報答你們，讓我開了眼界。這次當真，不是講笑。

韓牧　2021年11月29日

國家圖書館出版品預行編目

韓牧文集 / 何思捣(韓牧)作. -- 臺北市：獵海
人, 2022.04
　　冊；　公分
　　ISBN 978-626-95657-3-3(上冊：平裝). --
　　ISBN 978-626-95657-4-0(下冊：平裝)

848.7　　　　　　　　　111004611

韓牧文集（下）

作　　　者／何思捣（韓牧）
出版策劃／獵海人
製作銷售／秀威資訊科技股份有限公司
　　　　　114 台北市內湖區瑞光路76巷69號2樓
　　　　　電話：+886-2-2796-3638
　　　　　傳真：+886-2-2796-1377
網路訂購／秀威書店：https://store.showwe.tw
　　　　　博客來網路書店：https://www.books.com.tw
　　　　　三民網路書店：https://www.m.sanmin.com.tw
　　　　　讀冊生活：https://www.taaze.tw

出版日期／2022年4月
定　　　價／450元